Erika L. Sánchez

YO NO SOY TU PERFECTA HIJA MEXICANA

Erika L. Sánchez es poeta, novelista y ensayista radicada en Chicago. Fue becaria Fulbright, recipiente de la beca Canto-Mundo y becaria en Bread Loaf. Más recientemente, fue columnista de *Cosmopolitan for Latinas* y ha escrito para *Salon*, *Rolling Stone*, *Jezebel*, *The Guardian* y *BuzzFeed*. Siendo hija de inmigrantes mexicanos indocumentados, Erika siempre ha desafiado fronteras de cualquier tipo.

YO NO SOY TU PERFECTA HIJA MEXICANA

ERIKA L. SÁNCHEZ

TRADUCCIÓN DE GRACIELA ROMERO SALDAÑA

VINTAGE ESPAÑOL
Una división de Penguin Random House LLC
Nueva York

A mis padres

PRIMERA EDICIÓN VINTAGE ESPAÑOL, OCTUBRE 2018

Copyright de la traducción © 2018 por Graciela Romero Saldaña

Todos los derechos reservados. Publicado en Estados Unidos de América por Vintage Español, una división de Penguin Random House LLC, Nueva York, y distribuido en Canadá por Random House of Canada, una división de Penguin Random House Canada Limited, Toronto. Originalmente publicado en inglés en los Estados Unidos como *I Am Not Your Perfect Mexican Daughter* por Alfred A. Knopf Young Readers, una división de Penguin Random House LLC, Nueva York, en 2017. Copyright © 2017 por Erika L. Sánchez. Esta edición fue publicada simultáneamente en México bajo el título *La hija que no soñaste* por Editorial Planeta, Ciudad de México en 2018.

Vintage es una marca registrada y Vintage Español y su colofón son marcas de Penguin Random House LLC.

Información de catalogación de publicaciones disponible en la Biblioteca del Congreso de los Estados Unidos.

Vintage Español ISBN en tapa blanda: 978–0-525–56432–4

Para venta exclusiva en EE.UU., Canadá, Puerto Rico y Filipinas.

www.vintageespanol.com

Impreso en los Estados Unidos de América
10 9 8 7 6 5 4 3 2 1

UNO

Lo que más me sorprende al ver a mi hermana muerta es la permanente sonrisa en su rostro. Sus labios pálidos están ligeramente curvados hacia arriba y alguien le rellenó las cejas ralas con un lápiz negro. La parte superior de su cara parece enojada, como si estuviera a punto de apuñalar a alguien, y la inferior se ve casi engreída. Esta no es la Olga que conocí. Olga era mansa y frágil, como un ave recién nacida.

Yo quería que le pusieran el vestido morado bonito que no ocultaba su cuerpo como el resto de su ropa, pero amá eligió el amarillo chillón con flores rosas que siempre odié. Era tan pasado de moda, tan típico de Olga; la hacía verse como si tuviera cuatro años, o quizá ochenta, nunca me pude decidir. Su cabello está igual de mal que el vestido: tiene unos rizos apretados y tiesos que me hacen pensar en el poodle de una mujer adinerada. Qué crueldad dejarla así. Los moretones y rasguños en sus mejillas están cubiertos por gruesas capas de base barata que hacen que su rostro se vea demacrado, aunque apenas tiene (tenía) veintidós años. ¿No se supone que te llenan el cuerpo de químicos para evitar que tu piel se estire y se arrugue, para que tu rostro no parezca una máscara de hule? ¿De dónde sacaron a este embalsamador? ¿De un mercado de pulgas?

Mi pobre hermana mayor tenía un talento especial para parecer menos atractiva. Era delgada y tenía buen cuerpo, pero siempre se las arreglaba para verse como un costal de papas. Llevaba el rostro pálido al natural, no usaba ni gota de maquillaje. Qué desperdicio. Yo no soy un ícono de la moda, ni de cerca, pero sí me opongo terminantemente a vestirme como vieja. Ahora mi hermana se viste así en el más allá, pero esta vez ni siquiera es su culpa.

Olga nunca se comportó como alguien normal de veintidós años. Eso a veces me enfurecía. Era una mujer adulta y lo único que hacía era trabajar, estar en casa con nuestros padres y tomar una clase al semestre en la universidad comunitaria. De cuando en cuando iba de compras con amá o al cine con su mejor amiga, Angie, para ver comedias románticas malísimas sobre rubias bobas pero adorables que se enamoran de arquitectos en las calles de Nueva York. ¿Qué clase de vida es esa? ¿No quería otra cosa? ¿Nunca quiso tomar al mundo por los huevos? Desde la primera vez que tuve una pluma en la mano, he querido ser una escritora famosa. Quería ser tan exitosa que la gente me detuviera en la calle y me preguntara: «Oh, por Dios, ¿eres Julia Reyes, la mejor escritora que haya pisado esta tierra?». Ahora sólo sé que en cuanto me gradúe, haré mis maletas y diré: «Hasta nunca, idiotas».

Pero Olga no era así: santa Olga, la perfecta hija mexicana. A veces me daban ganas de gritarle hasta que algo hiciera clic en su cerebro. Pero la única vez que le pregunté por qué no se iba de la casa o se inscribía en una universidad real, me dijo que la dejara en paz con una voz tan débil y quebradiza que no quise volver a preguntarle. Ya nunca sabré qué pudo haber llegado a ser. Quizá nos hubiera sorprendido a todos.

Y aquí estoy ahora, pensando estas cosas horribles sobre mi hermana muerta. Pero es más fácil sentirme molesta: si dejara de estar enojada, me temo que me desmoronaría en el suelo hasta quedar convertida en un montón de carne tibia.

Mientras observo fijamente mis uñas mordidas y me hundo aún más en este sofá verde desvencijado, escucho a amá sollozando. Lo hace con todo su cuerpo; «¡mija, mija!», grita y casi se mete al féretro. Apá ni siquiera trata de apartarla. No lo culpo, porque cuando intentó tranquilizarla unas horas antes, amá soltó patadas y golpes con los brazos hasta que lo dejó con un ojo morado. Supongo que la dejará en paz un rato: ya se cansará. He visto que los bebés hacen eso.

Apá lleva todo el día sentado al fondo de la habitación, negándose a hablar con alguien y mirando a la nada, como siempre. A veces creo ver que su oscuro bigote se estremece, pero sus ojos siguen secos y claros como un cristal.

Quiero abrazar a amá y decirle que todo estará bien, aunque no lo está ni lo estará nunca, pero me siento casi paralizada, como si fuera de plomo y me encontrara bajo el agua. No me sale ni una palabra al abrir la boca. Además, no he tenido esa relación con amá desde que era niña: no nos abrazamos ni nos decimos «te quiero», como en esos programas de televisión con familias blancas sin gracia que viven en casas de dos pisos y hablan de sus sentimientos. Ella y Olga prácticamente eran las mejores amigas, y yo siempre fui la hija rara que no encaja. Llevamos años discutiendo y distanciándonos; desde hace mucho intento evitar a amá porque siempre terminamos alegando por cosas tontas y mezquinas. Por ejemplo, una vez nos peleamos por una yema de huevo: historia real.

Apá y yo somos los únicos de mi familia que no hemos llorado. Él sólo se agacha y se queda en silencio, como una piedra. Quizá tenemos algo descompuesto; tal vez estamos tan jodidos que ya ni podemos llorar. Pero aunque mis ojos no han soltado lágrimas, sí he sentido cómo la pena se entierra en cada célula de mi cuerpo. Hay momentos en los que creo que me voy a ahogar; siento como si mis entrañas fueran un nudo apretado. Llevo casi cuatro días sin cagar, pero no se lo diré a amá en su estado. Simplemente dejaré que se acumule hasta que me haga reventar como una piñata.

Amá siempre ha sido más bonita que Olga, incluso ahora, con sus ojos hinchados y la piel enrojecida, y no debería ser así. Su nombre también es más bello: Amparo Montenegro Reyes. Las madres no deberían ser más bonitas que sus hijas, y las hijas no deberían morir antes que sus madres. Pero amá es más atractiva que la mayoría de la gente. Casi no tiene arrugas, y sus ojos enormes y redondos siempre parecen tristes y heridos. Tiene el cabello oscuro, grueso y largo, y su cuerpo sigue delgado a diferencia de otras mamás del barrio, que parecen peras boca abajo. Siempre que voy por la calle con amá los tipos silban y tocan el claxon de su auto; en esos momentos desearía traer una resortera.

Ahora amá le acaricia la cara a Olga mientras llora discretamente. Pero esto no durará: siempre se queda en silencio unos minutos y luego, de la nada, suelta un gemido que hace que se te salga el alma. La tía Cuca le frota la espalda y le dice que Olga está con Jesús, que al fin podrá estar en paz.

Pero ¿cuándo *no* estuvo en paz? Esas cosas de Jesús son puras estupideces. Cuando te mueres, te mueres. Lo único que tiene sentido para mí es lo que Walt Whitman dijo sobre la muerte: «Búscame bajo las suelas de tus botas». El cuerpo de Olga se convertirá en tierra en la que crecerán árboles, y alguien en el futuro pisará sus hojas caídas. No hay paraíso. Sólo hay tierra, cielo y transferencia de energía. La idea casi sería hermosa si esto no fuera una auténtica pesadilla.

Dos mujeres que esperan en fila para ver a Olga en su féretro comienzan a llorar. Nunca en mi vida las había visto; una trae un vestido negro vaporoso y desgastado, y la otra, una falda muy suelta que parece una cortina vieja. Se toman de las manos y susurran.

Olga y yo no teníamos mucho en común, pero sí nos queríamos. Hay montones de fotografías que lo demuestran. En la favorita de amá, Olga me trenza el cabello. Amá dice que Olga jugaba a que yo era su bebé: me ponía en su carriola de juguete y me cantaba canciones de Cepillín, ese aterrador payaso mexicano que parece un violador pero que por alguna razón a todos les encanta.

Daría lo que fuera por volver al día en que mi hermana murió, para hacer las cosas de otro modo. Pienso en todas las formas en las que pude haber evitado que se subiera al autobús. He repetido ese día una y otra vez en mi cabeza y he anotado cada detalle, pero aún no puedo encontrar el augurio. Cuando alguien muere, la gente siempre dice que tuvo una especie de premonición, una sensación desagradable de que algo malo estaba por ocurrir. Yo no la tuve.

Ese día fue como cualquier otro: aburrido, enfadoso y sin novedades. En la tarde nadamos en la clase de Educación Física. Siempre he odiado meterme a esa asquerosa caja de Petri. La idea de sumergirme en la orina de todos, y quién sabe qué más, basta para provocarme un ataque de pánico, y el cloro me pica la piel y me irrita los ojos. Siempre intento escaparme con mentiras, algunas elaboradas y otras no tanto. Esa vez le dije a la maestra Kowalski que otra vez estaba menstruando (por octavo día consecutivo), y ella dijo que no me creía, que era imposible que mi periodo durara tanto tiempo. Sí, estaba mintiendo, pero ¿quién se cree para cuestionar mi ciclo menstrual? Qué metiche.

—¿Quiere comprobarlo? —le pregunté—. Yo encantada de darle evidencia empírica si quiere, aunque me parece que está violando mis derechos humanos. —Me arrepentí de decirlo en cuanto salió de mi boca. Quizá tengo un problema que me impide pensar lo que digo: a veces vomito palabras, por todas partes. Eso fue demasiado, incluso para mí, pero estaba muy de malas y no quería aguantar a nadie. Mi estado de ánimo cambia así todo el tiempo, desde antes de que Olga muriera.

En un momento me siento bien, y al minuto siguiente mi energía se desploma sin razón alguna. Es difícil de explicar.

Obviamente la maestra Kowalski me envió a la oficina del director y, como siempre, no me dejaron ir hasta que mis padres fueron por mí. Esto pasó varias veces el año anterior. Ya todos en la oficina del director me conocen: paso más tiempo ahí que algunos de los pandilleros, y siempre es por decir lo que no debería cuando no debería. Cada que entro, la secretaria, la señora Maldonado, pone los ojos en blanco y chasca la lengua.

Por lo general, amá se reúne con mi director, el señor Potter, quien le dice que soy una estudiante muy irrespetuosa, luego amá ahoga un grito al escuchar lo que hice, dice «Julia, qué malcriada», y se disculpa con él una y otra vez con su inglés mocho. Se la pasa disculpándose con los blancos, lo cual me avergüenza. Y luego me avergüenzo de mi vergüenza.

Amá me castiga durante una o dos semanas, según lo grave de mi conducta, y luego, unos meses después, vuelve a pasar. Como dije, no sé cómo controlar mi boca. Amá me dice «Cómo te gusta la mala vida», y supongo que tiene razón, porque siempre termino complicándome las cosas. Era una excelente estudiante, exenté el tercer año y todo, pero ahora soy una chica problema.

Olga se fue en camión ese día porque su auto estaba en el taller para que le cambiaran los frenos. Amá la recogería, pero como tuvo que atender mi asunto en la escuela, no pudo. Si hubiera cerrado la boca, las cosas habrían sido distintas, pero ¿cómo podía saberlo? Cuando Olga se bajó del autobús para abordar otro luego de cruzar la calle, no vio que el semáforo ya se había puesto en verde, porque iba mirando su teléfono. El camión tocó el claxon para advertirle, pero fue demasiado tarde. Olga atravesó la calle llena de autos en el peor momento. La atropelló un tráiler. No sólo la atropelló: la *aplastó*.

Cuando pienso en los órganos deshechos de mi hermana, quiero gritar en un campo de flores hasta quedarme afónica.

Dos de los testigos dijeron que iba sonriendo un momento antes. Es un milagro que su cara quedara lo suficientemente bien para dejar el féretro abierto. Cuando la ambulancia llegó, ella ya había muerto.

Aunque el hombre que manejaba no pudo haberla visto porque la tapaba el autobús y el semáforo estaba en verde y Olga no debió cruzar una de las calles más transitadas de Chicago viendo su teléfono, amá maldijo al conductor una y otra vez hasta quedarse sin voz. Y además se puso muy creativa. Siempre me regaña por decir *maldición*, que ni siquiera es una grosería, y de pronto ella empezó a decirle al conductor y a Dios que chingaran a su madre y se fueran al carajo. Yo simplemente me quedé con la boca abierta viéndola.

Todos sabíamos que no fue culpa del conductor, pero amá necesitaba culpar a alguien. A mí no me ha señalado directamente, pero puedo verlo en sus enormes ojos tristes cada vez que me mira.

Mis tías metiches están cuchicheando detrás de mí; puedo sentir sus ojos clavados en mi nuca. Sé que están diciendo que fue mi culpa. Nunca les he caído bien porque creen que soy conflictiva. Cuando me teñí unos mechones de azul brillante, casi tuvieron que llevárselas en camillas al hospital, viejas dramáticas. Se portan como si yo fuera una niña endemoniada porque no me gusta ir a misa y prefiero leer libros cuando estoy de visita. Pero, ¿cuál es el crimen? Son aburridas. Además, no tienen ni idea de lo mucho que quería a mi hermana.

Ya me harté de los murmullos, así que volteo para lanzarles una mirada furiosa. Pero entonces veo entrar a Lorena, gracias a Dios: es la única persona que puede hacerme sentir mejor en este momento.

Todos voltean para mirar sus tacones increíblemente altos, su vestido negro ajustado y su exceso de maquillaje. Lorena siempre llama la atención; quizá eso les dará algo más de qué hablar. Me abraza con tanta fuerza que casi me rompe las costillas. Su *body spray* barato con olor a cereza me llena la nariz y la boca.

A amá no le cae bien porque cree que está loca y que es una fácil, lo cual no es mentira, pero ha sido mi mejor amiga desde que yo tenía ocho años y es más leal que todos los que haya conocido. Le susurro que mis tías están hablando de mí, que me culpan de lo que le pasó a Olga, que me tienen tan enojada que quiero romper las ventanas con los puños.

—Que se jodan esas viejas metiches —dice Lorena, sacudiendo dramáticamente una mano mientras les lanza una mirada fulminante. Volteo para ver si ya dejaron de mirarme y entonces noto al fondo a un hombre moreno que llora en silencio con su pañuelo de tela; viste un traje gris y su reloj de oro destaca. Me parece conocido, pero no recuerdo de dónde. Probablemente es mi tío o algo así: mis padres se la pasan presentándome a extraños y diciéndome que somos parientes. En el funeral hay docenas de personas que jamás había visto. Cuando vuelvo a mirar el hombre ya no está, y la amiga de Olga, Angie, entra corriendo; se ve como si hubiera sido a *ella* a quien atropelló el tráiler. Es hermosa pero, rayos, se ve horrible cuando llora. Su piel parece un trapo rosa brillante recién exprimido. En cuanto ve a Olga suelta unos chillidos casi peores que los de amá. Ojalá supiera qué decir, pero no lo sé. Nunca sé qué decir.

DOS

Después del funeral, amá no sale de la cama en casi dos semanas. Sólo se levanta para ir al baño, tomar agua y a veces para comer una de esas galletas mexicanas que saben a poliestireno. En todo este tiempo ha traído el mismo camisón arrugado y suelto, y estoy casi segura de que no se ha bañado, lo cual es de miedo, porque amá es la persona más limpia que conozco. Siempre trae el cabello lavado y cuidadosamente trenzado, y su ropa, aunque sea vieja, está remendada, planchada e impecable. Cuando yo tenía siete años, amá descubrió una vez que llevaba cinco días sin bañarme, así que me metió en una tina con agua hirviendo y me talló con un cepillo hasta que me dolió la piel. Me dijo que a las niñas que no se lavan su cosa les dan infecciones horribles, así que nunca volví a saltarme el baño. Quizá ahora soy yo quien necesita meter a amá en una tina.

Apá trabaja todo el día y luego se echa en el sofá con una cerveza, como siempre. De hecho, ahora también duerme ahí; probablemente ya tomó la forma de su cuerpo. No me ha dicho mucho en todo este tiempo, lo cual no es muy diferente de antes. A veces con trabajos me dice hola. ¿Será que mi propio padre me odia? No era mucho más cariñoso con Olga, pero definitivamente ella se esforzaba más. Cuando apá volvía de la fábrica, ella le llevaba su tina, se hincaba, le metía cuidadosamente los pies en el agua y les daba masaje. Yo no puedo ni imaginarme tocándolo así.

El departamento es un desastre, pues amá y Olga eran las que hacían la limpieza. Tenemos cucarachas, pero como amá trapeaba a diario, no parecía tan desagradable. Ahora hay montones de trastes sucios y la mesa de la cocina está cubierta de migajas; probablemente las cucarachas están felices. ¿Y el baño? Deberían prenderle fuego. Sé que yo debería limpiar, pero cuando miro el desorden, pienso: *¿Qué caso tiene?* Ya nada parece tener razón de ser.

No quiero molestar a mis papás porque ya tienen suficientes preocupaciones, pero tengo mucha hambre y estoy harta de comer tortillas y huevos. Hace unos días intenté hacer frijoles pero nunca se ablandaron, aunque los herví durante tres horas; casi me rompo un diente con uno. Tuve que tirar toda la olla, lo cual, según amá, es pecado. Espero que mis tías traigan más comida. Esta es la única vez que hubiera querido dejar que mi madre me enseñara a cocinar, pero odio la manera en que no se me despega y critica todo lo que hago. Prefiero vivir en las calles que ser una esposa mexicana sumisa que se pasa todo el día cocinando y limpiando.

Apá tampoco ha comido mucho. El otro día trajo una pieza de queso chihuahua y un montón de tortillas, así que comimos quesadillas durante varios días, pero ya se acabaron. Ayer me desesperé, herví unas papas viejas y me las comí con sal y pimienta. Ni siquiera tenemos mantequilla. Todo está tan mal que he comenzado a fantasear con hamburguesas bailarinas. Una rebanada de pizza probablemente me haría llorar de felicidad.

Me asomo al cuarto de mis padres y la peste casi me derriba: es una mezcla de cabello sin lavar, gases y sudor.

—Amá —susurro.

No hay respuesta.

—Amá —repito, más alto esta vez.

Aún nada.

Al final entro completamente al cuarto; el olor es tan horrible que tengo que respirar por la boca. Me pregunto si amá volverá a trabajar algún día. ¿Y si los ricachones idiotas a los que les hace la limpieza deciden despedirla? Ahora que Olga ya no está y no puede ayudar, ¿qué haremos? Yo no tengo la edad suficiente para conseguir un trabajo.

—¡Amá! —grito por fin, y enciendo la luz.

—¿Qué? —pregunta sorprendida—. ¿Qué quieres? —dice con voz modorra. Se cubre los ojos con las manos.

—¿Estás bien?

—Sí, estoy bien. Déjame, por favor. Quiero descansar.

—No has comido ni te has bañado en mucho tiempo.

—¿Cómo sabes? ¿Me ves a cada hora del día? Ayer vino tu tía y me dio sopa. Estoy bien.

—Huele horrible aquí. Estoy empezando a preocuparme. ¿Cómo puedes vivir así?

—Qué curioso que a mi hija la floja de pronto le preocupe la limpieza. ¿Cuándo te había importado eso? —Amá siempre me ha regañado por desordenada, pero esto no es algo típico de ella—. Olga era la limpia —agrega, por si aún no me había lastimado lo suficiente. Me ha comparado con mi hermana todos los días de mi vida, ¿por qué debería esperar que eso cambie ahora que está muerta?

—Olga ya no está. Sólo te quedo yo. Lo lamento.

Silencio.

Quiero que amá me diga que me quiere y que superaremos esto juntas, pero no lo hace. Me quedo ahí como una tonta, esperando y esperando que diga algo que me haga sentir mejor. Cuando me doy cuenta de que no lo hará, tomo su cartera de encima de la cómoda, saco un billete de cinco dólares y me voy azotando la puerta.

Después de buscar por todos los rincones de mi habitación logro reunir $4.75 en monedas. Podré comprar tres tacos y una horchata grande, que no es mucho, pero bastará. Si tengo que comerme otra tortilla sola o una papa hervida más, juro que lloraré. Me escapo por la puerta trasera para evitar a apá, que está en la sala, aunque seguramente no me diría nada ni se daría cuenta de que pasé por ahí. Ahora tengo un padre y una hermana fantasma.

La taquería está iluminada con luces fluorescentes, y huele a grasa y a Pine-Sol. Nunca he comido sola en un restaurante y eso me pone nerviosa. Puedo sentir cómo todos me observan. Probablemente piensan que soy una perdedora por comer sola. La mesera también me ve raro; apuesto a que cree que no le dejaré propina, pero ya verá. Puede que sea joven, pero no soy tonta.

Pido dos tacos de asada y uno al pastor con limones extra; el olor de la carne frita y la cebolla a la parrilla me hace agua la boca. Cuando llegan, intento comérmelos despacio, pero termino engulléndolos con desesperación. No sólo soy mala cocinando, soy mala para tener hambre. Siempre que mi estómago comienza a rugir, estoy segura de que me desmayaré. Cada bocado del taco me genera una oleada de placer que me recorre todo el cuerpo. Me zampo la horchata, que es del tamaño de una cubeta, hasta que siento que voy a vomitar.

Cuando vuelvo a casa, amá está en la cocina con el cabello envuelto en una toalla y tomándose un té; está recién bañada y huele a rosas falsas. Al fin se quitó el camisón y trae su bata blanca. Verla de pronto limpia y activa casi me asusta. No me pregunta adónde fui, lo cual jamás en la vida había pasado: siempre quiere saber dónde y con quién estoy. Me hace un millón de preguntas sobre los padres de mis amigos: de qué parte de México son, a qué iglesia van, dónde trabajan… pero hoy, nada. Me pregunto si puede oler la carne y la cebolla en mi ropa y en mi cabello.

Por lo general puedo predecir lo que amá dirá, pero esta vez no estoy preparada. Sorbe ruidosamente su té, lo cual siempre me ha molestado, y dice que me harán mi fiesta de quince años.

Mi corazón se detiene.

—¿Qué?

—Una fiesta. ¿No quieres una bonita fiesta?

—Mi hermana acaba de morir, ¿y quieres hacerme una fiesta? ¡Ya tengo quince años! —Debo estar soñando.

—No pude hacerle sus quince años a Olga. Es algo de lo que siempre me arrepentiré.

—¿Así que me usarás para sentirte mejor?

—Ay, Julia. ¿Qué te pasa? ¿Qué clase de niña no quiere celebrar sus quince años? Qué malagradecida. —Niega con la cabeza.

Me pasan muchas cosas, y ella lo sabe.

—Pero no *quiero*. No puedes obligarme.

Amá se envuelve en su bata.

—Qué pena.

—Es un desperdicio de dinero. Apuesto a que Olga hubiera preferido que me ayudaras con la universidad.

—No sabes nada sobre lo que Olga hubiera querido —dice, dándole otro sorbo a su té. Apá está viendo las noticias en la sala. Puedo escuchar al presentador diciendo algo acerca de una fosa clandestina descubierta en México. Siempre le sube al volumen cuando amá y yo discutimos, como si intentara ahogar nuestras voces.

—No tiene sentido. Ya tengo quince años. ¿A quién se le ocurre algo así? —comienzo a jalarme el cabello, que es lo que hago cuando entro en pánico.

—Lo haremos en mayo, en el sótano de la iglesia. Ya llamé al padre, estará disponible —dice ella como si nada.

—¿En mayo? ¿En serio? Cumplo dieciséis en julio. ¿Por qué harías algo así? No puedes llamarle quince años a eso. —Comienzo a caminar de un lado a otro. No puedo respirar bien.

—Todavía tendrás quince años, ¿no?

—Sí, pero ese no es el punto. Esto es muy tonto —niego con la cabeza y miro al suelo.

—El punto es que tengas una linda fiesta con tu familia.

—Pero a mi familia ni siquiera le caigo bien. Y no quiero usar un vestido enorme y feo… Y el vals. Dios mío, el vals. —La idea de girar en círculos frente a todos mis primos idiotas hace que me den ganas de irme de casa para unirme a un circo.

—¿De qué hablas? Todos te quieren. No seas tan dramática.

—Claro que no me quieren. Todos creen que soy rara, y lo sabes. —Observo la réplica barata de *La última cena* junto a la despensa; es tan vieja que Jesús y su grupo han comenzado a desteñirse, poniéndose amarillos y verdes.

—Eso no es cierto. —Amá frunce el ceño.

—Como sea, no puedes decir que son unos quince años.

—Claro que puedo. Es una tradición —la quijada de amá se tensa y sus ojos se entrecierran como avisándome que no ganaré.

—¿De dónde sacarás el dinero?

—No te preocupes por eso.

—¿Cómo puedo no preocuparme? No hablas de otra cosa.

—Ya te dije que no es tu problema, ¿entiendes? —El tono de amá es contenido, lo que es peor que cuando grita.

—Esto es una mierda —digo, y pateo la estufa con tanta fuerza que los sartenes se sacuden.

—Fíjate en lo que dices o voy a cachetearte tan fuerte que te romperé los dientes.

Algo me dice que no está exagerando.

Cuando no puedo dormir, me voy a la cama de Olga. La semana pasada amá me exigió que jamás entrara a su cuarto, pero no puedo evitarlo; me dirijo allí cuando mis padres ya se durmieron y despierto antes que ellos. Creo que amá quiere mantenerlo exactamente como lo dejó Olga: quizá pretende creer que sigue viva, que un día volverá a casa después del trabajo y que todo volverá a la normalidad. Si amá supiera que he tocado las cosas de mi hermana, probablemente nunca me lo perdonaría. Quizá me enviaría a México, una de sus amenazas favoritas, como si eso fuera a resolver mis problemas.

La cama de mi hermana todavía huele a ella: suavizante de telas, loción de lavanda y ese aroma humano dulce y tibio que no puedo describir. Olga se vestía feo pero olía a campo. Doy vueltas en la cama durante mucho rato; esta noche mi mente no quiere apagarse. No puedo dejar de pensar en el examen de Química que reprobé ayer: veinticuatro por ciento, la peor calificación que he recibido. Hasta un mono con discapacidad intelectual podría sacar un mejor puntaje. Siempre he odiado Química, pero desde que Olga murió, no puedo concentrarme. A veces observo mis libros y mis exámenes, y las palabras giran y se vuelven borrosas. De seguir así, no entraré a la universidad: terminaré trabajando en una fábrica, me casaré con un perdedor y tendré a sus hijos feos.

Luego de horas acostada, enciendo la lámpara e intento leer. He leído *El despertar* un millón de veces, pero me reconforta; mi personaje favorito es la mujer de negro que sigue a Edna y a Robert a todas partes. También amo ese libro porque me parezco mucho a Edna: nada me satisface, nada me hace feliz. Espero demasiado de la vida. Quiero tenerla entre las manos y apretarla, exprimirla para sacarle todo lo que pueda. Y nunca es suficiente.

Leo la misma oración una y otra vez, y luego dejo el libro sobre mi estómago. Observo las paredes morado claro y recuerdo los tiempos felices que pasé con mi hermana, antes de que comenzáramos a distanciarnos. Hay una fotografía en su tocador de nosotras dos en México: nuestros padres solían enviarnos cada verano, pero hace varios años que no vamos. Amá y apá no han podido volver porque aún son ilegales. Olga y yo estamos afuera de la casa de mamá Jacinta, tenemos los ojos entrecerrados y sonreímos bajo el sol; su brazo rodea mi cuello con tanta fuerza que casi parece que me está ahorcando. Recuerdo claramente ese día. Nadamos en el río por horas, y luego comimos hamburguesas hawaianas cerca del parque.

La mayor parte de mi infancia fue pésima, pero nuestros veranos en México eran distintos. Podíamos quedarnos despiertas toda la noche y jugar bote pateado en las calles hasta terminar mugrosas y exhaustas; aquí nos hubiera alcanzado una bala perdida. A veces nos dejaban montar los hermosos caballos negros de mi tío abuelo y mamá Jacinta nos consentía con comida, cumpliendo nuestros antojos por más tontos que fueran. Una vez nos hizo una pizza con queso ranchero apestoso.

Detrás de nuestra foto hay un póster de Maná, esa terrible banda mexicana que odio porque todas sus canciones tratan de ángeles que lloran o algo igual de patético. En la otra pared está la fotografía de su graduación de prepa. Olga era buena estudiante, así que nunca pude entender por qué no quiso ir a una universidad de verdad. Desde niña yo he soñado con ir. Sé que soy inteligente, por eso me salté un año; me aburría horriblemente en clase. Ahora saco B en casi todo, con unas poquitas C, excepto en Literatura: siempre saco A en Literatura. Por lo general mi mente divaga y se pierde en un laberinto de preocupaciones.

Observando la habitación, me pregunto quién era mi hermana. Viví con ella toda mi vida, y ahora siento que no la conocía para nada. Olga era la hija perfecta: cocinaba, limpiaba y nunca llegaba tarde. Algunas veces me pregunté si ella viviría con mis padres para siempre, como la tonta de Tita en *Como agua para chocolate*. Ugh, qué libro más malo.

A Olga le encantaba su trabajo, aunque sólo era recepcionista. ¿Qué tendrá de satisfactorio archivar papeles y contestar teléfonos?

Los animales de peluche en su tocador me ponen triste. Sé que son objetos inanimados, no soy idiota, pero me los imagino melancólicos, esperando a que mi hermana regrese. A Olga le encantaban los bebés, el color rosa y los chocolates con crema de cacahuate. Siempre se cubría la boca al reír, por sus dientes chuecos. Era buena para escuchar: a diferencia de mí, jamás interrumpía. También era una excelente cocinera; de hecho sus enchiladas eran mejores que las de amá, aunque nunca lo dije en voz alta.

Sé que amá me quiere y siempre lo ha hecho, pero Olga era su favorita. Desde que yo era niña he cuestionado todo, lo que volvía locos a mis padres. Aun cuando intentaba ser buena, no podía: es como si fuera físicamente imposible para mí, como si fuera alérgica a las reglas. Las cosas sólo empeoraron más y más conforme crecí. Por ejemplo, el sexismo me saca de mis casillas; una vez arruiné el Día de Acción de Gracias con una perorata acerca de que las mujeres tienen que pasar todo el día cocinando mientras los hombres se rascan las nalgas. Amá dijo que la avergoncé frente a toda la familia, que yo no podía cambiar la manera en que siempre habían sido las cosas. Probablemente debí dejarlo así luego de un rato, pero yo me aferro a lo que digo.

Amá y yo también discutimos sobre religión todo el tiempo. Una vez le dije que la Iglesia católica odia a las mujeres porque quiere que seamos débiles e ignorantes; fue justo después de que nuestro sacerdote dijo, lo juro por Dios, que las mujeres debían obedecer a sus esposos. Literalmente usó la palabra *obedecer*. Ahogué un grito y miré alrededor sin poder creerlo, buscando a alguien tan enojado como yo pero no, no había nadie más; le piqué las costillas a Olga y susurré «¿Puedes creer esta estupidez?», pero ella simplemente dijo que me callara y que escuchara el sermón. Amá me dijo que era una huerca irrespetuosa, que la Iglesia no puede odiar a las mujeres porque adoramos a la Virgen de Guadalupe, ¿o no? Con ella es imposible ganar una discusión, así que ¿para qué molestarse?

Eran cosas de ese tipo las que nos hacían odiarnos, y Olga siempre se ponía de su lado. Además, se parecían físicamente: ambas pálidas y delgadas, con cabello negro y muy, muy lacio, mientras que yo soy regordeta, bajita y morena, como apá. No soy supergorda ni nada por el estilo, pero tengo las piernas gruesas y mi estómago definitivamente no es plano. Ah, y mis bubis son demasiado grandes para mi cuerpo: dos costales ondulantes que he cargado desde que tenía trece años. También soy la única de la familia que usa lentes. Estoy prácticamente ciega; si saliera al mundo con los ojos descubiertos, es muy probable que me asaltarían, me atropellaría un carro o me atacarían animales.

Leo durante un rato más y luego intento dormir, pero no puedo; permanezco despierta durante horas, o así lo siento. Cuando escucho que las aves comienzan a cantar, me enojo tanto que jaloneo las sábanas y acomodo la almohada una y otra vez, y entonces siento algo dentro de ella contra mi mejilla. Por un segundo creo que es una pluma de ave, pero luego recuerdo que no vivo en el siglo XIX. Busco bajo la funda y saco un papel doblado. Es una nota adhesiva con el nombre de una medicina: Lexafron. Probablemente los farmacéuticos que siempre iban a su oficina se la apuntaron. Al reverso dice «Te amo». Lo miro fijamente por un minuto sin comprender. ¿Por qué diablos está en la almohada de mi hermana?

Mi mente pega brincos y mis pensamientos hacen acrobacias. Hasta donde sé, Olga sólo tuvo un novio, Pedro, un tipo pequeño y flaco que parecía un cerdo hormiguero, pero eso fue hace varios años. Realmente no sé qué vio en él porque no sólo era feo, además tenía la personalidad de una papa hervida. Aunque yo apenas tenía diez años, me preguntaba con frecuencia qué pasaba en el cerebrito de ese chico.

Pedro era tan tímido como Olga, así que no sé de qué hablaban. Cuando iba a nuestras fiestas familiares, mis tíos lo molestaban por ser tan ñoño; recuerdo que mi tío Cayetano intentó darle un *shot* de tequila mientras él sólo negaba con la cabeza. Por lo general pasaba por Olga los viernes en la noche para llevarla a cenar: su lugar favorito era el Red Lobster. Una vez incluso fueron a Great America (¡qué fascinante!). Anduvieron un año hasta que Pedro y su familia volvieron a México (por Dios, ¿quién hace eso?). Y fue lo último que supe de la vida amorosa de Olga.

Voy de puntitas a su clóset y comienzo a buscar entre sus cosas lo más discretamente que puedo. Hay una caja llena con fotos de la escuela, la mayoría de Olga y sus amigas en ferias científicas, excursiones y fiestas de cumpleaños. Estaba en el club de Ciencias de la escuela y por alguna razón sentía la necesidad de documentar cada momento; hay hasta una foto de ella sosteniendo un microscopio. Dios mío, mi hermana era superaburrida. Sigo hurgando en la caja y siento algo de tela. No hay manera de prepararme para lo que saco: cinco tangas de seda y encaje. Ropa interior sexy, de esa que imagino que una prostituta cara compraría. Más al fondo encuentro lencería reveladora. No tengo idea de cómo se llama: ¿camisón? ¿Negligé? ¿*Baby doll*? Qué nombres más estúpidos para algo que se supone es erótico. ¿Por qué Olga tenía esto en su clóset? ¿Por qué se sometería a traer un calzón metido eternamente entre las nalgas cuando ni siquiera tenía novio? ¿Esto era lo que usaba bajo sus trajes de anciana? Sin duda hizo un excelente trabajo lavándolos en secreto, porque si amá se los hubiera encontrado entre la ropa sucia, se habría vuelto loca.

Tengo que encontrar su laptop. Me quedan dos horas antes de que mis padres despierten.

Busco por todas partes, incluso en los lugares que ya había revisado. Por fin, cuando estoy tan cansada que casi me rindo, pienso en el lugar más obvio de todos: bajo su colchón, y ahí está. Bu.

Sé que adivinar una contraseña es prácticamente imposible, pero tengo que intentarlo. Pruebo con algunas cosas: su comida favorita; el pueblo de nuestros padres, Los Ojos; nuestra dirección, su cumpleaños e incluso 12345, que sólo un idiota usaría. Ay, ¿a quién engaño? Esto es imposible.

Vuelvo a su tocador. Tiene que haber algo más ahí. Hay un cajón lleno de plumas, clips, recortes, recibos, libretas viejas; nada ni remotamente interesante. Cuando considero volver a la cama, encuentro un sobre bajo un montón de tarjetas. Se siente como si tuviera una tarjeta de crédito, pero no es eso. Es la llave de un hotel. Dice Continental. Salvo por nuestros viajes a México, Olga jamás durmió fuera de casa. ¿Para qué necesitaría una llave de hotel? Angie trabaja en un hotel, pero se llama de otro modo… Skyline, creo.

Escucho a alguien abrir una puerta. Quizá amá o apá se levantaron a orinar. Apago la luz tan rápido como puedo e intento no moverme ni respirar. Si amá me sorprende, se asegurará de que jamás vuelva a entrar aquí.

De pronto despierto con el ruido de alguien en la cocina. Mi almohada está mojada. Debo haberme quedado dormida antes de poner una alarma en mi teléfono. Mierda, amá me matará. Tiendo la cama de Olga tan rápido como me es posible y pego la oreja en la puerta para asegurarme de que nadie ande por ahí antes de volver a mi habitación.

Amá debe haberse puesto sus zapatos de ninja, porque cuando abro la puerta ahí está, con las manos en las caderas.

TRES

No creí que las cosas en casa podían empeorar, pero aparentemente sí pudieron. El departamento se siente como la obra *La casa de Bernarda Alba*, pero mucho menos interesante. Igual que esa madre loca que está de luto, amá tiene todas las persianas y las cortinas cerradas, lo cual hace que nuestro alojamiento lleno de cosas se sienta aún más abarrotado y depresivo.

Como estoy castigada por meterme al cuarto de Olga, lo único que puedo hacer es leer, dibujar y escribir en mi diario. Amá también me quitó el teléfono. Ni siquiera puedo cerrar la puerta de mi cuarto porque la abre inmediatamente. Cuando le digo que necesito privacidad, se ríe y me dice que me he agringado demasiado.

—¡Privacidad! Yo jamás tuve privacidad cuando era niña. Los muchachos de aquí creen que pueden hacer lo que quieran —dice.

Ni siquiera sé qué cree que podría hacer si estoy sola en mi cuarto. Con sus gritos y sus merodeos constantes, ni loca intentaría tocarme. Ni siquiera me molesto en mirar por la ventana porque lo único que puedo ver es el edificio de al lado. Y ahora no puedo ir a la habitación de Olga ni siquiera por la noche, mientras ellos duermen, porque amá puso un candado y no puedo encontrar la llave. Ya busqué *por todas partes*. En cuanto pueda salir de aquí, iré al hotel Continental para ver si descubro algo sobre Olga. He intentado llamar a Angie como un millón de veces desde el teléfono fijo, pero no me ha contestado. Debe saber algo.

Por lo general me meto a mi clóset para llorar sin que mis padres me escuchen; otras veces sólo me tiro a la cama a contemplar el techo, imaginándome el tipo de vida que quiero tener cuando crezca. Me visualizo sobre la Torre Eiffel, escalando pirámides en Egipto, bailando en las calles de España, viajando en un bote en Venecia y caminando por la Gran Muralla China. En estos sueños soy una escritora famosa que usa mascadas espectaculares y viaja por el mundo conociendo gente fascinante; nadie me dice qué hacer, voy adonde quiero y hago lo que se me antoja. Luego me doy cuenta de que sigo en mi pequeña recámara y de que ni siquiera puedo salir de la casa. Es como estar muerta en vida. Casi siento envidia de Olga, y sé que eso está muy jodido.

Si le digo a amá que estoy aburrida, me ordena que me ponga a trapear. Ella no cree en el aburrimiento cuando hay tanto que hacer en la casa, como si limpiar el departamento fuera tan divertido como pasar un día en la playa. Cuando dice cosas como esa, siento que la ira me hierve en las entrañas. A veces la amo y a veces la odio: por lo general siento una combinación de ambas. Sé que está mal odiar a tus padres, en especial si tu hermana está muerta, pero no lo puedo evitar, así que me lo guardo y el resentimiento crece dentro de mí como hierba mala. Creía que la muerte unía a las personas, pero supongo que eso solamente pasa en la televisión.

No sé si otras personas se sienten así. Una vez le pregunté a Lorena, pero me dijo que no: «¿Cómo podría odiar a mi propia madre?». ¿Qué rayos pasaba conmigo? Pero quizá lo ve así porque su mamá la deja hacer lo que le dé la gana.

La mayoría de mis maestros no me caen bien porque son tan interesantes como botes de piedras, pero el maestro Ingman, de Literatura, siempre es divertido. Hay algo en él que me agradó desde el principio. Parece un papá de los suburbios, un poco torpe, pero tiene una mirada amigable y su risa extraña y entrecortada es graciosa. Además, nos trata como si fuéramos adultos, como si realmente le importara lo que pensamos y sentimos; en general los maestros nos hablan con un tono paternalista, como si fuéramos un montón de tontos inmaduros que no saben nada de la vida. No sé si alguien le contó al maestro Ingman sobre mi hermana muerta, porque no me mira como si fuera una triste tullida.

En cuanto nos sentamos, nos hace escribir nuestra palabra favorita y dice que tenemos que explicársela al resto del salón.

Amo las palabras desde que aprendí a leer, pero nunca he pensado en mis favoritas. ¿Cómo puedes elegir sólo una? No sé por qué una tarea tan sencilla me pone tan nerviosa. Pasan algunos minutos antes de que se me ocurra alguna, pero luego no puedo parar.

Crepúsculo
Serenidad
Piel
Olvido
Vísperas
Serendipia
Caleidoscopio
Deslumbrar
Glicinia
Jeroglífico
Chisporrotear

Para cuando el maestro Ingman llega a mi lugar, ya me decidí por *glicinia*.

—¿Cuál es tu palabra, Julia? —me pregunta con un movimiento de cabeza. Siempre dice mi nombre exactamente como yo lo pronuncio, en español.

—Eh, pues… tenía muchas palabras, pero al final elegí *glicinia*.

—¿Qué es lo que te gusta de esa palabra? —Se sienta en su escritorio y se inclina hacia adelante.

—No sé. Es una flor, y… simplemente suena hermosa. Además rima con *ignominia*, lo cual la hace genial. Y quizá esto suene raro, pero cuando la digo, me gusta cómo se siente en mi boca.

Me arrepiento de decir eso último porque todos los chicos empiezan a reírse. Debí saberlo.

El maestro Ingman niega con la cabeza.

—Por favor, chicos, respetemos a Julia. Espero que todos sean amables con los demás en esta clase; si no pueden hacerlo, tendré que pedirles que se vayan. ¿Entendido?

El salón se calla. Después de pasar por todos, el maestro Ingman nos pregunta por qué nos dejó hacer este ejercicio. Unos cuantos se encogen de hombros, pero nadie dice nada.

—Las palabras que eligen nos pueden decir mucho de ustedes. En esta clase quiero que aprendan a apreciar… no, quiero que *amen* el lenguaje. No sólo espero que lean textos difíciles y aprendan a analizarlos de formas brillantes y sorprendentes, espero que aprendan cientos de palabras nuevas. Verán, yo les enseño inglés formal, que es el idioma del poder. ¿Qué significa eso? —El maestro Ingman levanta las cejas y le echa un vistazo al salón—. ¿Alguien?

El lugar queda en silencio. Quiero responder, pero me da pena. Veo a Leslie hacer un gesto junto a mí; vaya cretina, siempre parece que acaba de oler un pañal cagado.

—Significa que aprenderán a hablar y a escribir de una manera que les dará autoridad. ¿Eso significa que la forma en que hablan en su barrio está mal? ¿Que el argot es malo? ¿Que no pueden decir *chido*, o lo que sea que digan los chavos de hoy? Claro que no. Esa forma de hablar por lo general es divertida, ingeniosa y creativa, pero ¿serviría hablar así en una entrevista de trabajo? Desafortunadamente no. Quiero que piensen en esto, que piensen en las palabras como nunca antes lo han hecho. Quiero que salgan de esta clase con las herramientas para competir con chicos de los suburbios porque ustedes son igual de capaces, igual de inteligentes.

Después de que el maestro Ingman nos da una breve lección sobre la importancia de la literatura estadounidense, suena la campana. Definitivamente esta es mi materia favorita.

El sábado por la mañana amá se pone a hacer tortillas de harina; cuando despierto, puedo oler la masa y escuchar el rodillo desde mi cuarto. A veces amá se queda en cama todo el día, y otras entra en un frenesí de cocinar y limpiar. Es imposible predecirlo. Sé que me obligará a ayudarla, así que me quedo en cama leyendo hasta que me fuerza a levantarme.

«¡Levántate, huevona!», grita desde el otro cuarto. Amá me llama huevona todo el tiempo; dice que no tengo derecho a estar cansada porque no trabajo todo el día limpiando casas como ella. Supongo que tiene razón, pero si lo piensas, es raro decirle así a una chica. *Huevón* significa que tus huevos (testículos) son tan grandes que te pesan, te vuelven flojo. Decirle a una chica que sus testículos son demasiado pesados es raro, pero nunca he mencionado esto porque sé que la haría enojar.

Después de cepillarme los dientes y lavarme la cara, voy a la cocina. Amá ya tiene la mesa y la barra cubiertas con tortillas aplanadas; está inclinada sobre la mesa, estirando una bolita de masa hasta formar un círculo perfecto.

—Ponte un mandil y empieza a calentar estas —dice, señalando las tortillas regadas por la cocina.

—¿Cómo sé cuando ya están listas?

—Simplemente lo sabes.

—No sé qué quiere decir eso.

—¿Qué clase de niña no sabe cuando una tortilla ya está lista? —Parece enojada.

—Yo. No lo sé. Por favor, dime.

—Ya lo averiguarás. Es algo de sentido común.

Observo las tortillas mientras se calientan en el comal e intento voltearlas antes de que se quemen. Cuando volteo la primera, veo que la he dejado demasiado; ese lado está casi quemado. Amá me dice que la segunda está muy pálida, que tengo que dejarla más tiempo, pero al hacerlo queda demasiado crujiente. Cuando quemo la tercera, amá suspira y me dice que mejor las aplane mientras ella las pone en el comal. Tomo su rodillo y hago mi mejor esfuerzo por convertir las bolitas en círculos: la mayoría termina con formas extrañas sin importar cuánto intente arreglarlas.

—Esa parece una chancla —dice amá, mirando la peor.

—No es perfecta, pero no parece una chancla. Por Dios. —Siento cómo me frustro más y más. Respiro profundamente; no quiero pelear con ella porque anoche la escuché llorar en su cuarto.

—Tienen que ser perfectas.

—¿Por qué? Sólo las comeremos. ¿Qué más da si no tienen forma perfecta?

—Si vas a hacer algo, tienes que hacerlo bien; si no, mejor ni lo hagas —dice amá, volteando hacia la estufa—. Las de Olga siempre eran bien bonitas y redondas.

—No me importan las tortillas de Olga —respondo y tiro mi mandil. Ya fue suficiente—. No me importa nada de esta mierda. No veo qué caso tiene hacer todo esto si podemos comprarlas en la tienda.

—Regresa —me grita amá—. ¿Qué clase de mujer serás si ni siquiera puedes hacer una tortilla?

Después de dos semanas sin televisión, sin teléfono y sin salir para nada, amá dice que quizá le pondrá fin a mi castigo hoy. Ni se imagina que iré al Continental después de la escuela: ya me cansé de esperar su permiso para salir, y lo de Olga está volviéndome loca. Quizá podría convencer a Lorena de que me acompañe.

Me pongo mi labial rojo brillante, mi vestido negro favorito, medias de red rojas y Converse negros. Me plancho el cabello hasta que cae completamente lacio sobre la espalda. Ni siquiera me importa que me veo un poco gorda ni que tengo un enorme grano en la barbilla. Voy a hacer mi mejor esfuerzo por tener un buen día. O tan bueno como sea posible con una hermana muerta y la sensación de que podría volverme loca en cualquier momento.

Cuando amá me ve salir de mi habitación, hace la señal de la cruz y no dice nada, que es lo que hace cuando odia lo que traigo puesto o si digo algo raro, o sea, siempre.

Meto en mi mochila el diario forrado en piel que me regaló Olga en Navidad. Fue uno de los mejores regalos que he recibido en mi vida. Supongo que aun cuando no lo parecía, Olga siempre estaba poniendo atención.

Cuando amá me deja en la escuela, me da un beso en la mejilla y me recuerda que tenemos que comenzar a buscar el vestido, que no puedo ir a mi fiesta luciendo como una adoradora de Satán.

Lorena se reúne conmigo en mi casillero y me abraza antes de entrar a clases. A veces no sé cómo es que seguimos siendo mejores amigas; somos muy diferentes y parecemos completamente opuestas. De hecho la gente nos ve raro cuando andamos juntas. A ella le gustan la licra, los colores y los diseños brillantes y alocados: usa *leggings* en lugar de pantalones. Yo prefiero las camisetas de bandas, los jeans y los vestidos oscuros. La mayor parte de la ropa en mi clóset es negra, gris o roja. Cuando comencé a escuchar new wave e indie, Lorena descubrió el hip-hop y el R&B. Todo el tiempo discutimos sobre música, y sobre todo lo demás, la verdad, pero la conozco desde siempre y nos entendemos de una manera extraña que no puedo describir. Puede saber lo que pienso con sólo mirarme. Lorena es del gueto, es gritona y a veces hace cosas muy de ignorantes, pero la adoro. Sólo bastaría que alguien me viera raro para que ella se le enfrentara. (Una vez Fabiola, una chica que conocemos desde la primaria, se burló de mis pantalones, y Lorena le volteó el pupitre y le dijo que parecía un chihuahua asustado). La campana suena antes de que pueda pedirle que vaya conmigo al centro después de clases. Me voy corriendo a Álgebra antes de que se me haga tarde. No sólo odio las matemáticas con todo mi ser, además sospecho que el maestro Simmons es un republicano racista; usa el bigote con las puntas hacia arriba y su escritorio está cubierto de banderas estadounidenses. Hasta tiene una pequeña bandera confederada que probablemente piensa que no notamos. ¿Qué clase de persona exhibe algo así? Además, pegó en la pared una estúpida cita de Ronald Reagan sobre los Jelly Beans, lo cual es otra pista obvia: PUEDES SABER MUCHO SOBRE EL CARÁCTER DE UNA PERSONA POR LA FORMA EN QUE COME JELLY BEANS. ¿Qué significa eso? ¿Cómo es que la gente come Jelly Beans de formas distintas? ¿Se supone que es algo profundo? Pero nadie más parece advertir o interesarse en este tipo de cosas. Intenté explicárselo a Lorena, pero sólo se encogió de hombros y dijo «Así son los blancos».

Mientras el maestro Simmons habla y habla sobre integrales, trabajo en un poema en mi diario. Sólo me quedan un par de páginas.

Se extienden los listones rojos
con el sonido de mi caos.
Una luz late como un tambor.
Abrí las alas y nadé

en un sueño tibio y eufórico
de manos contra rostros,
abiertos al baile salvaje
y convertidos en una nueva constelación.
El sueño era demasiado cálido
para la carne, demasiado duro para el suave
toque de los dedos que sostienen
mi universo. Todo se hundió, cayó
al suelo, se volvió azul.
Los atardeceres llueven tras de mí
como un monzón.

Mientras sueño despierta con más imágenes para mi poema, el maestro Simmons me llama: tenía que ser. Probablemente notó como un aura a mi alrededor el odio que le tengo.

—Julia, ¿cuál es la respuesta al problema cuatro? —se quita los lentes y me mira con los ojos entrecerrados. Dice mi nombre de la manera incorrecta («Yulia»), aunque ya le he dicho cómo pronunciarlo. Amá nunca me ha dejado decirlo en inglés; según sus palabras, ella me puso ese nombre y la gente no puede andar por ahí cambiándolo a su conveniencia. Al menos en eso estamos de acuerdo. No es que sea difícil de pronunciar.

—No sé, perdón —le digo al maestro Simmons.

—¿Estaba poniendo atención?

—No, perdón.

—¿Y por qué no?

Siento que la cara se me pone roja; todos me miran, esperando como buitres verme humillada. ¿Por qué no me deja en paz?

—Ya le dije que lo siento. No sé qué más añadir.

El maestro Simmons está muy enojado.

—Quiero que pase al pizarrón y resuelva el problema —dice señalándome. Supongo que nunca le enseñaron que es de mala educación señalar a la gente.

Quiero volverme Bartleby, decirle que no me da la chingada gana, pero sé que no debería. Ya me he metido en suficientes problemas. Pero ¿por qué es así conmigo? ¿Qué no sabe que mi hermana está muerta? El corazón me late a toda velocidad y puedo sentir mi pulso en la mejilla izquierda. Me pregunto si tengo un tic en la cara.

—No.

—¿Cómo dijo?

—Dije que no.

Ahora el maestro Simmons está rosa como un pedazo de jamón. Tiene las manos en la cadera y parece como si quisiera partirme el cráneo. Antes de que diga algo, meto mis cosas en la mochila y corro hacia la puerta. Hoy no puedo con esto.

—Regrese acá de inmediato, señorita —me grita, pero no me detengo. Puedo escuchar cómo todos vitorean, se ríen y aplauden mientras salgo.

—¡No inventes! —escucho que grita Marcos.

—¡Le dijo que *no*, carajo! —creo que es Jorge, lo cual casi me hace perdonarle que tenga una cola de rata en el cabello.

El cielo está despejado, de un azul tan brillante y hermoso que duele verlo. Quizá debí esperar hasta el final del día para ver si podía convencer a Lorena de acompañarme, pero ni loca vuelvo a entrar. Los pájaros cantan y las calles huelen a chorizo frito. Los autos tocan el claxon. Hombres y mujeres venden fruta y elotes en carritos; hay música mexicana a todo volumen allá y acá. Generalmente odio caminar por mi barrio por los pandilleros y los tipos que chiflan desde sus autos, pero este día nadie me ve.

Sé que no debí salirme de la escuela, pero amá siempre dice que es pecado desperdiciar esto y aquello, y me parece un pecado desperdiciar un día como este. Además, ahora no tendré que esperar todo el día para ir al Continental.

Mientras camino hacia el autobús, veo un helicóptero que vuela en dirección al centro hasta convertirse en un puntito negro que desaparece; puedo ver el horizonte neblinoso a la distancia. Mientras encuentre la Torre Sears, sé que no me perderé.

Un globo verde pasa flotando junto a un cable de luz y luego se atora en un árbol. Recuerdo una película que vi en la primaria sobre un globo rojo que perseguía a un niño francés por las calles de París: me imagino que este globo se suelta y persigue a una niñita mexicana por las calles de Chicago.

Entro al restaurante más desagradable de toda la ciudad. Las mesas son color verde aguacate y la mayoría de los bancos están rotos; se ve grasa hasta en las ventanas. Me hace sentir como si entrara en una máquina del tiempo. Me recuerda a la pintura *Nighthawks*, pero todavía más deprimente. No sé bien dónde estoy, creo que cerca del South Loop.

Me siento en la barra y con un marcado acento europeo la mesera me pregunta qué quiero; quizá es polaca o de uno de esos países de Europa del Este. No lo sé con exactitud. Parece cansada pero es bonita de una forma que no llama mucho la atención, que no dice «¡oye, oye, mírame!».

Sólo tengo 8.58 dólares en mi bolsillo y necesito regresar en camión o tren, así que debo elegir con cuidado. Lo que realmente quiero es una comida llamada «El Vago», que tiene huevos, tortas de papa, queso y tocino —prácticamente todo lo que me encanta—, pero cuesta $7.99. No me quedará dinero suficiente para regresar a casa. Pido un pan danés con queso y una taza de café, aunque el olor del tocino me hace agua la boca.

Leo el periódico que está en la barra mientras tomo mi café, que es tan malo que apenas puedo pasármelo; es como si hubieran hervido calcetines viejos y puesto el líquido en una cafetera, pero de todos modos me lo bebo porque no voy a desperdiciar mis dos dólares. Y el pan danés está rancio, obviamente. Era de esperar. Le saco el queso con la cuchara y me lo como.

—¿No deberías estar en la escuela? —me pregunta la mesera mientras rellena mi taza.

—Sí, debería, pero uno de mis maestros se portó como un imbécil.

—Mmm. —Levanta una ceja; parece que no me cree.

—En serio, lo juro.

—¿Qué hizo?

—Me dijo que resolviera un problema en el pizarrón. Yo no sabía la respuesta, pero él siguió insistiendo. Fue muy vergonzoso. —Al decirlo en voz alta me doy cuenta de lo estúpido que suena.

—No parece algo tan malo —dice.

—Sí, supongo que no. —Las dos reímos.

—Yo creo que deberías volver antes de que te metas en problemas —sonríe.

—Mi hermana está muerta —digo.

—¿Qué? —pregunta, como si hubiera escuchado mal.

—Murió el mes pasado. No puedo concentrarme: supongo que esa es la verdadera razón por la que me salí.

—Ay, no —dice, y su cara bonita ahora está triste y seria. ¿Por qué se lo dije? No es su problema—. Pobrecita. Lo siento tanto.

—Gracias —respondo, sin saber todavía por qué le conté de Olga. Me aprieta la mano y luego se va a una mesa detrás de mí.

Escribo en mi diario durante un rato e intento decidir qué hacer después. Debería aprovechar el día, ya que voy al centro; pero lo que sea que haga tiene que ser gratis o casi, de otro modo tendré que volver a casa a pie. Después de una lluvia de ideas y de hacer algunos garabatos, decido ir al Instituto de Arte, uno de mis lugares favoritos en todo el mundo. Bueno, en Chicago: no he visto mucho del mundo aún. Tienen una aportación sugerida, pero yo nunca la pago. La palabra clave es *sugerida*.

Cuando le pido la cuenta a la mesera, me dice que alguien ya la pagó.

—¿Qué? ¿Quién? No entiendo.

—El hombre que estaba sentado allá —señala un banco vacío al final de la barra—. Escuchó que tenías un mal día.

No lo puedo creer. ¿Por qué alguien haría algo así sin pedir nada a cambio? Ni siquiera se me insinuó o me vio las bubis, ni esperó a que le agradeciera. Salgo corriendo a la calle a buscarlo, pero es demasiado tarde. Se ha ido.

Saco mi libreta y veo la dirección del Continental. No soy muy buena para orientarme, pero creo que probablemente lograré llegar sin un mapa. Camino hacia el noroeste; no es tan difícil cuando sabes dónde está el lago. Los edificios bloquean el sol, así que comienzo a tener frío. Ojalá hubiera traído una chamarra.

Un vagabundo sin piernas grita frente a un Starbucks. Creo que está borracho porque no entiendo qué dice. ¿Algo sobre una llama? Una madre y su hija pasan junto a mí y me rozan con sus dos bolsas enormes de American Girl; he escuchado que esas muñecas cuestan cientos y cientos de dólares. Ya quiero tener suficiente dinero para comprar lo que me dé la gana sin preocuparme por cada centavo, pero claro, jamás me lo gastaría en algo tan estúpido como una muñeca.

El Continental es pequeño pero elegante, todo pintado de azul y blanco crudo. Es un «hotel *boutique*», lo que sea que eso signifique. La mujer de la recepción cuelga el teléfono cuando me acerco.

—¿En qué le puedo ayudar, señorita? —Lleva el cabello recogido en una apretada coleta que da la impresión de que la lastima, y su perfume huele a flores de una noche de verano.

—¿Alguna vez vio a esta chica por aquí? Era mi hermana —le doy la fotografía de Olga en la carne asada de la tía Cuca un mes antes de su muerte; sostiene un plato de comida y sonríe con los ojos cerrados. Supuse que era mejor usar la más reciente que pudiera encontrar.

—Lo lamento, pero no tenemos permitido dar información sobre nuestros huéspedes —me ofrece una sonrisa de disculpa. Veo una pequeña mancha de labial rosa en sus dientes.

—Pero está muerta.

La recepcionista hace un gesto de dolor y niega con la cabeza.

—Lo siento mucho.

—¿Podría al menos decirme si la vio?

—Le repito que lamento muchísimo su pérdida, pero no puedo. Va en contra de nuestras políticas, linda.

—¿Qué importan las políticas si está muerta? ¿Podría sólo buscar su nombre? Olga Reyes. Por favor.

—Sólo tenemos permitido darle información a la policía.

—Chingá —mascullo. Sé que no es su culpa, pero estoy muy frustrada—. Bueno, pues, ¿podría al menos decirme si este hotel tiene algo que ver con el Skyline? ¿Son parte de la misma compañía?

—Sí, son parte del mismo grupo. ¿Por qué la pregunta?

—Gracias. —Voy hacia la puerta sin darle explicaciones.

Antes de entrar al museo, doy una vuelta por los jardines exteriores. Todos están desesperados por aprovechar el sol, disfrutando el calor inesperado antes de que el invierno suelte su mierda helada y gris sobre la ciudad y nos haga sentir miserables otra vez.

Aunque los árboles ya están cambiando de color, las flores siguen en su esplendor y hay abejas por todas partes. Todo es tan perfecto que quisiera conservarlo en un frasco. Una mujer joven con un vestido de flores amamanta a su bebé; un hombre con el cabello largo y gris está acostado en una banca con la cabeza sobre el regazo de su esposa; una pareja se besa contra un árbol. Por un instante mi mente me engaña y me hace creer que la chica es Olga, porque tienen la misma coleta larga, el cuerpo delgado y carecen de nalgas, pero cuando voltea noto que no se parece en nada a mi hermana.

Cuando le digo a la mujer del mostrador que pagaré cero dólares en vez de la aportación sugerida, me mira como si fuera una criminal.

—Todos tenemos derecho al arte, ¿no? ¿Intenta prohibirme que reciba educación? Eso es muy burgués, a mi parecer. —Aprendí esa palabra en la clase de Historia el año pasado e intento usarla cuando es apropiado, porque el maestro Ingman siempre nos dice que el lenguaje es poder.

La mujer sólo suspira, pone los ojos en blanco y me entrega el boleto. Probablemente odia su trabajo. Yo lo odiaría.

Voy hacia mi pintura favorita, *Judit decapitando a Holofernes*. El año pasado aprendimos en la clase de Arte sobre la autora, Artemisia Gentileschi. La maestra Schwartz nos dijo que le pasó algo malo pero no nos contó qué, así que investigué después de la clase: resulta que su maestro de pintura la violó cuando tenía diecisiete años. Vaya imbécil.

Casi todas las pinturas del Renacimiento y del Barroco que vimos en clase eran del niño Jesús, lo cual no es muy interesante, así que cuando vi las de Artemisia Gentileschi con mujeres bíblicas matando a hombres horribles, mi corazón se estremeció. Sí que era ruda. Cada que miro *Judit decapitando a Holofernes* descubro algo nuevo. Eso es lo genial del arte y la poesía: cuando crees que ya entendiste, ves algo más. Puedes encontrar un millón de significados ocultos. Lo que más me gusta de la pintura es que Judit y su criada están cortándole la cabeza al tipo, pero ni siquiera parecen asustadas: se ven relajadas, como si estuvieran lavando trastes o algo por el estilo. Me pregunto si así es como pasó en realidad.

Cuando la maestra Schwartz dijo que una de sus pinturas estaba en nuestro museo, decidí que necesitaba verla inmediatamente. Esta es mi cuarta visita en el año. Amo el arte casi tanto como los libros. Es difícil explicar cómo me siento cuando veo una pintura hermosa: es una combinación entre asustada, feliz, emocionada y triste al mismo tiempo, como si una luz suave se encendiera en mi pecho y en mi estómago por unos segundos. A veces me deja sin aliento, lo cual siempre pensé que no era literal hasta que estuve frente a esta pintura; solía pensar que sólo era algo que decían en las canciones pop sobre las personas enamoradas como tontas. Tuve una sensación similar cuando leí un poema de Emily Dickinson: me emocionó tanto que lancé el libro al otro lado del cuarto. Era tan bueno que me enfureció. La gente pensaría que estoy loca si intentara explicarlo, así que mejor no lo hago.

Me acuclillo para ver mejor la parte de abajo, a la que nunca antes le había puesto mucha atención. La sangre cae a gotas sobre la sábana blanca y las fibras de la seda están pintadas tan delicadamente que es difícil creer que no son reales.

No me canso de este lugar. Podría estar aquí el resto de mi vida, estudiando el arte y subiendo y bajando por las ostentosas escaleras de mármol. También me encantan las habitaciones en miniatura de Thorne: paso horas imaginando una versión diminuta de mí viviendo en esas elegantes casitas. Pero siempre tengo que venir sola al museo, porque nunca nadie quiere acompañarme. Una vez intenté traer a Lorena, pero sólo se rio y me dijo que soy una *nerd*. Supongo que no puedo negarlo. En otra ocasión invité a Olga, pero ese día iba de compras con Angie.

Mientras deambulo por ahí, encuentro una pintura que nunca antes había notado: *Anna Maria Dashwood, marquesa de Ely*, de sir Thomas Lawrence. Ahogo un grito al ver la cara de la mujer, porque tiene los ojos de mi hermana. Nunca le había puesto atención a su rostro, que no es alegre ni sombrío sino como si quisiera decirme algo.

Camino aquí y allá y pierdo la noción del tiempo. Observo de nuevo mis cuadros favoritos: *El viejo guitarrista*, de Pablo Picasso, *Teléfono langosta*, de Salvador Dalí, y la de Georges Seurat que está hecha de puntos. Siempre que la veo me prometo que algún día iré a París y recorreré sola la ciudad, comiendo queso hasta reventar.

Cuando al fin llego al tren para volver a casa, es la hora pico. El autobús tampoco es confiable en este momento. Todos los hombres y mujeres de traje están sudorosos y cansados; si termino siendo una oficinista que usa pantalones de vestir y se pone tenis blancos para caminar del tren a su casa, me aventaré de un rascacielos.

El tren está lleno de gente, pero encuentro un lugar que mira al fondo del convoy junto a un hombre con un abrigo sucio que me sonríe y dice «Buenas tardes» cuando me siento; huele a pipí, pero al menos tiene buenos modales. Saco mi diario para hacer algunas anotaciones. Me encanta ver la ciudad desde arriba: los grafitis en las fábricas, los autos ruidosos, los viejos edificios con las ventanas rotas, todos con prisa. Es emocionante ver tanto movimiento y energía. Aunque quiero irme lejos, momentos como este hacen que ame Chicago.

Un par de niños negros cerca de las puertas comienza a hacer *beatboxing*, lo que provoca que un tipo haga un gesto de desaprobación. A mí me parece que se escucha increíble: me pregunto cómo pueden hacer música así con la boca. ¿Cómo hacen para sonar igual que máquinas?

Vuelvo al poema que comencé en la clase del maestro Simmons, y una mujer con el rostro quemado camina sobre el pasillo abarrotado, pidiendo monedas a todo el mundo. Cuando se acerca a mí, veo su playera verde que dice ¡DIOS HA SIDO MUY

BUENO CONMIGO! Las letras son tan brillantes y relucientes que parece que gritan. Extiende la mano frente a mí, y busco el dinero que me queda en la mochila; el tipo misterioso del restaurante pagó mi comida, así que ¿por qué no?

—Que Dios te bendiga —me dice y sonríe—. Jesús te ama.

No me ama, pero de cualquier manera le devuelvo la sonrisa.

Miro por la ventana hacia el horizonte iluminado por el sol de la tarde. Los edificios reflejan sus increíbles anaranjados rojizos, y si entrecierras los ojos, casi parece que se están incendiando.

Apuesto a que la escuela ya llamó a mis padres y de nuevo estoy metida en graves problemas, pero lo valió. Abro mi diario en una página en blanco, y antes de que se me olvide, escribo «¡Dios ha sido muy bueno conmigo!».

CUATRO

La tarde del sábado le digo a amá que iré a la biblioteca, pero en realidad me voy caminando a casa de Angie. Le he marcado un millón de veces y no me ha devuelto la llamada; me enfurece. No estoy segura de qué diré, pero necesito hablar con ella. No dejo de pensar en la ropa interior de Olga, la llave del hotel y esa extraña sonrisa en su rostro cuando murió. Durante semanas he tenido una sensación que no se me quita con nada, como si tuviera diminutas agujas clavadas en la nuca. Quizá Angie pueda decirme algo sobre mi hermana que yo no sé.

Ha comenzado a hacer frío. El aire huele a hojas y a la promesa de lluvia. Odio esta época del año. Cuando comienza a oscurecer más temprano, empiezo a sentirme más deprimida de lo normal. Lo único que quiero hacer es bañarme con agua hirviendo y leer en la cama hasta quedarme dormida. Los días largos y oscuros son como un listón negro sin fin, y este año será aún peor ahora que Olga ya no está.

Angie y Olga se conocieron cuando estaban en el kínder, así que conozco a Angie de toda la vida. Solía admirarla porque es muy bonita y tiene mucho estilo, con sus rizos alborotados y sus enormes ojos verdes que siempre parecen sorprendidos. En la prepa dibujaba exóticos paisajes que Olga pegaba en la pared. Aunque es pobre como nosotras, tiene un excelente sentido de la moda; combina colores y estampados poco comunes de formas que de algún modo tienen sentido. Hace que la ropa de segunda mano se le vea bien. Huele a vainilla y su risa me recuerda a las campanas de viento. Siempre pensé que Angie crecería para convertirse en algo maravilloso, como diseñadora o artista, pero resultó sólo otra hija mexicana que no quiso irse de casa. Trabaja en el centro y aún vive con sus padres.

La mamá de Angie, doña Ramona, abre la puerta y me da un beso baboso en la mejilla. Aunque la conozco de muchísimo tiempo, aún me sorprende, porque se ve tan vieja que podría ser la abuela de Angie. Supongo que además de haber tenido a Angie ya grande, también ha pasado por momentos duros. «Está acabada», suele decir amá, y eso me hace pensar en una esponja para trastes vieja y sucia. Juro por Dios que cada vez que veo a doña Ramona, trae un mandil; probablemente va a la iglesia con él puesto.

La casa huele a chiles asados, y hace tanto calor que los lentes se me empañan. Los ojos me empiezan a lagrimear y toso sin control; eso pasa siempre que amá hace cierto tipo de salsa.

—Ay, mija, qué delicada —dice doña Ramona y me da unas palmadas en la espalda—. Deja le hablo a Angie y te traigo un vaso de agua. —A todos les encanta recordarme lo sensible que soy, como si no lo supiera—. ¿Cómo te has sentido? —grita desde la cocina—. Angie la ha pasado muy mal, pobrecita.

—Me siento mejor, gracias.

Creo que la familia de Angie podría ser la última con cubiertas de plástico en los sofás; además, hay muñecas de porcelana sobre carpetitas en casi cada superficie de la casa. Las mujeres mexicanas se la pasan tejiendo carpetitas para todo: para la televisión, para los floreros, para cada objeto inútil. ¡Carpetitas por todas partes! Qué absurdo. Esto es lo que amá llamaría *naco*. Puede que nosotros seamos pobres, pero al menos no somos tan ridículos.

Cuando Angie al fin sale de su cuarto, trae una bata gris gastada y el cabello enredado y grasiento. Sus ojos están muy rojos, como si hubiera pasado toda la noche llorando. Ya pasaron varias semanas y ella aún es un desastre. No parece que le dé gusto verme.

Me abraza y me dice que me siente. La cubierta plástica rechina cuando lo hago. Doña Ramona me da un vaso de agua y vuelve a la cocina para seguir guisando.

—¿Cómo has estado? —pregunto, aunque probablemente se ve como se siente.

—Por Dios, Julia, ¿tú qué crees? —responde. Angie casi siempre es amable conmigo, pero supongo que la muerte de Olga también la arrastró a ella. Ya nadie es el mismo—. Lo siento, no quise decir eso. Es sólo que… no puedo dormir. Mírame, estoy horrible —dice.

Tiene razón. Por las oscuras manchas moradas bajo sus ojos parece que alguien la hubiera golpeado. «Ojerosa», diría amá.

—No, estás bien —miento—. Tan bonita como siempre. —Intento sonreír, pero es tan falso que me duele la cara.

Angie me mira con enojo y el silencio crece como una telaraña que nos va envolviendo. Escucho que algo chisporrotea en grasa en la cocina, y casi suena como lluvia. El reloj hace tic tac, tic tac. En momentos como este, el concepto *tiempo* me confunde. Un minuto dura una hora.

—¿Podemos ir a tu cuarto? —susurro al fin—. Quiero preguntarte algo en privado.

Angie parece confundida, pero dice que sí y me lleva por el pasillo.

Noto que no trae brasier e intento no mirarla de más, pero puedo notar cómo sus pezones se transparentan en la bata, lo cual me recuerda la vez que entré al cuarto y la encontré tocándole los senos a Olga cuando yo tenía siete años. En cuanto me vieron abrir la puerta, Olga se bajó la blusa y miró al suelo; lo único que puedo recordar es que parecía avergonzada y que sus bubis eran pequeñas y puntiagudas.

Me siento en la cama destendida de Angie. Huele a que no ha lavado sus sábanas en semanas, y el suelo está cubierto de ropa. Hay fotografías de ella y Olga en las paredes y sobre su tocador: en el parque, en una cabina de fotos, en la primaria, en un baile, en la graduación, en cenas. También guarda el programa del velorio y el funeral en su mesa de noche; tiene un ángel y alguna estúpida oración sobre el cielo. Yo eché el mío a la basura porque ya no podía soportar verlo.

—La extrañas, ¿verdad? —pregunto.

—Pues sí, claro. —Angie mira fijamente la fotografía de ella y Olga con sus vestidos de graduación—. ¿Qué querías preguntarme?

—¿Por qué no me devuelves las llamadas?

Angie suspira.

—No he querido hablar con nadie en estos días.

—Pues yo tampoco me siento muy sociable, pero soy su hermana, y lo menos que podrías hacer es contestarme.

Angie mira sus fotografías sin decir nada.

—¿Olga te estaba enviando un mensaje cuando murió?

—¿Qué?

—¿Sí?

—Mira, no lo sé. —Angie se talla los ojos y bosteza—. Además, ¿qué importa? Ya no está.

—O te estaba escribiendo a ti, o no. No es tan complicado. La atropellaron como a las 5:30. Lo sabrías con sólo ver tu teléfono. No es que mi hermana tuviera muchos amigos.

—¿Qué buscas exactamente, Julia?

—Es sólo que siento que hay algo que no sé.

—¿Como qué?

—No tengo idea. Eso es lo que quiero averiguar. —Me siento exasperada. Quizá esto fue un error. ¿Qué le puedo decir a

Angie? ¿Que revisé el cuarto de Olga y encontré ropa interior sexy y una llave de hotel? ¿Que nunca me interesé realmente en ella hasta que murió porque soy un ser humano horrible y egoísta?

Angie levanta la mirada hacia el techo, como si intentara no llorar. He hecho eso un millón de veces. Soy experta en mantener las lágrimas dentro de mis conductos.

—Encontré ropa interior rara y una llave de hotel —digo—. El Continental.

Angie se envuelve con la bata y mira la pintura rosa descascarada de las uñas de sus pies.

—¿Y?

—¿Cómo que y? Dirás que estoy loca, pero es muy extraño.

—Siempre exageras, Julia. No sé qué quieres decir con ropa interior «rara».

—Rara como de zorra. —Empiezo a perder la paciencia—. ¿Y una llave de hotel? Olga no iba a ningún lado. ¿Por qué tendría algo así?

—¿Y yo qué sé? —Angie pone los ojos en blanco, lo cual me enfurece.

—Porque eras su mejor amiga, bah.

—¿Sabes, Julia? Siempre estás provocando conflictos, causándole problemas a tu familia. Ahora que Olga está muerta, ¿de pronto quieres saber todo sobre ella? Casi no le hablabas. ¿Por qué no le preguntaste algo cuando vivía? Quizá no tendrías que estar aquí, haciéndome preguntas sobre su vida amorosa.

—¿Vida amorosa? ¿Me estás diciendo que salía con alguien?

—No, no estoy diciendo eso. Estás poniendo palabras en mi boca.

—Pero acabas de decir que…

—Es hora de que te vayas, Julia. Tengo cosas que hacer. —Angie se levanta y abre la puerta.

Si no fuera tan morena, mi piel estaría de un rojo encendido. Siento como si alguien me hubiera volteado un balde de agua hirviendo sobre la cabeza. Angie no entiende lo difícil que ha sido para mí hablar con cualquier persona de mi familia. No ha visto cómo el silencio y la tensión nos han ahogado por años. No comprende que me siento como un alienígena de tres cabezas en mi propia casa. Y además, ¿por qué está tan a la defensiva? Algo no está bien, pero no sé qué decir. ¿Qué debería exigir? Sólo me quedo ahí en su cuarto mugroso, con el sabor del chile atorado en la garganta, mientras la culpa y la rabia me recorren como lava.

—Bueno, esto no tiene caso —digo—. Muchas gracias, Angie. Gracias por ser tan amable y por todo tu apoyo.

—Espera, Julia. Lo siento. Ha sido difícil para mí. Siento como si me estuviera desmoronando. —Angie apoya la cabeza entre las manos.

—Tú perdiste a tu mejor amiga, pero yo perdí a mi hermana. Crees que sólo soy una niña egoísta y narcisista, pero mi vida es un asco en este momento. Cada noche espero que Olga vuelva a casa y no sucede, y me quedo mirando la puerta como una tonta.

Angie no responde. Cuando salgo de su cuarto, doña Ramona viene corriendo hacia mí, con sus chanclas azotando sobre el linóleo. Debe ser uno de los sonidos más molestos que haya escuchado en mi vida.

—¿No vas a comer, mija? Ven, siéntate. Estoy haciendo sopes —insiste.

—No, gracias, señora. No tengo hambre.

Su rostro moreno y cansado se llena de preocupación.

—¿Qué pasa, criatura? ¿Estás llorando?

—No, los chiles hacen que me ardan los ojos —miento.

CINCO

A la salida de la escuela, Lorena y yo vamos a su casa para curiosear en internet, así que llamo a amá y le digo que volveré tarde a casa porque estamos trabajando en un proyecto. Al principio dice que no, porque sigue enojada por haberme salido de la escuela, pero cuando le explico que mi trabajo grupal (imaginario) se entrega mañana, accede. Amá no me deja ir a ninguna parte a no ser que tenga una razón específica. Si le digo que quiero pasar un rato con una amiga, me pregunta para qué y dice que no quiere que ande en las cocinas de otras personas, lo cual es una tontería. Para empezar, no entiendo por qué cree que es tan escandaloso estar en las cocinas de otra gente; además, la mayor parte del tiempo ni siquiera estamos en la cocina sino en la sala.

Amá no tiene amigos y no ve como para qué tenerlos. Dice que lo único que una mujer necesita es a su familia. Según ella, solamente los huérfanos y las prostitutas andan solos en las calles. Si amá no está trabajando, comprando cosas para hacer de comer o cocinando y limpiando la casa, por lo general está con mis tías o con su comadre, Juanita, que también es su prima. Ah, y los sábados y los domingos va a la iglesia. Casi nunca sale de nuestro barrio. En mi opinión, su mundo parece muy pequeño, pero a ella le gusta así. Quizá sea una cosa de familia porque Olga era igual, y el lugar favorito de apá es nuestro sofá.

En vez de intentar convencer a amá de que necesito salir y hablar con personas que no son mis familiares, por lo general me invento tareas de la escuela; a veces funciona y a veces no.

Lorena echa las papas fritas con chile que compramos en la tienda de la esquina en un enorme tazón y les exprime jugo de limón hasta que quedan completamente empapadas. Nos las comemos rápido, como si fuera una especie de carrera. Para cuando terminamos, nuestros dedos están manchados de rojo y nuestras narices moquean. Aunque me comí media bolsa gigante, quiero más. Le pregunto a Lorena si tiene más comida, pero me dice que no. Mi estómago se lamenta.

Sólo puedo comer chatarra en secreto porque está prohibida en nuestra casa; supongo que es irónico que apá trabaje en una fábrica de dulces. Amá dice que los estadounidenses sólo comen basura y por eso son tan gordos y feos. Ella tiene un cuerpo perfecto y espera que todos sean tan afortunados como ella. Nunca nos ha llevado a McDonald's, ni una sola vez, pero nadie me cree. A veces, cuando regreso caminando de la escuela, a pie, compro una hamburguesa con queso de un dólar y me la como en tres mordidas antes de llegar a la puerta. Probablemente por eso me he puesto un poco choncha. Mis bubis se vuelven más y más pesadas, y a veces me lastiman la espalda. Amá dice que no hacen falta hamburguesas y papas si tenemos una olla de frijoles y paquetes de tortillas en casa. Cuando le pregunto si podemos pedir pizza o comida china, me dice que soy una malcriada y que me vaya a hacer una quesadilla. Otras veces sólo me pica el estómago con un dedo y se va sin decir nada.

—¿Qué quieres buscar? —Lorena saca una jarra de agua del refrigerador.

—La verdad, no estoy segura. No te he contado, pero revisé sus cosas el otro día.

—¿Y?

—Encontré ropa interior. O sea, ropa interior de prosti.

—¿De qué diablos hablas? —Lorena parece molesta. Dice que exagero todo.

—Era ropa escandalosa. Tangas y lencería.

—¿Y eso qué? Yo también uso tangas. —Lorena pone los ojos en blanco.

—Pero te estoy hablando de Olga; ni siquiera decía malas palabras. Amá se habría vuelto loca si la hubiera encontrado. Odia esas cosas. Ni siquiera le gusta que las mujeres usen shorts.

—¿Y qué tiene de malo que quisiera sentirse sexy? Era una mujer adulta.

—Bueno, ¿pero cómo explicas la llave de hotel que encontré? —La saco de mi mochila—. Esta —digo, y la echo sobre la mesa.

—No sé. Quizá la usaba como separador, o algo así. ¿Angie no trabaja en un hotel?

—Sí, pero no en este. Aquí hay algo raro, créeme.

—Me parece que tal vez estás perdiendo el tiempo. —Lorena va a su cuarto y me trae su laptop. Pesa como cincuenta kilos; se la regaló su primo, es usada y está viejísima.

—¿Qué quieres buscar?

—No sé. Supongo que Facebook, pero no sé si Olga lo usaba. En serio, era una anciana atrapada en el cuerpo de una chica de veintidós años.

—Tú tampoco tienes Facebook.

—No, porque es estúpido. La gente ya me parece suficientemente aburrida en la vida real sin tener que ver lo aburrida que es en internet. Además no tengo conexión, así que, ¿qué caso tendría? No iré a la biblioteca para usarlo.

Lorena niega con la cabeza y pone su contraseña.

Busco el nombre de Olga, pero hay doce Olgas Reyes. Hago clic en todas, pero ninguna se parece a mi hermana.

—Quizá usó un nombre distinto.

—¿Cómo sabré qué nombre usó?

—No sé. ¿Por qué no ves el perfil de Angie y la buscas, o revisas sus fotografías o algo así?

Encontramos a Angie, pero cuando hacemos clic en su perfil, vemos que tiene todo como privado. Lo único que vemos es su imagen de perfil, de ella y Olga cuando eran niñas. El pie de foto dice TE EXTRAÑO, AMIGA.

—Angie no me sirve de nada, maldita sea.

—¿Conoces a otros amigos suyos, del trabajo o así?

—No realmente. A veces solía comer con una chica; Denise, creo. Pero no me sé su apellido. —Derrotada, cierro la laptop.

Mientras Lorena hace algo en su teléfono y comienzan a sonar sus canciones de rap terriblemente sexistas, avanzo hacia el altar que tiene su mamá en la esquina de la sala: me gusta ver cómo cambia cada vez que vengo. La mamá de Lorena adora a la Santa Muerte, ese esqueleto santo que da miedo, y si amá lo supiera, no me dejaría volver a ver a Lorena jamás. De por sí ya le cae mal su mamá, porque le parece que se pone demasiado maquillaje y se viste como adolescente. Supongo que tiene razón; la mamá de Lorena usa mucha sombra de ojos y su delineador se curva hacia arriba en las orillas hasta parecer una especie de Cleopatra doméstica. Casi siempre usa vestidos de licra pegados que hacen que su cuerpo parezca un cono de helado y no le favorecen para nada.

Lorena es como su mamá en cuanto al maquillaje; también se decolora y se pinta el cabello, así que termina con una mezcla de amarillo, anaranjado y rojo. Los colores me hacen pensar en fuego, y cuando se lo recoge en una coleta, casi parece una antorcha. Se ve más bonita con el cabello oscuro, pero nunca me hace caso. Dice que no sé de lo que hablo, que por qué habría de escucharme si me visto como una lesbiana indigente. También me ignora respecto a sus lentes de contacto color miel. Como sea, Lorena y su mamá toman unas decisiones muy extrañas respecto a su imagen, y amá siente la necesidad de señalarlo como si yo no me diera cuenta. «Esa vieja no debería andar por ahí vestida de quinceañera. No tiene vergüenza», me dice entre susurros. Aunque la de Lorena no es la mejor mamá y se ve rara y loca, siempre ha sido amable conmigo y me da galletas o pastel cada que la veo. Unos días después de la muerte de Olga, nos llevó a Lorena y a mí a comer helado.

Hoy la Santa Muerte trae un vestido de satén rojo. La otra vez tenía una capa negra, lo cual no daba tanto miedo porque ¿qué otra cosa se pondría un esqueleto? Frente a la figura hay tres velas nuevas, un paquete de cigarros baratos, una lata abierta de Tecate, un tazón de manzanas y una rosa blanca que ha comenzado a marchitarse de las orillas; también hay una nueva fotografía enmarcada del papá de Lorena, donde monta un caballo café. Lorena es idéntica a él cuando sonríe. Aunque su mamá lleva años con su novio, José Luis, sigue teniendo las fotografías de su esposo muerto colgadas por todos lados; cuando Olga murió, me pidió una fotografía suya para poder rezar por su alma pero a mí me pareció demasiado raro, así que fingí que siempre se me olvidaba.

Lorena nunca habla de su papá y yo nunca le pregunto, porque realmente no me incumbe. Ella decidirá si quiere hablar de eso, a mí no me gusta andarme metiendo. La única razón por la que sé qué le pasó es porque, hace unos meses, Lorena y yo nos emborrachamos después de clases y soltó la sopa.

Tras el cuarto vaso de Alizé, que su prima nos compró, Lorena comenzó a llorar de la nada; quizá fue la canción con mariachis que sonaba en el radio y sus trompetas tristes, no lo sé. Le pregunté qué pasaba, y entre sollozos y tragos de alcohol dulzón me dijo que extrañaba a su papá. Lloraba tanto que apenas pude entenderle. Su rímel comenzó a formar ríos por su cara, lo cual la hacía verse como un payaso grotesco. En otras circunstancias hubiera sido gracioso, como la vez que nos atrapó la lluvia y el maquillaje se le corrió como un arcoíris de gasolina y tuvimos que volver a su casa para que lo arreglara.

No sabía qué decir, así que simplemente le acaricié la espalda y el cabello. Cuando se tranquilizó un poco, pudo contarme la historia, pero creo que me perdí algunas partes y detalles entre su llanto. Lorena dijo que cuando tenía siete años, su papá volvió a México para el funeral de su madre, aunque todos le dijeron que no lo hiciera: llevaba diez años viviendo en Chicago pero aún no tenía papeles. Para volver a Estados Unidos tenía que cruzar la frontera con un pollero, como había hecho la primera vez. La mamá de Lorena soñó con eso una noche antes de que se fuera, así que sabía que algo malo ocurriría. En el sueño, un águila le picoteaba el corazón a su esposo mientras ella veía todo allí sentada. Le rogó que no fuera, le dijo que moriría, pero él no le hizo caso. Dijo que amaba demasiado a su madrecita.

Tras el funeral de su madre, el papá de Lorena tomó el camión desde Guerrero hasta la frontera de Arizona, donde se encontró con un tipo de su pueblo que todos le habían recomendado. Ese pollero les quitó su dinero y luego abandonó a todo el grupo de mojados mientras caminaban por el desierto. Se perdieron durante dos días, y los siete del grupo, incluido un bebé, terminaron muriendo de sed. La Patrulla Fronteriza los encontró a todos dos semanas después de la fecha en que debieron haber cruzado y enviaron el cuerpo descompuesto de regreso a su pueblo en México, donde lo enterraron. Fue entonces cuando comencé a comprender por qué Lorena está tan loca. Mis padres también cruzaron así la frontera e incluso les robaron, pero al menos llegaron vivos.

Mientras observo las fotografías de su papá en la sala, Lorena comienza a hacer un churro en la mesa de la cocina. Lo hace mucho mejor que yo, básicamente es una profesional.

—¿Qué haces? —pregunta sin mirarme—. ¿Por qué te la pasas viendo las fotos de mi papá?

No sé cómo responderle porque no estoy segura del porqué, supongo que es curiosidad.

—¿A José Luis no le parece raro que todas estas fotos sigan aquí? —pregunto al fin.

—No me importa lo que piense ese pendejo —responde Lorena, y lame el churro—. ¿Quieres o qué? —Me lo pasa.

He fumado marihuana un total de cinco veces contando esta, y siempre comienzo a preocuparme por las cosas más tontas. La última ocasión creí que la policía tocaba a la puerta; la anterior, Lorena tenía su teléfono y me convencí de que estaba mandando mensajes criticándome. Pero sigo fumando porque espero que algún día se sienta bien, que me dejará muy relajada y tranquila, como todos dicen.

—Me pregunto si Olga fumó hierba alguna vez —digo.

—¿Olga? ¿En serio? Claro que no. Esa chica era prácticamente una monja.

—Pues ya no estoy tan segura de eso. —Doy una fumada y me hace toser con tanta fuerza que me lloran los ojos; corro a la cocina para tomar algo. Lorena se ríe y me lanza un cojín a la cara cuando vuelvo a la sala, casi me tira el vaso de las manos. Yo también comienzo a reírme y le arrojo en la cabeza lo que me queda de agua.

—¡Cabrona! —grita Lorena—. ¡Mojaste el sofá! —Pero aún sigue sonriendo un poco, así que sé que no está enojada de verdad.

—¡Tú empezaste!

Lorena va a su cuarto y regresa con otra blusa. Cambia la música a narcocorridos, esas horribles canciones mexicanas sobre traficantes de drogas que compran armas con incrustaciones de diamantes y se decapitan unos a otros.

Cuando la primera canción se acaba, la sensación me llena de golpe: todo está en cámara lenta, y mi cuerpo se siente ligero y pesado al mismo tiempo. Es diferente de las otras veces. No estoy paranoica, sólo un poco confundida y desconcentrada. Mis lentes de contacto están tan secos que me cuesta trabajo mantener los ojos abiertos.

Lorena le da más fumadas antes de pasármelo de nuevo. Niego con la cabeza.

—¿Ya con eso?

—No puedo.

—No es posible que ya estés pacheca.

—Lo estoy, así que déjame en paz, y si me voy a casa así mi mamá me mandará a México por el resto de mi vida… Carajo, cómo odio lo de la fiesta de quince. Qué pendejada.

—Ay, por Dios, ya supéralo. Ojalá yo hubiera podido tener una, pero mi mamá siempre está en la miseria.

—Ni siquiera sé de dónde sacarán tanto dinero, siempre se están quejando de lo pobres que somos. Es como si quisieran aparentar que todo está bien, sólo quieren hacer un *show* para el resto de la familia.

—No puedo ni imaginarte con uno de esos vestidos —se burla Lorena—. No sé en qué piensa tu mamá. Es como si no te conociera ni un poco, o no le importara.

—Ya sé. La fiesta no es para mí; es para mi hermana. Ni siquiera es mi maldito cumpleaños. ¿Puedes creerlo?

—Vamos a ver vestidos. Quizá encuentres uno que te guste —dice, y se estira para tomar su computadora.

—Lo dudo.

Lorena abre algunas páginas y comienza a pasar los vestidos. Todos son horrorosos, algunos hasta tienen los colores del arcoíris. Cuando llegamos a una monstruosidad con estampado de catarinas, no puedo más. Simplemente no puedo. Deberían estar clasificados como crímenes contra la humanidad. Deberían someterlos a juicio ante la ley.

—Basta, por favor, antes de que vomite las papas.

Lorena suspira y comienza a quitarse las cejas frente a un pequeño espejo de mano. Cierro los ojos durante lo que parecen varios minutos, y cuando los vuelvo a abrir, me hipnotiza el estampado de leopardo de sus *leggings* porque no lo había notado antes. Estoy muuuuy pacheca. Entre más lo veo, más formas encuentro: rostros, autos, flores, árboles, bebés, payasos, y luego, por alguna razón, comienzo a imaginar a Lorena como un guepardo corriendo por el bosque. Tiene la misma cabeza pero en un cuerpo de guepardo. Esta hierba debe ser excelente. Me río tanto que apenas puedo hablar. Duele, pero se siente bien volver a reírme al fin.

—¿Qué pasa? ¿De qué te ríes? —Lorena está confundida. Intento explicarle, pero no logro recuperar el aliento. Me corren lágrimas por el rostro—. ¿Qué te pasa?

Intento decirle, pero no puedo sacar las palabras. Siento la cara caliente y me duelen los músculos del estómago.

—Eres un guepardo —consigo decir al fin, jadeando.

—¿Un qué?

—¡Un guepardo!

—¡No sé de qué hablas!

—¡Un guepardo! —repito.

Quizá la risa es contagiosa o Lorena ya está pacheca también, porque se empieza a reír aún más fuerte que yo. Intento pensar en cosas que no son graciosas: calcetines, cáncer, deportes, genocidio, mi hermana muerta… cualquier cosa que me ayude a calmarme antes de que me orine en los calzones. Lorena se pone una almohada en la cara para controlarse y ahogar el ruido, pero no sirve de nada. Se queda en silencio por un momento y luego se le escapa una fuerte carcajada, lo cual hace que empiece a reír de nuevo. Cruzo las piernas con fuerza. Espero poder llegar al baño.

Y en ese momento escuchamos que la puerta se abre.

Lorena dijo que su mamá estaba trabajando y que José Luis no volvería sino hasta dentro de unas horas porque estaba haciendo un turno extra, pero aquí está, viéndonos tendidas en el sofá, terriblemente pachecas. Parece que Lorena estuviera a punto de matarlo.

—¿Qué haces aquí? Pensé que estabas trabajando. —Lorena no parece preocupada por la hierba, sólo molesta de que José Luis ya haya regresado.

—No había mucho trabajo y el jefe dijo que me fuera a casa —explica José Luis con su tonito habitual. Es chilango, lo que significa que nació en la Ciudad de México, y que tiene un acento insoportable.

—¿Qué hacen, muchachas? —pregunta como si compartiéramos un secreto con él. Me da asco.

Ninguna de nosotras se molesta en responderle.

José Luis ha sido el padrastro —noviastro— de Lorena desde hace cuatro años más o menos. Ella dice que cuando conoció a su mamá, él acababa de cruzar la frontera, así que era de esos mojados frescos. Ahora trabaja de garrotero en algunos restaurantes de la calle Taylor, y por eso se la pasa hablando mal de los italianos y quejándose de lo tacaños que son. Él y la mamá de Lorena son la pareja más dispareja del mundo porque él tiene quince años menos, lo cual lo hace apenas diez años mayor que Lorena. Es raro. Sería guapo si no fuera tan repulsivo. Siempre que sé que estará en casa, me pongo mis playeras y mis suéteres más holgados para que no pueda estar viendo mis bubis. A veces siento como si nos desvistiera con los ojos.

José Luis siempre anda por la casa en camiseta, escuchando canciones norteñas y puliendo sus botas puntiagudas de piel de cocodrilo. En vez de dejarnos en paz como cualquier papá normal, se la pasa haciendo preguntas idiotas sobre música, la escuela y los chicos. Quisiera que se callara y se fuera.

Sé que es un pervertido porque el año pasado Lorena me contó que la vio cuando iba al baño a mitad de la noche, y la empujó contra la pared y la besó; dijo que le metió la lengua asquerosamente y ella pudo sentir su pene contra su pierna.

—Yo le hubiera cortado las bolas —dije, pero Lorena parecía más deprimida que enojada y no me respondió. Al día siguiente le contó a su mamá, pero ella sólo le dijo que probablemente estaba soñando y siguió haciendo la cena.

José Luis se prepara un sándwich y luego se va a su cuarto. Lorena y yo vemos un *reality show* sobre unos chicos ricos que viven en Nueva York. Es estúpido, pero intento verlo por Lorena. También me da curiosidad, porque quiero irme a Nueva York para estudiar la universidad. Desde que era pequeña me he imaginado viviendo en un departamento en el centro de Manhattan, escribiendo hasta la madrugada.

Sigo viendo hasta que una de las rubias llora porque su mamá no quiere comprarle unos zapatos que cuestan más que mi vida entera. Es demasiado. Me siento asqueada del alma.

—Esto es una basura —le digo a Lorena—. ¿No hay algo más constructivo que podamos ver? ¿Hay algo en PBS? ¿Algún documental? —Pero ella sólo me ignora.

Cuando termina el programa, Lorena va al baño y se queda ahí un buen rato. Me cuesta trabajo mantenerme despierta. Cierro los ojos y después de unos minutos siento algo cerca de mí; quizá su gata, Chimuela, al fin salió de debajo de la cama. Pero cuando abro los ojos veo a José Luis agachado frente a mí: parece que hace algo con su teléfono, pero no estoy segura. ¿Me lo estoy imaginando? ¿Tan pacheca estoy? No sé qué está pasando. Cruzo las piernas y me jalo la falda, y cuando abro los ojos estoy sola de nuevo.

Cada sábado por la noche, amá y Olga iban al grupo de oración en el sótano de la iglesia. Más que otra cosa, es un montón de mexicanas que se sientan en círculo para quejarse de sus problemas y hablar de cómo Dios las ayudará a soportarlos. Las pocas veces que fui, me aburrí tanto que quería arrancarme el cabello. Estuvimos ahí tres horas y no pude soportarlo más. Le pregunté a amá si podía leer el libro que tenía en mi bolsa, pero me dijo que eso era descortés. Cuando fue su turno para hablar, comenzó a decirle al grupo cuánto extrañaba México, a su madre y a su padre muertos. Lloró mucho, lo que me hizo sentir culpable de mis quejas. Olga la tomó de la mano y le dijo que todo estaría bien mientras yo sólo permanecía ahí como tonta, sin saber qué hacer.

Amá se la pasaba intentando que apá y yo fuéramos a esas juntas, pero nos negábamos. ¿Quién querría pasar su noche de sábado hablando de Dios? Ya era suficientemente malo que nos llevara a misa todos los domingos por la mañana. Después de acosarnos por algunos años, al fin se rindió. Una noche de sábado, apá me dejó pedir comida china, que estaba gloriosamente grasosa; tuvimos que tirar las cajas en el callejón para que amá no se enterara. Mentimos y le dijimos que habíamos cenado huevos.

Amá no ha ido al grupo de oración desde que Olga murió. Yo ni loca iría, pero me alegra que amá haya decidido ir esta noche y que salga de la casa. En sus días libres, se queda acostada en la cama durante horas y horas, y me preocupa que nunca vuelva a levantarse.

En cuanto se va, siempre le pregunto a apá si puedo salir, porque por lo general se encoge de hombros y me dice que si ella se entera se enojará, pero asumo que eso significa que sí. Salgo corriendo por la puerta antes de que pueda protestar.

Lorena y Carlos, el nuevo chico con el que ha estado saliendo, deben recogerme a las 7:30. Me prometió que haría que nos llevara a la casa de su primo Leo porque es policía de Chicago y podría ayudarnos con lo de Olga; le preguntaré cómo puedo conseguir más información en el Continental.

Carlos tiene diecisiete años y maneja una carcacha roja con enormes rines plateados que me parece ridícula. ¿Para qué gastar tanto dinero en rines si tu carro se está cayendo a pedazos? Pero no me quejo. Al menos es un *ride*.

Cuando me acerco, noto que hay alguien en el asiento trasero, un chico. Lorena no me dijo que vendría alguien más. Me pongo nerviosa y me jalo la coleta. No traigo maquillaje, y mi sudadera está vieja y desgastada. Ni siquiera me molesté en parecer mínimamente atractiva.

Lorena me sonríe para disculparse.

—Hubo un cambio de planes. Leo tuvo que trabajar, y además dijo que no podía ayudarnos. Le preguntamos, te lo juro por Dios. Julia, él es Ramiro, el primo de México de Carlos. Es guapo, ¿no?

—¿En serio, Lorena? Maldita sea, a veces eres increíble —le digo, y luego saludo a Ramiro. Después de todo, no es su culpa.

—Gusto en conocerte —dice en español, y me da un beso en la mejilla, a la mexicana.

Tiene el cabello rizado y largo, lo cual no me encanta, pero supongo que su cara está bien. Además, hago todo lo posible por ignorar sus pantalones de plastipiel: se esfuerza tanto que da pena.

Sólo habla español, lo cual me pone nerviosa. Obviamente lo hablo bien, pero sueno diez veces más inteligente en inglés. Mi vocabulario no es tan extenso y a veces me trabo. Espero que no piense que soy tonta, porque no lo soy.

Lorena y Carlos me informan que iremos al lago. Este no era el plan, y está helando. No parece buena idea, pero no discuto porque no quiero hacerla enojar.

Cuando llegamos a North Avenue Beach, Lorena y Carlos se alejan, dejándonos solos e incómodos a Ramiro y a mí. Él se calienta las manos con su aliento; yo me envuelvo con mis brazos bajo la chamarra. Tras algunos minutos, comienza a jugar con su teléfono y yo observo las hermosas luces que se reflejan en el agua. Hasta cierto punto, quisiera estar aquí sola.

Cuando el silencio se vuelve casi insoportable, Ramiro me pregunta cuál es mi música favorita. Le digo que me gustan sobre todo el indie y el new wave, pero él no sabe qué es eso, y es algo difícil de explicar en español.

—¿No conoces a Joy Division?

Él niega con la cabeza.

—¿Y a New Order?

—No.

—¿Neutral Milk Hotel? ¿Death Cab for Cutie? ¿Sigur Rós?

Él niega con la cabeza y sonríe.

—¿Qué te gusta a ti?

—Rock en español. Mi banda favorita es El Tri —dice, bajándose el cierre de la chamarra para mostrarme su playera.

—Ugh, ¿en serio? Preferiría escuchar a unos perros ladrando durante diez horas a escuchar eso cinco minutos. No puedo creer que sea tu banda favorita. —Qué desagradable.

—Uy, pues perdón —dice, volteándose para mirar el horizonte.

Lorena dice que siempre la riego con los chicos porque soy una bocona; cree que debo darles a las personas una oportunidad y ser menos cretina. Supongo que tiene razón, porque me parece que lastimé los sentimientos de Ramiro.

—Lo siento. Eso fue muy grosero. El Tri es una banda muy respetada. Aunque no son mi estilo realmente, estoy segura de que son talentosos. A veces no sé cuándo callarme. Es una cosa médica. Dicen que es incurable, como el sida.

Esto lo hace reír.

—Espero que todos sigan luchando para encontrar la cura —dice.

—Sí, yo también.

Miramos el agua durante algunos minutos sin hablar. El sonido de las olas transmite paz, y por un momento me olvido de todo: con quién estoy, quién soy, dónde vivo. Sólo puedo pensar en ese sonido. Creo que eso se supone que es la meditación. Recuerdo haberlo leído en un libro alguna vez. Me quedo en ese trance hasta que una ambulancia pasa a toda velocidad por Lake Shore Drive detrás de nosotros. Busco a Lorena y a Carlos, pero no se ven por ninguna parte; apuesto a que están cogiendo por ahí, aunque haga tanto frío, y muy probablemente sin condón, aunque le he dicho un millón de veces a Lorena que está loca.

—Lorena me dijo que tu hermana murió —dice Ramiro sin que venga al caso—. Debió ser muy duro.

—Estoy bien —respondo, aunque no lo estoy. Es lo que se supone que debes decir: ¡Estoy bien! ¡Estoy bien! ¡Estoy bien!

—¿Cómo murió? Si no te molesta la pregunta.

Sí me molesta, pero de todos modos le respondo.

—La atropelló un tráiler. Le pasó por encima. Iba distraída.

—Rayos, lo siento. —Parece que Ramiro se arrepiente de su pregunta.

Cada que pienso en mi hermana siento como si me aplastaran el pecho, y no puedo respirar bien. ¿Por qué tuvo que mencionarla? ¿Y por qué Lorena tenía que decirle?

Me volteo hacia los edificios y veo a un hombre caminando a la distancia.

—Ese tipo me asusta un poco —le digo a Ramiro.

—¿Quién? ¿Ese tipo? —pregunta señalándolo—. No hará nada.

—¿Cómo lo sabes?

—Umm… supongo que no lo sé —se ríe. Cuando vuelvo a mirar, el hombre se está alejando—. ¿Qué tal si yo te protejo?

Cursi, pero supongo que de cierto modo es dulce. No sé qué decir, así que sólo pronuncio un «okey» entre dientes y me encojo de hombros. Luego Ramiro pone la mano en mi nuca y se acerca a mí. No me imaginé que mi primer beso sería así, pero supongo que pudo ser peor. ¿Cuándo encontraré a alguien que realmente me guste? Tal vez nunca. Apuesto que seré virgen hasta la universidad.

El aliento de Ramiro huele ligeramente a menta, y al principio sus besos son suaves y se sienten bien, pero después de un rato lanza su lengua contra la mía y eso me asquea muchísimo. ¿En serio así se besa la gente? Se siente como si me estuvieran invadiendo la boca. Justo cuando estoy a punto de ponerle fin, Lorena y Carlos se nos acercan, aullando y silbando. Me da tanta vergüenza que quiero enterrar la cabeza en la arena como un avestruz.

—Muy bien. Ya era hora, chica —dice Lorena sonriendo.

Yo ni me molesto en responderle.

—Bien hecho, hermano —le comenta Carlos a Ramiro y chocan sus puños, lo cual me fastidia. No es que se haya ganado un puto premio ni nada por el estilo.

SEIS

Mi primo Víctor cumple siete años hoy, y mi tío Bigotes (sí, así se llama) le hará una gran fiesta para celebrarlo, pero creo que sólo es una excusa para emborracharse. Mientras amá se cepilla el cabello en el baño, le digo que se ve bonita y le pregunto si puedo quedarme en casa. Quiero averiguar cómo volver a entrar al cuarto de Olga; la llave debe estar en alguna parte del departamento. Pero amá dice que no sin molestarse siquiera en mirarme. Quizá piensa que si me deja sola planearé una enorme orgía, o me provocaré una sobredosis de heroína. No sé por qué no confía en mí. Siempre le digo que no me embarazaré como mi prima Vanessa, pero no le importa.

Aun si no encuentro la llave, al menos estaría sola. Casi nunca estoy sola en el departamento porque amá siempre se mete en mis cosas y no me deja en paz. A veces, cuando mis papás se van a acostar, abro todas las ventanas —cosa que amá odia— y dejo que la brisa meza las cortinas. Me quedo en la sala con una taza de café, mi diario, un libro y una lámpara para leer. Me gustan los sonidos del tráfico en la noche, aunque los interrumpa el ruido de algunos disparos.

Decido que es hora de rogar.

—Amá, por favor, sólo quiero quedarme aquí y leer. Odio las fiestas; nada más voy a estar ahí sola. No quiero hablar con nadie.

—¿Qué clase de niña odia las fiestas?

—Esta clase —digo, señalándome—. Ya lo sabes.

La casa de mi tío siempre huele a fruta vieja y a perro mojado, lo cual no entiendo porque Chómpiras lleva tres años muerto. En el estéreo se escuchan Los Bukis a todo volumen, y hay niños corriendo y gritando por todos lados. Aunque de verdad odio a los niños, lo que más me molesta de estas fiestas es llegar e irme. Si no saludo y me despido con un beso en la mejilla de todos y cada uno de mis parientes, aunque no los conozca, amá me llama malcriada. «¿Quieres ser como esos güeros maleducados?», me pregunta siempre. En ese caso, sí, quiero ser como una persona blanca sin modales, pero cierro la boca porque no vale la pena discutir por eso.

Saludo a todos de beso, incluido el tío Cayetano, aunque no lo soporto; cuando era niña, solía meterme un dedo en la boca cuando nadie estaba mirando. La última vez que lo hizo fue durante la primera comunión de Vanessa, cuando yo tenía doce años: estaba en el baño mientras todos los demás se encontraban en el patio trasero. Al salir, metió el dedo en mi boca mucho más profundo que otras veces, así que lo mordí. Cerré la boca con fuerza y no lo solté: creo que quería llegar al hueso.

«Hija de tu pinche madre», gritó. Cuando finalmente le solté el dedo, retrocedió y salió de la casa sacudiendo la mano, dejando que la sangre chorreara por el piso; les dijo a todos que un perro lo había mordido y se fue de la fiesta con una servilleta envolviéndole el dedo. Yo me quedé en una esquina el resto de la noche, bebiendo vaso tras vaso de refresco para quitarme el sabor salado y metálico de su sangre de la boca. Me pregunto si alguna vez le hizo algo así a Olga.

La esposa del tío Bigotes, Paloma, corre a conseguirnos algo de comer cuando terminamos de saludar a cada persona en la fiesta. La tía Paloma es una mujer tan grande que el estómago le cuelga y todo le tiembla al caminar; siempre que la veo me pregunto cómo tienen sexo ella y el tío, o quizá ya ni lo hacen ahora que el tío tiene a esa nueva amante de la que cuentan los rumores. Amá dice que Paloma tiene un problema de la tiroides y me siento mal por ella, pero la he visto comerse tres tortas de una sentada. Qué tiroides ni qué nada.

Cuando termino de comer estoy tan llena que los pantalones casi me cortan la circulación. Me siento incómoda sin importar cómo me siente o me acomode; casi quiero acostarme y dejar que la comida se me vaya para todos lados. No sé por qué hago esto. A veces es como si comiera para ahogar algo que grita dentro de mí, aunque ni siquiera tenga hambre realmente. Rezo por nunca ponerme tan gorda como la tía Paloma.

«Buena para comer», dice la tía Milagros señalando con la mirada mi plato limpio. Normalmente no me ofendería un comentario así; los mexicanos siempre dicen eso sobre los niños. Se supone que es un halago. Los «buenos para comer» son personas que se comen sin chistar cualquier cosa que les pongan enfrente, comen con entusiasmo. Significa que no son quisquillosos o malcriados insoportables. Pero esta vez sé que no es un cumplido porque la tía Milagros siempre está criticando. Cuando yo era más chica me caía bien, pero con el paso de los años se ha convertido en una mujer amargada y resentida. Su esposo la dejó hace mucho por una mujer la mitad de años más joven, y desde entonces ha estado de malas. Es difícil tomarla en serio, con su permanente rojo y su fleco ochentero, pero me enoja que me he convertido en blanco de sus chistes pasivo-agresivos. Hay algo en mí que la hace enojar. Siempre anda burlándose de lo que traigo puesto o haciendo comentarios sobre mi peso, aunque ella está más aguada y deforme que una bolsa de ropa sucia. Pero a Olga la adoraba: todos la adoraban.

Observo a mi prima Vanessa darle frijoles machacados a su hija; apenas cumplió dieciséis años y ya tiene un bebé. Eso sería lo peor que podría pasarme, pero de algún modo Vanessa parece feliz: siempre le está dando besitos a Olivia y diciéndole cuánto la quiere. Me pregunto si algún día terminará la preparatoria. ¿Qué vida te espera si vives con tus padres y tienes un bebé que cuidar? Olivia es adorable, claro, pero yo nunca sé qué hacer con los bebés.

Salgo de la casa y veo al primo de mis primos, Freddy, y su esposa Alicia, que llegan cuando están preparando la piñata. Siempre me he sentido fascinada por ellos. Freddy se graduó de la Universidad de Illinois y trabaja como ingeniero en el centro, y Alicia estudió teatro en DePaul y trabaja en la compañía Steppenwolf. Siempre andan vestidos como si acabaran de salir de un desfile de modas. Alicia tiene los atuendos más interesantes: vestidos de telas brillantes y alocadas, y aretes que parecen objetos de museo. Hoy le cuelgan dos manos de plata de las orejas. Freddy trae jeans oscuros y un saco negro. No hay nadie como ellos en mi familia. Nunca nadie ha ido a una universidad de verdad. Siempre me dan ganas de hacerles un millón de preguntas.

—Hola, chicos. ¿Cómo están? ¿Qué ha habido? —Se ven tan sofisticados que me siento como una boba andrajosa cuando hablo con ellos. Me da pena.

—Estamos bien —dice Freddy solemnemente—. Lamento mucho lo de tu hermana. Estábamos en Tailandia y no pudimos llegar al funeral.

Todos en la casa comienzan a salir para la piñata; Víctor de pronto comienza a llorar porque todavía no está listo. Qué horror, es un bebé.

—Sí, lo lamentamos muchísimo —dice Alicia tomándome de la mano.

Eso es lo que todos dicen sobre Olga: «Lo lamento, lo lamento, lo lamento». Nunca sé qué decir. ¿«Gracias» es la respuesta correcta?

—¡Tailandia! Qué genial. ¿Cómo es? —No quiero hablar de mi hermana.

—Fue hermoso. —Freddy sonríe.

Veo a la tía Paloma limpiándole la cara a Víctor con el borde de su blusa; él está inconsolable.

—Sí, montamos elefantes —agrega Alicia—. Fue *in-cre-í-ble*.

—¿Y qué planes tienes para la universidad? —Freddy parece incómodo; probablemente percibe que no debería hablar más sobre Olga. Creo que quizá hago un gesto de rechazo visible cada vez que alguien dice su nombre.

—No sé, la verdad. Quiero irme a Nueva York, supongo, a algún lugar con un buen programa de Literatura. Pero mis calificaciones no han sido tan buenas últimamente, así que estoy un tanto preocupada. Tengo que subir mi promedio en serio o estoy arruinada. —Cuando recuerdo que saqué C en mi último examen de Álgebra, siento como si un montón de serpientes nacieran y reptaran por mi estómago.

—Bueno, mira, si necesitas ayuda con tus solicitudes de ingreso o tienes preguntas, avísanos. Necesitamos más gente como tú en la universidad —dice Freddy.

—Totalmente. —Alicia asiente, y sus manos de plata se balancean—. Es probable pueda conseguirte un trabajo de verano en mi compañía cuando tengas la edad suficiente. Se vería excelente en una solicitud para la universidad.

—Gracias —digo. No sé qué quiere decir Freddy con eso de «gente como yo»... ¿Cómo soy yo? ¿Por qué a alguien le importaría si voy a la universidad o no?

No hay nadie más con quien tenga ganas de hablar, así que me voy a la sala a leer *El guardián entre el centeno*, que tuve que meter de contrabando en mi bolsa porque amá siempre se queja de que lea en las fiestas. ¿Por qué tengo que ser tan irrespetuosa?, quiere saber. ¿Por qué no puedo estar en paz con mi familia? Pero la mayor parte del tiempo no tengo ganas de hablar, y hoy todos harán preguntas sobre mis quince años. Además, todos mis primitos siguen intentando romper la piñata y dudo que alguien se dé cuenta de que no estoy. Sólo espero que el tío Cayetano no entre mientras estoy sola.

Logro leer media hora antes de que me interrumpan. Cuando llego a la parte en la que Holden tira y hace añicos el disco de su hermanita, mi papá y mis tíos se agrupan en el comedor para sacar el tequila caro del mueble de licores. Debí saberlo. En todas las fiestas pasa esto.

La botella que saca el tío Bigotes hoy es de un verde brillante y tiene la forma de una pistola. Como siempre, se sientan a la mesa del comedor y se pasan el tequila hablando sobre lo maravilloso que era vivir en su pueblo, Los Ojos.

—Cómo extraño mi pueblito, chingao. —Tío Octavio cierra los ojos y sacude la cabeza, como si recordara a un antiguo amor.

—¿Recuerdas que nos salíamos de la escuela y nos íbamos a nadar al río? —pregunta el tío Cayetano mientras se sirve otro *shot*.

—Ojalá no me hubiera ido —dice apá en voz baja.

Si aman tanto ese pueblo, ¿por qué no se regresan a vivir ahí? No entiendo. Siempre hablan de México como si fuera el mejor lugar de la Tierra.

Vuelvo a mi libro, pero el tío Bigotes me hace una seña para que me acerque.

—Ven, mija.

Voy hacia la mesa y me quedo a cierta distancia, pero me pide que me acerque más. Me jala hacia él y rodea mi cuello con su brazo. Su aliento huele a tequila, cigarros y algo más profundo y asqueroso que no puedo definir; intento alejarme

70

discretamente pero es inútil, su brazo me tiene atrapada. Desearía que apá me salvara, pero sólo mira fijamente su trago.

—¿Qué hacías sola en la sala?

—Intentaba terminar mi libro —explico.

—¿Para qué quieres libros en una fiesta? —responde—. La familia es lo más importante, mija. Sal y habla con tus primos.

—Pero a mí me gusta leer.

—¿Para qué?

—Quiero ser escritora. Quiero escribir libros.

El tío Bigotes le da otro trago a su bebida.

—¿Estás emocionada por tu fiesta?

—Supongo.

—¿Cómo que supones? Deberías estar emocionada. Tus padres están haciendo un enorme sacrificio por ti.

Claro, un sacrificio que yo no quiero.

—¿Sabes? Sin familia no sobrevivirías. Y ahora que eres mayor, tienes que aprender a ser una buena señorita como tu hermana, que en paz descanse. —Tío asiente dramáticamente y luego me mira a los ojos para comprobar que haya entendido su punto.

—Pero quiero terminar mi libro, tío. —Mi español no suena muy bien y siento cómo la cara se me pone colorada.

El tío Bigotes se toma otro *shot* de tequila y me suelta del cuello cuando amá entra en la sala. Hace un gesto de desagrado con los labios como si acabara de morder una cebolla, y les dice que son una bola de borrachos horribles.

—Mira a esta. —El tío Bigotes la ignora y me señala con su vaso—. Tiene el nopal en la frente y apenas puede hablar español. Este país está echando a perder a tus hijos, hermana —señala a amá mientras se levanta de la mesa.

Nadie parece saber qué decir. Apá sigue mirando su bebida, como si buscara alguna respuesta; amá cruza los brazos y le lanza una mirada molesta al tío Bigotes mientras él sale de la habitación. El tío Cayetano se sirve otro trago. Es el cuarto, se los he estado contando.

Todos se quedan en silencio hasta que escuchamos las violentas arcadas que vienen desde el baño. Me toco la frente y me imagino un nopal espinoso pegado ahí, y mi rostro ensangrentado como el de Jesús.

Esa noche sueño que duermo en la antigua habitación de amá en la casa de mamá Jacinta cuando de pronto se incendia. Salgo corriendo a la calle, descalza y con un camisón azul brillante antes de que todo se queme; me quedo observando la casa mientras chisporrotea y cruje, sintiendo el frío lodo bajo los pies. De pronto papá Feliciano, el papá difunto de amá, está parado detrás de mí con una cabra muerta entre las manos, su cabeza cuelga de un nervio largo y delgado. Tiene salpicaduras de sangre en el rostro y en su ropa.

Todo es raro, como suele ser en los sueños: la casa es mucho más grande de lo que recuerdo, y hay enormes robles por todas partes. Algunas cosas están en reversa o de cabeza, como un carro vacío que avanza hacia atrás. Sé que estoy en Los Ojos pero es muy diferente, está vacío. La casa al otro lado de la calle se convirtió en un campo de girasoles.

—¿Dónde está mamá Jacinta? —le grito a mi abuelo, pero no me responde. Me ofrece la cabra sin vida que trae entre los brazos. Grito y grito mientras él se queda ahí, mirándome sin comprender. No sé si mamá Jacinta está viva o muerta.

El incendio comienza a crecer, así que corro al río. Siento el calor a mi espalda, chamuscándome las puntas del cabello. Las piedras me cortan los pies. Es de noche, pero de alguna manera el cielo sigue iluminado. El sonido de los grillos casi es ensordecedor. Huele a tierra mojada.

Salto al agua cuando el fuego al fin me alcanza, cerca de la estación de tren abandonada. Cuando abro los ojos, el agua es densa y sucia, y un grupo de sirenas enredadas entre basura y algas nadan hacia mí, con sus largos cabellos flotando alrededor de sus rostros. Sus colas son de un verde iridiscente, y sus pechos pequeños y desnudos. La de en medio voltea hacia mí y me saluda con un movimiento de mano. Es Olga. Tiene la misma sonrisa que cuando murió y su piel brilla, como si hubiera algo encendido en su interior.

—¡Olga! —grito, y mis pulmones se llenan de agua sucia—. Olga, ¡vuelve, por favor! —Las otras sirenas se la llevan con cuidado. Intento nadar hacia ellas, pero las piernas no me responden. Es como si estuvieran ancladas al fondo del río. Despierto llorando y con la respiración entrecortada.

SIETE

Lorena tiene un nuevo amigo en la escuela que es más gay que un unicornio arcoíris. Lo conoció en la fila de la cafetería cuando él le chuleó sus ridículos tacones verdes. Comenzaron a hablar sobre ropa, maquillaje y las malas elecciones de moda de los ricos y famosos, y eso fue todo: ¡mejores amigos por siempre! Él le contó sobre las fiestas locas a las que va con su séquito de *drag queens*, lo que emocionó muchísimo a Lorena, pues lo único que quiere es andar de fiesta. Ahora hablan todo el tiempo y hasta andan por los pasillos tomados de la mano.

Cuando Lorena me dice su nombre, me niego a creerlo porque es extremadamente tonto. Se llama Juan García pero se hace llamar Juanga, que es el apodo de Juan Gabriel, el cantante más amado de México y que, aunque es *toda una reina*, no ha salido oficialmente del clóset. ¿Cómo puede compararse con él? Es como hacerte llamar Jesucristo o Juana de Arco. Obviamente tengo que odiarlo de inmediato. No puedo negar que estoy celosa. Lorena y yo hemos sido gemelas siamesas desde que nos conocimos. Más le vale al tal Juanga cuidarse.

Nuestro maestro de Historia está enfermo, así que tenemos la hora libre. El suplente, el maestro Blankenship, respira ruidosamente por la boca y usa un suéter verde lleno de bolitas y dos tallas más pequeño. Puedo ver su panza peluda cuando levanta los brazos. No sé de dónde diablos sacan a esta gente; el último sustituto hablaba ceceando y usaba una cangurera.

En vez de seguir trabajando en nuestros proyectos de investigación, nos pone un documental sobre la Segunda Guerra Mundial que ya habíamos visto. Ni siquiera han pasado diez minutos de película y ya se quedó profundamente dormido y ronca de manera muy escandalosa. El salón poco a poco se vuelve un caos: algunos ponen música en sus celulares; Jorge y David se lanzan un balón de futbol en miniatura de un lado a otro del salón, y Darío se sube a su escritorio y comienza a bailar, sacudiendo el cabello y haciendo pucheros. Hace esto cada que un maestro sale del salón. Hay algo en la forma en que se mueve que me hace pensar en un flamenco.

—Tenemos que ir a un baile de máscaras al que me invitó Juanga —me dice Lorena con los ojos muy abiertos—. Todos, en serio, *todos* irán. Es en un *loft* elegante en el West Loop.

Basta con escuchar su nombre para ponerme de malas.

—¿A quién te refieres con eso de «todos»? Sabes que casi no me gusta la gente. Además, a mi mamá le daría un infarto. Así que no. —A una parte de mí le intriga la fiesta, pero la otra no quiere pasar la noche con Juanga. No ha alcanzado el estatus de archinémesis, pero sin duda no quiero que sea mi amigo.

—Ay, por Dios, miéntele y ya, tonta. Nunca aprenderás, ¿verdad? Dile que vamos a un viaje para conocer una universidad.

—Eso ni siquiera tiene sentido; aún nos falta para terminar la prepa, ¿recuerdas? ¿Cómo me creerá algo así?

De pronto estalla una bomba en el video y el maestro Blankenship se despierta durante medio segundo.

—Toma. Dale esto a la loca de tu mamá —dice Lorena entregándome un papel—. Ya lo había pensado desde antes. *Tenemos* que ir a esta fiesta.

De acuerdo con la hoja, iremos a la Universidad de Michigan para ver cómo es la vida universitaria. Nos quedaremos en los dormitorios, comeremos en la cafetería de la escuela, veremos una obra de teatro y haremos un recorrido por las instalaciones. Lorena lo tradujo al español en la parte de atrás, incluso se las arregló para conseguir un papel membretado de la escuela.

Estoy boquiabierta.

—¿De dónde sacaste esto?

—No te preocupes por eso —responde Lorena sonriendo.

—En serio, es impresionante. No tenía idea de que fueras tan inteligente.

—¡Cabrona!

—¿Entonces?

—Bueno, me robé la hoja del escritorio del maestro Zúñiga e inventé lo demás.

—Supongo que sólo te haces la tonta, ¿verdad? —intento darle unas palmaditas en la cabeza, pero ella se agacha y aleja mi mano.

—Si faltas a la fiesta, te arrepentirás.

Cuando le doy el permiso a amá después de clases, dice que no sin siquiera mirarme. Eso es lo que hace siempre; es como si ni siquiera mereciera el contacto visual. Pero no me sorprende, por supuesto que no. Estaba preparada para esto. Incluso hice unas notas para ayudarme con mis argumentos. Ruego y suplico y le digo lo mucho que quiero ir a la universidad, cómo esto será una gran oportunidad, que lo necesito para mi desarrollo emocional e intelectual. Pero después de diez minutos de súplicas, es claro que no cederá.

—Ninguna hija mía va a andar durmiendo en las calles.

—¿En las calles? Eso no tiene sentido. Voy a estar en un *dormitorio*.

—Crees que ya eres la gran adulta, pero sólo tienes quince años. Ni siquiera sabes cómo hacer una tortilla.

Comienzo a arder en furia. Amá es tan dramática; a veces quiero salir corriendo y gritando del departamento y nunca volver. No sé qué tienen que ver las tortillas con nada.

—Esto es ridículo. Quiero ir a la universidad. Quiero ver el mundo, Nunca salgo de este estúpido barrio. —Me tiembla el labio inferior. Casi comienzo a creerme mi propia mentira.

—Puedes ir a la universidad sin dejar de vivir aquí, ¿sabes? Eso es lo que hacía Olga.

—Por supuesto que no. Jamás. Prefiero vivir en un barril, a quedarme aquí e ir a la universidad comunitaria. —Olga fue durante cuatro años y nunca se graduó. No estoy realmente segura de qué estudiaba, algo de negocios.

—¿Por qué Olga nunca sintió la necesidad de andar en la calle como si fuera una gitana? Siempre estaba cómoda aquí en casa, pasando tiempo con su familia. Bien a gusto, mi niña. —Amá mira hacia el techo como si intentara hablar con mi hermana en el cielo.

—No era una niña. ¡Era una mujer! —No sé por qué eso me enfurece tanto. Corro a mi habitación y azoto la puerta. Odio que amá me vea llorar.

La noche del baile de máscaras intento leer en la sala, pero no puedo concentrarme porque estoy demasiado nerviosa. Sólo espero a que mis padres se acuesten para escabullirme del departamento. Los viernes suelen irse a dormir como a las nueve, lo cual es deprimente; no quiero ser vieja y aburrida y nunca hacer nada divertido los fines de semana. Por eso no me casaré ni tendré hijos. Qué fastidio.

Media hora después de que se fueron a dormir, voy de puntitas hasta su puerta y escucho. Dios quiera que jamás en la vida los oiga teniendo sexo, porque si eso pasa, quizá tendría que echarme veneno en las orejas, aunque tal vez ya ni tienen relaciones. Quién sabe. Por suerte, puedo escucharlos roncar. No entiendo cómo amá puede dormir con los aterradores rugidos de apá.

Vuelvo sigilosamente a mi habitación y acomodo unas almohadas y una cobija extra en mi cama. Tomo una de mis viejas muñecas y la pongo donde debería estar mi cabeza; la cubro casi por completo, pero dejo unas mechas del cabello oscuro afuera para que se vea más real. Me alegra ser tan lista. Si amá abre la puerta y no enciende la luz, definitivamente funcionará. He visto a amá asomarse a mi cuarto algunas noches, es muy paranoica. Si por alguna razón decide levantar la cobija, dejé una nota que dice que estoy con Lorena porque está en crisis y volveré pronto, que no se preocupe. Dudo que sirva de mucho, pero parece mejor que nada.

Después de ponerme mi único vestido negro decente, le envío un mensaje a Lorena para que pase a recogerme, y dice que ella y Juanga llegarán en cinco minutos. Voy hacia la puerta lo más silenciosamente posible: tengo miedo hasta de parpadear. Girar la manija me toma una eternidad porque no quiero hacer un solo ruido. Cuando cierro, rezo por no haber despertado a mis padres.

Ahora tengo que esperar en el frío de las escaleras a que lleguen. La acera frente a nuestro edificio se ha estado deshaciendo desde hace años y nunca nadie se ha molestado en arreglarla; los pocos árboles en las calles son muy escuálidos y han perdido casi todas sus hojas. Espero que nadie pase por aquí en este momento. Estoy harta del acoso de los pervertidos de este lugar; probablemente molestarían a cualquier cosa con aspecto de tener bubis, humana o no. Reviso la hora una y otra vez, maldiciendo en silencio a Lorena por mentirme sobre cuánto tardaría. ¿Y si amá despierta y me ve aquí afuera? ¿Y si alguien me descubre y me acusa? Nuestra vecina de al lado, doña Josefa, se la pasa asomada por la ventana y es la persona más chismosa que he conocido. No dejo de pensar en los peores escenarios hasta que me siento dentro de un tornado de preocupaciones y considero volver a la cama. Más vale que esta fiesta sea memorable.

Al fin los veo llegar.

Resulta que Juanga no tiene licencia, pero de cualquier modo tomó «prestado» el auto de su papá.

—No te preocupes, perra, no te voy a matar —dice, carcajeándose como loco al ver mi gesto de preocupación.

Nos estacionamos frente a una bodega enorme al oeste del centro. La calle está oscura y el edificio se ve viejísimo y abandonado; estoy segura de que nos violarán o asesinarán, pero no digo nada porque no quiero ser aguafiestas. Lo único que me reconforta es que hay muchos autos estacionados afuera, algunos caros. Antes de entrar, Juanga nos entrega máscaras. La mía está cubierta con plumas de pavorreal y pedrería, que no es realmente mi estilo, pero está bien.

Me equivoqué sobre el departamento. No parece una escena del crimen; de hecho, no se parece a nada que haya visto antes. Me pregunto cómo se ganan la vida estas personas porque el lugar es como de revista: lámparas chinas, lo que parecen ser obras de arte reales y tapetes con diseños intrincados. Dios mío, me encantaría vivir en un lugar así yo sola. Apenas puedo esperar para salir de nuestro departamento en ruinas algún día.

Todos voltean a vernos. Definitivamente somos las personas más jóvenes aquí. Tal vez se nota, aunque llevamos máscaras. Tras unos minutos de permanecer ahí en un silencio incómodo, una mujer muy grande con un vestido de piel ajustado al cuerpo y una máscara roja llega corriendo hacia nosotros.

—¡Hola, perra! —le dice a Juanga y le da un beso en la mejilla.

—¡Hola! —chilla Juanga y voltea hacia nosotras—. Ella es Maribel, nuestra hermosa anfitriona esta noche.

—Un placer —dice Maribel con una reverencia exagerada. Su vestido es tan escotado que temo que una de sus bubis se le saldrá—. Siéntanse en su casa, no sean tímidas. Hay bebidas en el comedor.

Los tres avanzamos hacia el licor. Lorena y Juanga sirven algunos *shots* de no sé qué; no acepto porque la última vez que tomé *shots* de vodka con Lorena, vomité tanto que me salió por la nariz. Mejor abro una cerveza, pero me arrepiento de inmediato. Así deben saber la orina y la bilis. La única vez que probé cerveza fue cuando tenía doce años y le di un trago en secreto a la Old Style de apá cuando fue al baño. Me supo asquerosa entonces y también ahora. Me la bebo rápido sin respirar.

La máscara por encima de los lentes me resulta incómoda, y me hace sudar y tener comezón. Debí haberme puesto los de contacto, pero ya no tenía. Me temo que me provocará una espinilla, así que me la quito. Me distraigo viendo el horizonte cuando un hombre con una máscara de *El fantasma de la ópera* me jala hacia la pista de baile: no tengo idea de quién es, pero no tengo nada de qué preocuparme porque aquí todos son *queer* o trans. Es agradable no tener que lidiar con pervertidos por una vez.

El dj pone a James Brown y todos enloquecen, sacudiendo los brazos y gritando la letra. No soy buena para bailar, pero me gusta el ritmo. Además, no puedo verme peor que el hombre junto a mí, que baila como un tiranosaurio rex. Después de algunas canciones, comienzo a relajarme. Cuando sacudo los hombros como las *drag queens*, se ríen y aplauden. Estoy fascinada con estas mujeres. Aunque sean gordas se mueven como si pensaran que son fabulosas. Ojalá pudiera ser así.

Mientras doy vueltas con una señora vestida con un *body* ajustado, alguien me da unos golpecitos en el hombro; una mujer pequeña con una máscara plateada inclina la cabeza, como si intentara recordar de dónde me conoce.

—¿Sí?

—Espera, ¿eres la hermanita de Olga? ¿Julia? —grita entre la música.

—¿Qué? ¿Quién eres? —le respondo a gritos, mirándola con extrema desconfianza. No tengo idea de quién es.

—¿No me recuerdas? —se quita la máscara.

—Obviamente no.

—Soy Jazmyn, ¿te acuerdas? La amiga de Olga, de la prepa. ¡Mírate nada más! Cómo has crecido.

Y de pronto la recuerdo: Jazmyn, con su quijada hundida y sus ojos caídos. También recuerdo que su nombre se escribía de una forma tonta. Aunque era una niña, me parecía insoportable.

—Más o menos —digo sin interés. No tengo ganas de hablar con ella. No quiero darle explicaciones.

—¿No eres un poco joven para estar en una fiesta como esta? Recuérdame cuántos años tienes. —Al parecer hay gente entrometida por todas partes.

Finjo que no la escuché.

—Por Dios, pasé tanto tiempo en tu casa. Olga, Angie y yo éramos inseparables el segundo año. Recuerdo que eras una niñita muy sensible, siempre andabas llorando por algo.

Pongo los ojos en blanco. ¿Por qué todos me recuerdan lo horrible que era de niña?

—¿Sabes? No he visto a Olga en siglos. Me la encontré cuando andaba de compras hace unos años. No dejaba de hablar de un tipo del que estaba enamorada, parecía muy emocionada. Nunca la había visto tan feliz.

La música suena más alto y puedo sentir el bajo retumbando por mi cuerpo.

—Espera, ¿qué? ¿Te refieres a Pedro, el cerdo hormiguero? ¿O era alguien más?

—¿Qué? —Jazmyn se lleva una mano a la oreja para escuchar mejor.

—¡El tipo que parecía un cerdo hormiguero! ¡Pedro! —uso mi mano para dibujar un hocico porque no logra entenderme, pero sigue confundida. Jazmyn se acerca más, puedo sentir su aliento caliente en mi cara.

—Y entonces, ¿cómo está Olga? No seguimos en contacto después de que me fui a Texas. Vuelvo de cuando en cuando. Esta fiesta es de mi prima —señala hacia Maribel, quien nos manda besos.

—Está muerta. —Me niego a decir «falleció», como haría cualquiera. ¿Por qué la gente no puede decirlo con todas sus letras?

—¿Qué? —Jazmyn parece confundida.

—¡Dije que está muerta! —Siento la cerveza moverse en mi estómago. El lugar me da vueltas.

—No lo puedo creer… Éramos… éramos… éramos amigas. —Parece que Jazmyn está por llorar. Quizá no debí haberle dicho—. ¿Cómo pasó? Era tan joven. Dios mío.

—La atropelló un tráiler. Fue en septiembre.

No puedo ir a ninguna parte sin tener que hablar de mi hermana muerta, y cada que lo hago, siento que podría desmayarme o vomitar. Los ojos de Jazmyn se llenan de lágrimas.

La dejo ahí y corro al baño. Cuando me inclino sobre el escusado, no sale nada. Me salpico la cara con agua fría, lo cual hace que el delineador y el rímel se me chorreen. Intento limpiarme el maquillaje con un pedazo de papel de baño, pero sigo viéndome como el Joker. Tendré que volver a ponerme la máscara. Respiro profundamente un par de veces antes de regresar. Me cuesta trabajo respirar con normalidad, como si mi cuerpo se hubiera olvidado de cómo hacerlo. Quizá Jazmyn no hablaba de Pedro. Voy corriendo a buscarla por todo el *loft*, incluso afuera, pero debe haberse ido. No la veo por ninguna parte. Encuentro a Juanga y a Lorena tomando *shots* en la cocina.

—Ten, toma esto. Lo necesitas —Lorena me entrega un vaso.

El olor hace que el estómago se me revuelva, pero lo bebo de cualquier modo. Me quema la garganta y envía un agradable calor que recorre todo mi cuerpo. Mis músculos comienzan a destensarse. No me extraña que tanta gente sea alcohólica.

Para cuando Juanga y Lorena están listos para irse a casa, estoy borracha. No sé exactamente cuánto ha tomado Juanga, pero estoy cien por ciento segura de que no debería manejar. Pero ¿qué otra opción tengo? ¿De qué otro modo puedo irme a casa?

Apenas puedo mantener los ojos abiertos, pero puedo sentir cómo Juanga serpentea por toda la autopista. Cuando tomamos una de las salidas, pisa los frenos con tanta fuerza que casi me golpeo la cabeza con el respaldo del asiento de Lorena.

—Perdón, perdón, perdón —masculla.

Espero con toda mi alma que Juanga no me mate, porque si eso pasara, amá se volvería realmente loca. Ya casi es hora de despertar y comenzar un nuevo día. El cielo sigue oscuro, pero está comenzando a iluminarse. Hay unas hermosas y tenues franjas anaranjadas sobre el lago. Parece que lo hubieran partido a la mitad.

Pienso en el rostro de Jazmyn cuando le conté lo de Olga. El fantasma de mi hermana me persigue adondequiera que voy.

OCHO

Amá me pide que limpie casas con ella hoy. No, tachen eso. Me *obliga* a limpiar casas con ella hoy. La señora con la que suele trabajar se lastimó la espalda y no puede levantarse. No sólo eso, amá dice que debería ganarme mis quince años, aunque yo preferiría comerme un tazón de amibas que seguir con su plan. Ahora que casi soy una mujer, es tiempo de que aprenda a ser responsable, dice amá. No es exactamente la forma en que quiero pasar mi domingo, pero no tengo opción. ¿Qué decirle? «Vete a limpiar esas mansiones tú sola, carajo. ¡Yo tengo ganas de escribir y dormirme un rato!». Eso no sería aceptable, en especial teniendo en cuenta que Olga, mi angelical hermana, era la fiel ayudante de mamá.

Todas las casas que tenemos que limpiar están en Lincoln Park, uno de los vecindarios más adinerados de Chicago. La primera es de un hombre que no está en casa. Ya está impecable, así que sólo nos toma una hora. Facilísimo. Vaya que la gente gasta dinero en cosas estúpidas.

La segunda está a unas cuantas cuadras, y la dueña es una insoportable abogada que está al pendiente de lo que hacemos y nos habla con su horrible español de preparatoria, aunque puedo asegurar que mi inglés es mejor que el suyo. La odio y odio sus muebles beige desde el principio, pero simplemente sigo el juego y finjo que *yo no habla* inglés. Amá dice que es mejor no hablar con ellos si podemos evitarlo. Nos toma tres horas terminar porque también tenemos que lavar la ropa. No sé por qué no lo puede hacer ella; o sea, estuvo ahí todo el tiempo. Algunas personas son demasiado flojas.

El último lugar es una casa antigua de dos pisos cerca del campus de DePaul. El dueño nos dice que es profesor de Antropología, como si eso nos importara. También es un engreído. Se presenta como el doctor Scheinberg y usa la palabra *propicio*. Obviamente sé qué significa, o sea, sí leo, pero ¿por qué usarías palabras así con una empleada doméstica mexicana? Como dice el maestro Ingman, «conoce a tu público».

El doctor Scheinberg nos dice que volverá en tres horas y media. Quiero darle un golpe en la garganta cuando dice «hasta la vista» en vez de «adiós», pero sólo sonrío y lo despido agitando la mano.

La casa parece un museo. Está llena de tapetes multicolores, máscaras africanas en café y negro, y figuras de hombres y mujeres en extrañas posiciones sexuales. Todo parece costar miles de dólares y pertenecer más a una vitrina. A primera vista parece limpio, pero cuando miras más de cerca hay migajas, mugre y pelusas del tamaño de conejos por todos lados.

—Ave María purísima —dice amá entre dientes mientras hace la señal de la cruz. Probablemente cree que el tipo es satanista. Siempre asume que la gente es satanista.

Amá dice que es mejor que comencemos con las partes más asquerosas de la casa: los baños, más vale terminar con eso primero. El baño principal está cubierto de montones de ropa y toallas mojadas. El lavabo está lleno de gotas de pasta de dientes y pequeños pelos negros. Qué asco. Me abro paso pateando cosas y me acerco al escusado: tiene sentido empezar por la peor parte. Me pongo los guantes que amá me dio, tomo el cepillo de su lugar y contengo la respiración.

—Ándale —dice amá.

Esto es lo que más me temía. Puedo enfrentarme a la mugre, pero los escusados… los escusados de otras personas siempre me ponen de malas. Una vez me dio una infección urinaria por aguantarme las ganas de hacer pipí durante horas porque no podía encontrar un baño aceptable. Los otros dos que lavamos fueron más fáciles porque estaban relativamente limpios, pero dudo que ese vaya a ser el caso aquí.

Levanto la tapa y es peor de lo que esperaba. Mucho peor: hay un enorme mojón negro. ¿Es de verdad? ¿Es una broma? ¿Hay una cámara escondida en alguna parte? Me alejo de un salto y comienzo a tener arcadas. Los ojos se me llenan de lágrimas. ¿Qué diablos come este hombre? ¿Carbón?

—¡No seas tan delicada! Jálale y límpialo —dice amá poniendo los ojos en blanco, como si viera este tipo de desastres biológicos todos los días. Bueno, de hecho tal vez sí los ve.

Respiro por la boca e intento limpiarlo tan rápido como me es posible. Cuando terminamos con el baño principal vamos al de visitas, que en comparación parece un paseo por un hermoso jardín. Gracias a Dios. ¿Para qué necesita alguien más de un baño? No tengo idea.

Tengo miedo de que su cuarto esté lleno de cosas sexuales, pero lo más asqueroso que encontramos son pañuelos desechables arrugados en el suelo junto a la cama y uñas cortadas en su tocador. Ahí también hay ropa y zapatos tirados por todas partes. Creía que *yo* era desordenada, pero este tipo es un bárbaro.

Luego sigue la cocina. Los vapores me queman la nariz mientras tallo la estufa. Me pregunto a cuántos químicos se expone amá diariamente. Desearía tener música porque el silencio me pone nerviosa. Sólo escucho rechinidos, el sonido del rociador y el de la tela contra las superficies. ¿Cómo hace esto amá día tras día?

—Y… ¿a Olga le gustaba limpiar contigo? —No sé qué más decir, pero ya no soporto el silencio.

—¿Gustarle? ¿A quién le *gusta* limpiar? A nadie. Pero hay que hacerlo.

—Okey, perdón por preguntar.

Amá se ve un poco apenada por ser tan dura.

—No pasa nada, mija. —Parece que realmente está pensando qué decir—. ¿Cómo va la escuela?

—Va bien —miento. La verdad es que la escuela es terrible. Me encanta leer y aprender, pero no soporto lo demás. No tengo muchos amigos y me siento sola todo el tiempo. Desde que Olga murió, se ha vuelto peor. Es como si no supiera cómo hablar con la gente, por eso siempre intento perderme en los libros—. Me encanta mi clase de Literatura. El maestro Ingman dice que soy buena escritora.

—Ajá, qué bueno —dice amá, pero no me está poniendo atención. No dice mucho cuando le cuento cosas de la escuela. No sabe mucho al respecto porque tuvo que dejar la secundaria para ayudar con el negocio de la familia; apá se salió un poco antes para trabajar en el campo. Es extraño no poder hablar con tus padres sobre algo tan importante.

Mientras observo la pintura de una mujer con un trasero enorme, colgada en el comedor, recuerdo a la amiga de Olga, Jazmyn, quien también tiene unas nalgotas.

—Amá, ¿te acuerdas de la amiga de Olga, Jazmyn?

—¿Esa huerca? ¿Cómo puedo olvidarme de ella? Siempre estaba en nuestra casa y nunca quería irse a la suya. No la soportaba. ¿Por qué? ¿Qué hay con ella?

—Sólo me acordé. ¿Recuerdas su apellido?

—¿Por qué? ¿La viste, o algo?

Me pongo un poco nerviosa, como si de algún modo ella pudiera ver el interior de mi cerebro y saber que fui a esa fiesta.

—No, claro que no. ¿No se fue a vivir a Texas? ¿Dónde podría verla? —Probablemente sueno demasiado a la defensiva. Dejo que el silencio se extienda un poco; con un gesto de desagrado, amá sacude todas las estatuas.

—¿Olga tenía novio? —digo por fin.

—El único novio que tuvo fue Pedro, qué muchacho más agradable.

Si con «agradable» quiere decir feo y aburrido, pues sí.

—Entonces *¿nunca* tuvo un novio después de eso?

—Pues claro que no. ¿Qué clase de pregunta es esa? ¿Alguna vez la viste por ahí con muchachos? —Amá parece molesta, pero no puedo dejar de hacer preguntas.

—Bueno, bueno, perdón. Es sólo que… ¿cómo es posible que tuviera veintidós años y ni un novio en tanto tiempo? Parece extraño.

—¿Qué tiene de raro una señorita que no anda por ahí de cama en cama, que disfruta pasar el tiempo en casa con su familia? Las muchachas de aquí no tienen moral. Tú eres la rara, ¿sabes? —El rostro de amá se empieza a llenar de manchas rojas y sus ojos parecen inflamados, así que me callo y sigo limpiando.

El doctor Scheinberg llega justo cuando estamos terminando. Cuando nos entrega el dinero dice «Gracias» y hace una reverencia con las manos juntas, y ay, por Dios, no lo hace en tono de broma. No me gusta la forma en que se le queda viendo a amá cuando se despide: hay algo en él que me hace sentir como embarrada de una baba tibia y asquerosa. Con razón no está casado.

Ya está oscuro y el suelo está cubierto de nieve. Todo parece hermoso y tranquilo, como si fuera una fotografía y no la vida real. Por lo general el invierno me pone taciturna, pero momentos así de vez en vez son pacíficos y agradables: los carámbanos, la nieve brillante, el silencio.

Para cuando llegamos al camión me duele la espalda, tengo las manos resecas y los ojos me arden por todos los productos de limpieza. Huelo a cloro y a sudor. Nunca en mi vida había estado tan cansada. ¿Quién diría que los ricos pueden ser tan asquerosos? Ahora entiendo por qué todo el mundo le dice «la chinga» al trabajo y por qué amá siempre está de mal humor. Me pregunto qué otras cosas ve en las casas de la gente, y si otros hombres la miran como el doctor Scheinberg.

NUEVE

Decido ir al baile escolar porque el *after* es en casa de Alex Tafoya. Sus padres están en México durante unas semanas y Lorena dice que su hermana, Jessica, quien fue a la escuela con Olga, estará allí. Podría ser completamente inútil, no estoy segura de qué tanto se conocían, pero no sé qué más hacer.

Amá me deja ir al baile, lo cual creo que califica como milagro aunque me dice que más me vale no andar de volada, lo que significa no andar de «coqueta». Siempre que dice cosas así me siento apenada, y no sé por qué si ni siquiera he hecho nada.

Tengo que comprar un vestido nuevo y amá dice que me llevará al centro comercial. Odio ir de compras, pero ya no tengo opción pues no tengo nada que ponerme; los únicos tres vestidos que tengo literalmente están a punto de deshacerse. Uno tiene un agujero enorme en la axila; amá dice que con él parezco una huérfana, que debería tirarlo, pero me gusta cómo me queda. También dice que no puedo ponerme jeans ni ninguna de mis camisetas de bandas que tanto odia. Tampoco mis Converse. Tengo que verme como una «mujer decente».

Gracias a mi próxima fiesta de quince años, mi presupuesto es de tan sólo cuarenta y cinco dólares, prácticamente nada.

El domingo antes del baile, amá y yo vamos al *outlet* de los suburbios. Tras una hora de viaje en auto hacia el oeste entre neviscas, al fin llegamos. Pensaba que nuestro vecindario era malo, pero si tuviera que vivir en los suburbios, creo que simplemente me dejaría morir. No me importa que las casas sean caras y enormes, todo es exactamente igual, y los únicos restaurantes que veo son Chili's y Olive Garden.

La primera tienda a la que vamos está llena de mujeres blancas que nos ven raro cuando entramos, lo cual ya es mala señal. Miro discretamente la etiqueta de un ridículo suéter rosa y veo que está en oferta a sólo noventa y nueve dólares. Si eso es lo que consideran oferta, probablemente ni siquiera nos alcance para unos calcetines. No, gracias.

—Vámonos —digo.

Caminamos cerca de media hora en busca de una tienda con precios aceptables, y sólo quiero rendirme y hundir la cara en un rollo de canela, aunque siempre me hacen vomitar. Me siento en una banca y le digo a amá que no encontraré nada, que puede seguir viendo sin mí.

—Vamos —dice amá, jalándome del brazo—. Vamos a encontrarte algo, no seas tan dramática. Si no, iremos a otro lugar.

—Preferiría comprar el peor vestido que haya aquí, a ir a otro centro comercial. Ya hay que terminar con esto —digo y me pongo de pie, decidida.

Tras probarme como veinte vestidos en cinco tiendas, finalmente encuentro uno que quiero: tiene un diseño a cuadros negros y rojos y me queda justo por arriba de la rodilla, lo que es perfecto para mí porque un poco más largo me hace ver chaparra y regordeta. Es algo que imagino que usaría una profesionista al salir por unos tragos después del trabajo. Apuesto a que nadie en la escuela tendrá un vestido como este; además, tengo suerte porque es talla diez y está en oferta. Con un setenta y cinco por ciento de descuento, cuesta 39.99 dólares.

Cuando salgo del probador, amá niega con la cabeza.

—¿Qué?

—Está demasiado apretado.

—Claro que no. ¡Me queda perfecto!

—Resalta demasiado tu pecho —dice amá, haciendo un gesto de disgusto como si acabara de oler algo asqueroso.

Amá odia cuando las mujeres usan ropa reveladora, pero este vestido no es para nada sexy. Ni siquiera está escotado, no muestra nada. Cada que mis padres prenden la televisión hay mujeres vestidas como desnudistas, incluso las presentadoras de noticias, ¿y a mí deben avergonzarme mis bubis? No lo entiendo. Incluso cuando descubrió que me había rasurado las piernas se puso como loca. ¿Se supone que debería cubrirme con mantos y dejar que mi cuerpo se recubra con un pelaje oscuro?

—Yo creo que se me ve bien —le digo a amá—. Me gusta, y el precio es perfecto.

—¿Por qué siempre te vistes de negro? ¿Por qué no pruebas con otro color, algo bonito, como amarillo o verde?

Una mujer entra al probador con un montón de pantalones negros. Me sonríe incómodamente, como si de alguna manera supiera que esto es una tortura para mí.

—¿Amarillo o verde? ¿Es broma? Qué horror, amá.

—No es decente, Julia. ¿Por qué no lo puedes entender? No lo pagaré.

—¿Entonces sólo me comprarás un vestido que te guste a ti aunque yo lo odie? —Debí saber que comprar con amá sería un error.

—Sí, así es.

—No lo puedo creer. ¿Por qué siempre haces esto? ¿Por qué no puedo ponerme lo que quiera? No es que me vaya a poner unos minishorts y un *top* transparente.

—Te recuerdo que tú no eres la que manda. ¿Por qué siempre lo complicas todo? ¿Por qué nunca eres feliz? Intento hacer algo bueno, ¿y te portas así? Dios mío, ¿quién hubiera pensado que tendría una hija tan malagradecida? —Amá tiene una gran habilidad para el arte de generar culpa; podría ganar una medalla de oro.

—Ay, por Dios, mejor no me compres nada.

Vuelvo al probador con los ojos llorosos. Intento limpiarme las lágrimas, pero no dejan de salir. Siento un sollozo que me recorre todo el cuerpo y lo detengo antes de que cruce mi garganta. Me siento tan frustrada que no sé qué hacer. A veces, cuando me siento así, quiero romper cosas. Quiero escuchar cosas haciéndose pedazos. Mi corazón late tan rápido y con tanta fuerza que apenas puedo respirar, y me pregunto si algo mejorará algún día. ¿En serio así será mi vida?

Me miro en el espejo por última vez. No puedo evitar que mis bubis sean grandes. ¿Qué se supone que haga? ¿Que me las aplaste con vendas? Estoy harta de que la gente me diga cómo debo portarme y cómo debo verme. Sólo falta un año y medio para que me vaya de casa, y entonces nadie tendrá permitido decirme qué ponerme o qué hacer. Jamás.

Tengo que pedirle prestado un vestido a Lorena, lo cual no es fácil porque su clóset está lleno de ropa brillante con estampados locos, y la mayoría es demasiado chica. Lorena y yo somos de la misma estatura, pero ella es lo suficientemente delgada para comprar a veces ropa de la sección de niñas. El que elijo es negro y elástico; apenas me queda, pero no hay más opción. Además tiene una abertura a un costado, que me parece que se ve elegante. También tengo que pedirle unos *flats* negros, porque he decidido que los tacones son para las tontas.

Lorena y yo vamos al baile con un grupo de chicas: no están permitidas las parejas. Le dijo a Carlos que no puede ir y Juanga lleva una semana desaparecido, pues se fugó con un viejo de Indiana. Me pregunto si lo correrán de la escuela.

Intento fingir que me decepciono cuando Lorena me dice que no irá con nosotras, pero ella sabe que es mentira.

Nos encontramos en la entrada con Fátima, Maggie y Sandra, de nuestra clase de Educación Física. Todas pésimas en gramática, pero muy amistosas. Además, no debería juzgar a la gente por decir *haiga* en lugar de «haya» y *nadien* en vez de «nadie»; muchas personas en la escuela hablan así, y yo ya debería superarlo. Lorena dice que soy muy apretada y por eso casi no tengo amigos.

Las luces brillantes y la máquina de humo dificultan la visión. Cuando mis ojos al fin se acostumbran, noto que hay gente bailando tan pegada que prácticamente están frotándose. Alguien saldrá embarazada de aquí.

Lorena y las chicas se vuelven locas por una canción que no reconozco y corren a la pista de baile; yo decido quedarme donde estoy, y luego de unos minutos comienza a preocuparme hacia dónde debería mirar y qué hacer con mis manos. ¿Y si me quedo viendo a alguien demasiado tiempo? ¿Y si parezco Frankenstein, con los brazos colgando tiesos a los costados? ¿Y si la gente piensa que soy una perdedora por estar aquí sola? Mientras todos estos pensamientos estúpidos me cruzan por la cabeza, Chris se me acerca con sus lentes de sol y su playera de *Scarface*, sin percatarse de lo idiota que parece. Lo conozco desde la primaria, y siempre ha sido un zopenco insoportable.

—Te ves bien, qué raro —dice mirando mi vestido, pero sobre todo mis bubis.

—¿Se supone que eso es un halago?

—Sí.

—Necesitas aprender a hablarle a las mujeres —le doy la espalda, pero sigue hablando.

—¿Tú eres una mujer? Ja —se acerca más y se levanta los lentes de sol como si intentara verme mejor, como si yo fuera un trozo de carne en oferta que está evaluando—. ¿Por qué te vistes como tonta siempre?

—¿En serio? Eres un imbécil, Chris. Ni se te ocurra volver a dirigirme la palabra. Ni siquiera me mires, o ya verás.

—Eres una creída. Ese es tu problema. Crees que eres mejor que todos los demás. Crees que eres muy inteligente porque hablas como una chica blanca.

—¿Quién te crees para hablarme así? —Estoy tan furiosa que me tiemblan las manos. Quiero quitarle los lentes de una bofetada, pero no vale la pena. Probablemente terminará viviendo en el sótano de su mamá hasta los cuarenta años; eso debería bastar como castigo.

Encuentro a las chicas bailando como si fuera su último día en la tierra, con las manos en el aire y meciendo las caderas adelante y atrás: forman un círculo y sacuden sus traseros hacia mí, lo cual me hace reír.

Cuando finalmente apagan las luces, Lorena me dice que podemos irnos caminando al *after* porque es a dos cuadras.

—¿Estás completamente segura de que estará su hermana? Porque sabes que me meteré en problemas, ¿verdad? No le dije a mi mamá porque no me hubiera dejado ir.

—Eso dijo Alex. Se supone que sí estará.

Le mando un mensaje a amá diciéndole que volveré a casa más tarde. No pasan ni tres segundos antes de que sienta el teléfono vibrar, pero no contesto porque ya sé lo que dirá.

La gente cree que Alex es muy *cool* porque es alto y bueno para el basquetbol, y a todas las chicas les parece guapo, pero yo le doy una C⁺ cuando mucho. Tiene dientes bonitos, pero la verdad no veo por qué tanto alboroto.

Su casa ya está llena de gente, lo que me hace pensar que cometí un error. No soy buena para las multitudes. Una vez, cuando era niña, entré en pánico durante un desfile y mis padres tuvieron que llevarme cargando a casa mientras gritaba y pataleaba. A veces me cuesta trabajo respirar en elevadores llenos.

Las ventanas están empañadas por tanto calor humano, y hay personas bloqueando las puertas y pasillos, haciendo que sea casi imposible pasar. Por un segundo creo que tendré un ataque de pánico, pero me calmo. Respiro lentamente y me digo que todo estará bien. Después de cruzar la aglomeración de la sala, llegamos hasta las bebidas en la cocina. La mesa está cubierta con toda clase de botellas, y hay un barril de cerveza junto al fregadero. Alex y el resto del equipo de basquetbol fuman marihuana cerca de la ventana; nos pregunta si queremos o si nos prepara una bebida, lo cual es amable de su parte porque probablemente no tiene idea de quién soy.

Las chicas eligen ron Malibu, pero yo prefiero Hennessy con coca. No estoy segura de si deben mezclarse, pero la combinación sabe bien. Me lo termino en tres tragos. Pero cuando voy a servirme otro, Lorena me toma de la muñeca y me dice que vaya más lento.

Voy al grano.

—¿Dónde está la hermana de Alex?

—No lo sé. No la he visto aún. Intenta divertirte al menos, ya llegará. —Lorena se aleja y se pierde entre la muchedumbre antes de que pueda seguirla.

Paso la mayor parte de la noche buscando a Jessica. No recuerdo realmente cómo es, supongo que en cierta forma se parece a Alex. Lorena dice que tiene el cabello pintado de rojo oscuro, pero no veo a ninguna chica así.

Después de tres tragos más, comienzo a sentirme un poco más relajada. Aunque a veces soy muy bocona, me cuesta trabajo platicar con personas que no conozco; supongo que es algo que teníamos en común Olga y yo. Mientras espero en la fila del baño, le pregunto al chico lindo que está delante de mí quién es el tipo raro de su playera, y él simplemente masculla algo y se aleja. Amá siempre dice que las mujeres jamás deben acercarse a los hombres, que debemos ser perseguidas y cortejadas, y quizá tiene razón, porque esto es demasiado vergonzoso.

Después de orinar encuentro a Maggie sola en la sala y le pregunto si sabe dónde está Lorena; se encoge de hombros y dice que no la ha visto en un rato. Maggie es linda y amable, pero no tiene mucho en la cabeza. Sin importar de qué estés hablando, aunque no le estés haciendo una pregunta, tiene expresión confundida y sus ojos parecen perdidos de un modo que no puedo explicar. No es como Lorena, que sólo finge ser tonta. La estupidez de Maggie es completamente sincera.

—¿Te estás divirtiendo?

—Sí, supongo que sí —dice Maggie mientras se arregla la coleta—. Pero no hay chicos lindos.

—No. Ninguno. Ese de allá parece un escroto —digo señalando a un calvo con cachetes colgantes echado en el sofá.

—Estás loca —dice Maggie riéndose.

—Desafortunadamente —asiento.

Mientras recorro la fiesta buscando a Lorena, a través de una puerta entreabierta veo a una pareja besándose en un cuarto; pero no sólo se están besando sino fajando *en serio*.

—Guau. Mira eso —le susurro a Maggie, señalando con la cabeza.

La chica está sentada sobre el regazo del tipo, envolviéndolo con las piernas; quizá es porque está totalmente borracha, pero no veo ni un poco de pena o vergüenza, lo cual admiro de una extraña manera. Sus besos son húmedos y torpes, y puedes ver sus lenguas entrar y salir de la boca del otro. La chica se frota sobre el chico mientras él comienza a besarle el cuello y el pecho. Las chicas junto a nosotras están escandalizadas y dicen que es una zorra, una puta, una golfa, y tantos otros sinónimos en inglés y en español que parece que consultaron un diccionario bilingüe. Un grupo de chicos se reúne e intenta tomar fotos con sus teléfonos. La pareja, o no lo nota o no le importa.

—Qué asco —dice Maggie—. Qué chica tan vulgar.

—Sí, guácala —digo, pero me pregunto si alguien me tocará así algún día.

Después de entrar al baño por enésima vez, por fin encuentro a Lorena en el porche trasero, rodeada por un grupo de cretinos que son demasiado grandes para estar en una fiesta de preparatoria; probablemente ellos también fueron compañeros de mi hermana. No me sorprende porque a Lorena le encanta la atención de los hombres, sin importar qué tan viejos o feos sean. ¿Qué clase de perdedor viene a una fiesta así cuando ya se graduó (o dejó la escuela)?

—¿Dónde está Jessica? La he estado buscando toda la noche. Es la única razón por la que vine.

—No lo sé. Alex dijo que vendría. —Lorena se encoge de hombros—. Relájate, ¿sí?

—No, quiero irme a casa. Ahora mismo.

—Sí, nena, relájate —dice un tipo con una gorra de beisbol hacia atrás.

—No te metas. Y no me llamo nena —le digo y volteo hacia Lorena—. Mira, si me meto en problemas, será tu culpa.

—Dame cinco minutos más. Ándale, no seas así.

Definitivamente Lorena está borracha. Lo sé por la manera en que se mueve su boca, como si de pronto fuera demasiado pesada para su cara.

La casa comienza a vaciarse un poco, así que me rindo y me busco un espacio en el sofá.

Reacciono hasta que Lorena me sacude mientras me dice que despierte, que tenemos que irnos porque alguien llamó a la policía. Cuando le pregunto qué hora es, dice que las tres de la mañana, lo cual significa que me matarán.

Hice los cálculos y concluí que de los trece a los quince años he pasado casi cuarenta y cinco por ciento de mi vida castigada. En serio, ¿qué vida es esa? Sé que a veces la cago, sé que puedo ser una cretina sarcástica, sé que no soy la hija que mis padres quisieran, pero amá me trata como si fuera una degenerada.

A veces, cuando me castigan así, amá ni siquiera me deja ir a la biblioteca, lo cual es la forma de tortura más cruel. ¿Qué se supone que haga si tengo que estar en mi cuarto horas y horas? Le digo que no me puedo embarazar en la biblioteca, pero no sirve de nada. Amá dice que puedo limpiar y hacer mi tarea, y si anda de buenas agrega que me dejará ver las telenovelas con ellos, pero yo preferiría sacarme los ojos como Edipo que aguantar un episodio de esa basura. La actuación en esos programas es forzada y acartonada, y los personajes se la pasan dándose bofetadas dramáticas. Además, las tramas siempre son las mismas: una mujer pobre supera la adversidad, se casa con un imbécil rico y viven felices para siempre. Toda la gente de clase alta es blanca y los de la servidumbre son morenos como yo.

Siempre me ha costado trabajo ser feliz, pero ahora parece imposible. Todos en mi familia me dicen que fui una bebé muy difícil comparada con Olga. Cuando era niña, cualquier cosa me molestaba: que me vieran feo, que se me cayera una galleta, que cancelaran un paseo. Recuerdo que una vez lloré un montón porque vi a un perro con tres patas. No sé por qué siempre he sido así, por qué las cosas más pequeñas hacen que me duela el alma. Una vez leí un poema titulado «El mundo es demasiado para nosotros», y supongo que esa es la mejor forma de describir cómo me siento: el mundo es demasiado para mí.

Mis padres tampoco son felices. No hacen más que trabajar; nunca salen a ningún lado, y cuando están en casa, casi no se hablan. No entiendo por qué todos se quejan de lo que soy. ¿Qué se supone que haga? ¿Que me disculpe? ¿Que pida perdón por no poder ser normal? ¿Perdón por ser una pésima hija? ¿Perdón por odiar la vida que me tocó vivir?

A veces me siento completamente sola, como si nadie en el mundo pudiera entenderme. A veces amá me mira como si fuera una especie de mutante que salió de su cuerpo. Lorena me escucha y se lo agradezco, pero no entiende en realidad. Ella es prácticamente un genio de la ciencia, pero no le interesan el arte o la literatura. Creo que a nadie le gusta lo que a mí. A veces me siento tan sola y sin esperanza que no sé qué hacer. Por lo general me guardo mis sentimientos y espero a que mis padres se duerman para poder llorar, aunque sé que eso es el colmo de lo patético. Si no puedo esperar, lo hago en la regadera. Es algo que crece y crece durante el día, aplastándome el pecho y la garganta; a veces puedo sentirlo en mi rostro. Cuando finalmente lo dejo salir, corre como una cascada.

Encima de todo, no he podido dormir. Aunque esté totalmente exhausta, aunque mi cuerpo grite y clame por descanso, algunas noches me quedo mirando al techo horas y horas. Miro el reloj y ya casi es hora para arreglarme para la escuela. Escucho cómo el mundo se queda dormido y despierta: el tráfico lento, los pájaros cantando, los autos encendiéndose, mis padres haciendo café. Claro que he intentado de todo: contar ovejas, contar gatitos, beber leche tibia, escuchar música relajante, pero nada sirve. Cuando sí duermo, tengo pesadillas sobre personas que intentan asesinarme en una casa al revés o algo así de raro. Al menos ya no he vuelto a soñar con Olga.

Por las mañanas soy un andrajo humano. Hay días en que siento como si estuviera unida por una cuerda. Otras veces es como si se me hubieran roto las costuras y me desarmara. Apenas puedo mantener la cabeza levantada, y ni hablar de sacar buenas calificaciones para poder largarme de aquí e ir a la universidad. Sólo me queda año y medio, pero parece una eternidad. Se siente como algo *infernal*.

Hoy mi clase de Literatura Avanzada, la única que me gusta, me resulta un calvario sin fin. El maestro Ingman está hablando de *Las aventuras de Huckleberry Finn*, que ya leí tres veces, pero no puedo poner atención. Miro por la ventana a dos ardillas que se persiguen en un árbol y pienso en nuestro próximo viaje a Warren Dunes. A veces la naturaleza me hace sentir mejor, más humana, como si estuviera conectada con todo y con todos. Otras, quiero acostarme bajo un árbol y disolverme en la tierra para siempre.

El maestro Ingman pregunta sobre el simbolismo del río Mississippi, y aunque lo conozco como la palma de mi mano y nadie más quiere responder, ni siquiera me molesto en levantar la mano porque temo que si abro la boca comenzaré a llorar como una tonta y no podré parar.

Después de la clase, el maestro Ingman me pide que me acerque a su escritorio.

—¿Pasa algo, Julia?

Niego con la cabeza.

—¿Segura? —Se cruza de brazos. Desde que le dije que mi hermana murió, parece que intentara verme el alma o algo así.

—Estoy bien —mascullo. *No llores, no llores, no llores, por favor.*

—No te ves bien. Pareces afligida. Sé que te encanta *Huck Finn* porque hemos hablado de eso muchas veces —dice. A veces me quedo después de clases a hablar sobre libros y la universidad con el maestro Ingman; incluso me presta algunos de su colección personal y me da una lista de escuelas a las que cree que debería solicitar admisión, y por eso es mi maestro favorito—. No has hecho ningún comentario sarcástico desde hace semanas, y para serte honesto, eso es lo que más me preocupa.

El maestro Ingman tiene una sonrisa bonita. Apuesto a que hace veinte años era guapo. Sólo desearía que no usara tantos suéteres de papá.

—Supongo que tiene razón. —Intento reírme educadamente, pero no me sale la risa—. Es que ando en mis días y siento como si alguien me apuñalara en el útero —hago un gesto de dolor y finjo que me apuñalo con la mano. Hace algunos años aprendí que casi siempre puedes salirte con la tuya si mencionas la menstruación ante tus maestros hombres.

El maestro Ingman parece incómodo, pero es claro que no me dejará ir.

—¿Pasa algo en tu casa? ¿Cómo va tu familia después de… ya sabes, lo de tu hermana?

—Estamos bien, creo. A mí me llega en oleadas. Muchas olas. Enormes olas. Y creo que tengo esa sensación, ¿sabe?, de que me estoy perdiendo de algo; como si hubiera algo que debería saber, pero no sé qué es —mi voz se quiebra.

—¿Como qué?

No le contaré al maestro Ingman lo de la ropa interior y la llave de hotel.

—No sé, la verdad. Es sólo que hay algo raro —digo encogiéndome de hombros.

—Lo siento. Debe ser muy difícil —se cruza de brazos y baja la mirada.

—Es imposible… y a veces creo que es mi culpa. Es como ¿y si hubiera algo que pudiera haber hecho diferente ese día? ¿Mi hermana seguiría viva?

—No puedes pensar así.

—¿Por qué no?

—Porque no es tu culpa. No querías que tu hermana muriera. Estas cosas simplemente pasan en la vida. A veces son una mierda. —El maestro Ingman parece avergonzado por hablar así, pero no se disculpa—. Mi madre murió cuando yo tenía diez años. Le dio un infarto; simplemente colapsó un día en el trabajo. Esa mañana fui muy grosero con ella, le hice un berrinche por mi almuerzo y le dije que la odiaba, y luego murió. Así, sin más.

—Vaya. Lo siento. —Estoy impactada. No sé por qué, pero siempre asumí que el maestro Ingman había tenido una vida fácil. Imaginaba que tuvo una casa en el árbol cuando era niño, y cosas así—. Esa sensación… ¿se va?

—Se hace más fácil, pero yo sigo pensando en ella todos los días. —Suspira y mira por la ventana. Alcanzo a oler su loción, y hay algo en ese olor, el olor a hombre, que es reconfortante.

Cuando vuelvo a casa, apá está en el sofá remojándose los pies en su tina. Como trabaja todo el día empacando dulces, siempre tiene problemas en el cuerpo: cortadas, dolores de espalda, quemaduras de pegamento y las piernas hinchadas, por mencionar sólo algunos. Hay días en que trabaja doce horas y regresa luciendo como si lo hubieran golpeado con un bate. Además, algunos días a la semana lo obligan a cubrir el turno de noche. Apá no habla mucho, pero siempre me dice: «No trabajes como burro, como yo. Hazte secretaria y trabaja en una oficina agradable con aire acondicionado». Nunca le he dicho que preferiría limpiar escusados a ser la asistente de un hombre. ¿Llevar cafés y soportar que un idiota con traje me dé órdenes? No, gracias. Una vez le dije a apá que quería ser escritora, pero él sólo dijo que yo tenía que ganar suficiente dinero para no vivir en un departamento infestado de cucarachas. Nunca volví a sacar el tema.

Me echo en el sofá antes de ir a mi cuarto a hacer mi tarea. Apá está viendo *Primer Impacto*, ese horrible noticiero que cubre las historias más extrañas: gemelos siameses, exorcismos, abuso infantil, casas con fantasmas, personas desfiguradas. No sé por qué la gente ve esas cosas. Cuando comienza el segmento sobre el bebé que come cucarachas, voy a la cocina por un vaso de agua. Amá está encorvada sobre el fregadero tallando sartenes. Me pregunto cómo será limpiar casas todo el día y luego llegar a casa y seguir limpiando. Odio verla así porque me hace sentir muy culpable: culpable por existir, culpable de que tenga que trabajar así por nosotros.

—¿Cómo estuvo la escuela? —pregunta y me da un beso en la mejilla. Aunque estoy castigada y me he convencido de que ya no me quiere, me sigue dando besos en la mejilla.

—Estuvo bien.

—Te ves enferma. ¿Comiste chatarra en la escuela?

—No.

—¿Me estás mintiendo? —Amá siempre hace muchas preguntas. Me siento eternamente interrogada.

—Te juro por Dios que sólo comí un sándwich.

—No me gusta el color de tu cara. —Amá se me acerca más. Huele a jabón para trastes.

—¿Cuál color?

—Te ves amarilla.

—Soy morena, y definitivamente no amarilla —digo mirándome el brazo.

—Pues no te ves bien. Quizá tenga que llevarte al doctor. No puedes celebrar tus quince años con esa cara, ¿sabes? Tienes que verte bonita para tu familia. ¿Qué pensará tu hermana cuando te mire desde el cielo? —La imagen de Olga observándome sentada en una nube en el cielo es tan estúpida que casi me hace reír. ¿Amá en serio cree que puede vernos?

—¿Hay algo que no me estás diciendo? —pregunta mientras me toca la frente.

—¡Ya te dije que no! Por el amor de Dios, déjame en paz —protesto, y eso nos sorprende a las dos.

—Te arrepentirás cuando me muera, ya verás. —Amá voltea hacia el fregadero. Siempre insiste con que un día se morirá. ¿Todas las madres hacen eso? Antes solía hacerme sentir mal, pero ahora sólo me pone de malas.

De pronto siento que algo burbujea dentro de mí, un dolor tibio y creciente, pero no es mi estómago. Cuando voy al baño, veo una mancha café rojiza en mi ropa interior. Se me adelantó una semana la regla, pero eso me saco por mentirosa.

DIEZ

Al fin se acabó el invierno. La Navidad y el Año Nuevo llegaron y se fueron como una bruma lenta e insoportable. Pasamos las fiestas en casa del tío Bigotes con el resto de la familia. Aunque mis tías y mis tíos intentaron hacer que se sintiera festivo con música a todo volumen y un enorme banquete de tamales y cabrito asado, la ausencia de Olga flotaba silenciosamente alrededor. Nadie la mencionó, tal vez para que amá no llorara —aunque de todos modos lo hizo cuando volvimos a casa—, pero todos podíamos sentirla.

Cada primavera los maestros organizan una excursión para cada salón; lo han hecho desde que Olga estaba en la prepa, quizá desde antes. Apuesto a que les damos lástima porque vivimos en la ciudad y nunca vamos a ninguna parte. Los únicos animales que vemos son palomas y ratas, que prácticamente son lo mismo. Nancy, de la clase de Química, me dijo que nunca había salido de Chicago hasta hacía dos años, cuando fue a Wisconsin. Ni siquiera sé cómo puede ser posible algo así.

Supongo que estos viajes son una manera de hacer que los pobres saboreemos un poco de la naturaleza. El año pasado nos llevaron al parque estatal de Starved Rock y fue hermoso.

Pasé todo el tiempo sola, escribiendo en mi cuaderno junto a una cascada; algunos se besaron en una cueva todo el día. Otro grupo simplemente se sentó a mirar sus teléfonos. Qué desperdicio. No entiendo cómo la gente puede ignorar una belleza así. Vi conejos, castores, sapos y toda clase de aves de colores. Vi una maldita águila, que ni siquiera estaba muy segura de que existieran. Comencé a desear poder vivir sola en una cabaña, como Henry David Thoreau, pero probablemente comenzaría a angustiarme tras un par de días.

Este año, después de un viaje infinito en autobús, finalmente llegamos a las dunas. El sol brilla, y aunque hace frío, comienza a lucir y a sentirse como si ya fuera primavera. Los árboles han comenzado a echar hojas nuevas y algunas flores empiezan a abrirse. No está mal para ser abril.

La maestra López y el maestro Ingman nos dicen que tenemos que encontrarnos cerca del camión a las dos de la tarde.

—Por ninguna razón deben salir del parque, ¿entendido? —ordena la maestra López con las manos en la cadera, intentando sin éxito verse ruda, porque probablemente no mide ni siquiera un metro con cincuenta.

En cuanto todos contestamos con un sí desganado, la maestra López vuelve a coquetear con el maestro Ingman. La escucho reírse de todos sus chistes tontos durante el viaje. Sé que ambos están divorciados, y por el modo en que ella lo mira, me pregunto si están cogiendo.

Lorena, Juanga y yo vagamos por el bosque hasta que llega la hora del almuerzo. No he podido deshacerme de él, Lorena y Juanga son inseparables; creía que para ahora ya se le habría acabado el encanto, pero no. Todo el tiempo se queja de que no tiene señal en el celular. Intento bloquearlo y enfocarme en los brotes de los árboles, el olor de las hojas y los sonidos de las aves, pero es tan molesto que es casi imposible. Tengo que soportarlo porque le pediré que me ayude a contactar a Jazmyn a través de Maribel, su amiga. No he dejado de preguntarme de quién le habló Olga cuando se encontraron en el centro comercial. O sea, es difícil de creer que pudiera estar hablando de Pedro; ¿cómo podría alguien emocionarse por él?

—Ugh, odio la naturaleza —dice Juanga.

—¿Cómo puedes *odiar* la naturaleza? —Cada instante que pasa me molesta más y más.

—Simplemente la odio. Es aburrida.

—Entonces ¿qué te gusta hacer? ¿Cuál es tu idea de belleza?

—Ir de compras, ir de fiesta y… coger —se ríe.

—¿Eso es lo único que te gusta? ¿No tienes vida interior? ¿Siquiera sabes lo que es eso?

Lorena me mira con enojo.

—Por Dios, Julia. Ya cállate, ¿sí?

—Lo siento, pero no entiendo cómo una persona puede decir que odia la naturaleza. Es como decir que odias la felicidad, o la risa. O la diversión. No entiendo cómo alguien puede ser tan jodidamente insulso.

—No sé qué significa esa palabra, pero ya basta.

Parece que Juanga quiere decir algo, pero simplemente se aleja unos cuantos metros y observa el lago.

—Bueno, bueno, ya —levanto una mano para anunciar que me rindo.

Subimos hasta la cima de la duna más alta cuando llega la hora del almuerzo. La vista es increíble. Las olas se estrellan y las dunas blancas contra el cielo azul son increíbles. No tenía idea de que hubiera algo así de hermoso tan cerca de Chicago. Lorena acomoda la manta en el suelo para sentarnos. Obviamente amá se puso toda mexicana y me puso burritos fríos de frijol y queso; Dios no permita que coma un sándwich normal.

Antes de comenzar a comer siquiera, Juanga, claramente obsesionado con todo lo fálico, comienza a hablar sobre las diferentes formas que ha visto: dice que el más loco era uno largo y puntiagudo, lo cual suena como algo sacado de una película de terror.

—Eso suena como para dar miedo —digo—. Yo me hubiera ido corriendo y gritando, temiendo por mi vida.

—Sí era feo —dice Juanga cerrando los ojos y dándole una pequeña mordida a su apestoso sándwich de atún—. Pero se sentía maravilloso.

Me estremezco.

—Aquí mi comadre creía que los penes tenían pelo; no sólo los huevos, sino todo el pene. —Lorena me señala y se ríe.

—¿Qué? —Juanga casi se ahoga con su comida—. ¿Cómo es posible?

—Nunca había visto uno, así que lo supuse —digo sin quitar la mirada de mi burrito frío—. O sea, las mujeres tienen pelo ahí, así que me pareció que tenía sentido. —No le digo que aún no he visto uno en la vida real.

—Sí, fui yo quien le tuvo que dar la noticia —dice Lorena, y Juanga se ríe con tanta fuerza que casi escupe su refresco—. Es virgen, ¿sabes?

Juan queda impactado. Yo no tenía idea de que una virgen de quince años fuera una rareza; es como si Lorena le acabara de decir que tengo seis dedos en un pie o algo así. Ella dejó de ser virgen a los catorce y se cree una especie de experta en sexo.

—¿Y qué? —la miro con rabia. No puedo creer que me esté humillando frente a este idiota. Siento que los burritos se convierten en cemento dentro de mi estómago.

—Sólo digo que, con lo mucho que hablas de que tu hermana era una santurrona, tú no eres muy diferente. Siempre le tienes mucho miedo a tu madre.

—¿En serio? ¿De verdad vas a hablar de mi hermana?

—Pues es verdad, ¿no? —De pronto Lorena está a la defensiva. Hemos discutido por estupideces un millón de veces, pero esto se siente distinto. Nunca lo habíamos hecho frente a otras personas.

—¿Y con quién habría de acostarme? Dime, por favor. ¿Debería tirarme a cualquier imbécil que me encuentre?

—No estoy diciendo eso. —Lorena parece frustrada.

—Entonces ¿qué quieres decir?

—A veces eres muy apretada. Pero así es tu mamá, así que supongo que no es tu culpa. —Lorena sabe que esto es un golpe bajo, y se ve nerviosa después de decirlo. Compararme con mi madre hace que me den ganas de golpearla en la boca, pero me esfuerzo por controlarme.

—¿O sea que soy apretada porque no quiero tener sexo con cualquiera? ¿Escuché correctamente?

—No, ni siquiera tiene que ver. No dije eso. A veces es como si pensaras que eres demasiado buena para todo. Eres demasiado dura con la gente. —Lorena no me mira a los ojos.

—¡Pues *sí soy* demasiado buena para todo! ¿Crees que esto es lo que quiero? Esto apesta. Esto apesta tanto que a veces no puedo soportarlo. —Balanceo los brazos señalando hacia no sé qué. Estoy tan enojada que siento como si las orejas me ardieran—. Sólo porque tú tienes sexo con todo lo que tenga un pene pegado no significa que seas mejor que yo.

Lorena luce dolida. Juanga finge estar distraído en su teléfono, pero estoy segura de que disfruta cada segundo de esta discusión.

—Olvídalo. Imposible hablar contigo —dice Lorena.

Echo lo que queda de mi burrito triste en mi mochila y bajo la duna corriendo; casi me resbalo en el camino. Estoy segura de que a Juanga le encantaría verme rodar y romperme el cuello frente a todos.

Cuando llego abajo, pateo la arena por lo frustrada que estoy, y gracias a una ráfaga una parte se me mete a los ojos. Estoy muy enojada con Lorena y Juanga me tiene hasta el cepillo. Ahora ni siquiera puedo pedirle el teléfono de Maribel. No quiero ni verlos. Me alejo de todos y decido hacer ángeles en la arena para ver si eso me ayuda a calmarme. Cierro los ojos.

Siempre me ha encantado cómo se siente la arena en mi piel. Casi nunca fuimos al lago cuando era niña, aunque estaba cerca, y cuando llegamos a ir fueron de las pocas veces que he visto a apá feliz. Construía castillos de arena con nosotras y nadaba y nadaba hasta que oscurecía; decía que le recordaba cuando era joven y nadaba en Los Ojos.

Cuando me sacudo, veo a Pasqual parado junto a mí: casi doy un brinco al ver su cara morena y cacariza.

—¡Qué te pasa! ¿Qué haces?

—Mirándote, duh.

—Sí, eso me queda claro, tarado —digo mientras me levanto y me sacudo la arena de la ropa.

—Tu hermana murió.

—No me digas. ¿Cómo sabes?

—Todos lo saben. ¿La extrañas?

Pasqual parece *nerd*, pero ni siquiera es inteligente, lo cual siempre es una decepción; cada que abre la boca en el salón me sorprende. Su ropa es tan extraña que es casi ofensiva. Huele a sótano y lleva playeras de videojuegos que a veces combina vistiendo calcetines con sandalias. Hasta su nombre es raro: Pasqual suena a un viejo mexicano que se la pasa sentado a la entrada de su casa destartalada hablando sobre las gallinas que perdió.

—Claro que la extraño. Era mi hermana. —No sé ni para qué me molesto en contestar. Probablemente debería decirle que coma pito y ya.

—Debe ser difícil.

Asiento.

—¿Era bonita como tú?

—Qué horror. Ni lo intentes. Por Dios. —Me envuelvo con mi chamarra. Una gaviota grazna sobre nosotros. Odio esas cosas. Siempre parece que traman algo malo.

—Ni siquiera sabes que eres bonita. Es triste.

—Cállate. Déjame en paz. —Camino hacia el lago.

—No deberías odiarte tanto. Todos tienen problemas, incluso cuando no parece.

El viento ha comenzado a mover el agua y una nube enorme y cargada se va acercando a nosotros. Puedo ver el horizonte tenue y neblinoso de Chicago al otro lado del lago. Probablemente lloverá pronto, lo cual empeorará este día aún más. Pasqual camina hacia mí mientras mira el cielo con la boca muy abierta, como si nunca hubiera visto algo así.

—Ni siquiera sabes lo que dices —contesto.

—Sí lo entiendo. Y sé que lo sabes. —Pasqual se mete las manos en los bolsillos y se aleja.

Me siento y saco *El extranjero*, de Albert Camus. Intento leer, pero estoy distraída porque sigo furiosa por mi pelea con Lorena. Miro fijamente al agua y cuento las olas. Cuando llego a la ciento setenta y seis, escucho que alguien grita detrás de mí.

Es el maestro Ingman.

—¡Ey! —dice, y se sienta junto a mí—. ¿Ahora qué estás leyendo?

Le muestro el libro.

—Una lectura ligera para la playa, ¿no? —dice con una sonrisa.

—Supongo que sí —respondo asintiendo.

—¿Qué te parece?

—Es como si nada significara algo. Nada tiene un propósito real. Supongo que así me siento la mayoría de las veces. De pronto no veo qué caso tiene nada.

—El vacío existencial, ¿eh?

—Sí, exactamente —sonrío.

—Sólo quiero saber que estás bien. Siempre me dices que no pasa nada, pero me preocupas. —El maestro Ingman toma arena entre las manos e intenta formar una pirámide.

—Ya no sé qué significa estar bien. No sé qué es ser normal.

—No le digo que casi todas las mañanas me cuesta la vida levantarme de la cama, que sobrellevar el día me parece una tarea terriblemente pesada.

—Creo que deberías hablar con alguien. Siempre puedes hablar conmigo, pero creo que necesitas a alguien profesional. Puedo buscarte un programa gratuito.

—Qué amable, pero no, gracias. Estoy bien. En serio. —Soy terrible para mentir; espero que no se dé cuenta.

—Bueno. Confiaré en ti. Por favor, no me defraudes.

—No lo haré. —Fuerzo una sonrisa—. Lo prometo.

ONCE

Apenas vamos a la mitad del segundo semestre del penúltimo año y sólo puedo pensar en largarme de aquí para ir a la universidad. Me siento más sofocada e inquieta que nunca. Es como si fuera un juguete al que le dieron mucha cuerda pero no tiene espacio para moverse.

No he dejado de buscar la llave del cuarto de Olga cada que estoy sola en el departamento, lo cual casi nunca pasa; siempre están amá o apá, es como si no confiaran en que me quede sola. Pero me pongo a buscarla cuando salen a hacer un encargo rápido. Incluso me he arriesgado a encontrarme cosas sexuales en su cuarto por hurgar en todos sus cajones. Una vez encontré una llave en un joyero, pero no era la que necesitaba. He pensado en quitar la cerradura con herramientas, pero tengo miedo de que me atrapen con las manos en la masa.

Mientras tanto, no sé qué otra cosa puedo hacer para saber más sobre mi hermana. Angie no me dirá nada, de eso no tengo duda. Creo que podría odiarme y ni siquiera sé bien por qué. Olga no tenía muchos amigos más, salvo algunos de la prepa que no he visto en mucho tiempo. También me preocupa que si amá entra a su cuarto y revisa sus cajas, encontrará su ropa interior y se volverá loca. No tuve oportunidad de sacarla el día que me encontró ahí.

Lo único que se me ha ocurrido hasta ahora es: *1)* ir al trabajo de Olga; *2)* conseguir su expediente de la universidad comunitaria, o *3)* tragarme el orgullo y pedirle a Juanga que me consiga el teléfono de Jazmyn con Maribel.

Entre más lo pienso, más extraño parece que Olga haya ido a esa escuela por años y que nunca estuviera ni cerca de conseguir un título. ¿Qué estaba estudiando? Las pocas veces que le pregunté dijo que algo de negocios, y como eso es algo de lo que no sé nada ni me interesa, nunca averigüé más. Supongo que es típico de mí.

Después de la escuela, tomo el tren que me lleva a la universidad, en el lado sur de la ciudad. El edificio es tan lúgubre y poco atractivo que casi parece una cárcel. El exterior es de concreto y las ventanas son apenas pequeñas rendijas con cristales polarizados. Amá está loca si cree que estudiaré en un lugar así. En todos los pasillos hay alumnos gritando y escuchando música a todo volumen en sus teléfonos. ¿Cómo se puede aprender algo en un lugar así? Este no es el futuro que me imagino.

Antes de acercarme al mostrador de Registros e Inscripciones, ensayo en mi cabeza lo que diré. Sé que podrían no querer entregarme sus documentos, como pasó en el hotel, pero quizá si les doy lástima aceptarán. Tengo que enfatizar que Olga está muerta y que estoy sufriendo mucho. Quizá deba provocarme el llanto.

—Hola, me llamo Julia Reyes y mi hermana estudiaba en esta escuela —le digo a la mujer cuarentona del mostrador—. Quería ver si podría entregarme sus expedientes. Ella está muerta.

—¿Quién era su contacto de emergencia? —Suena como si mi petición la lastimara físicamente. Su expresión es tan amarga que apuesto que es posible que ni su mamá la quiera.

—No sé. Supongo que mi mamá.

—¿Cómo se llamaba? ¿En qué años estudió? ¿Y hace cuánto murió? —escribe algo en su computadora.

—Olga Reyes. Estudió aquí de 2009 a 2013. Murió en septiembre.

La mujer frunce sus cejas pobladas.

—¿En qué años dijiste?

—De 2009 a 2013 —repito.

—Mmm —mira la pantalla de nuevo y hace un gesto apretando los labios—. ¿Estás segura?

—Sí, estoy segura. ¿Por qué? ¿Le aparece algo diferente?

—No puedo darte esa información.

—¿Por qué no? ¿Cómo puede decirme algo así y luego no explicarme por qué? —Siento las orejas calientes.

—No tenemos permitido liberar expedientes sino hasta un año después de la muerte del estudiante. En ese tiempo, la universidad usará su criterio para decidir si entrega a deudos o terceras personas la información, y en qué circunstancias. —La mujer suena como una máquina que repite una grabación. Le acabo de decir que mi hermana está muerta, y se porta como si fuera un maldito robot.

—¿No puede hacer una excepción? O sea, está muerta. Por favor. No estaría violando su privacidad. No volverá de la tumba para poner una queja. De verdad necesito mucho el expediente. Creo que no comprende lo importante que es. Me siento muy triste por la muerte de mi hermana y agradecería mucho su ayuda. Por favor, sólo deme más información. —Intento ser tan paciente y amable como me es posible, aunque odio a esta mujer.

—Es la política de la escuela, no hay excepciones. Puede volver en septiembre y ver si la dirección le entrega la información. Hasta entonces no hay nada que yo pueda hacer. Ahora, por favor retírese, hay personas esperando. —La mujer hace un gesto con sus delgados labios y mueve la mano para indicarme que me vaya.

Siento que la ira me recorre todo el cuerpo. Sé que tengo un temperamento horrible que muchas veces es imposible de controlar, pero esta mujer es especial. «Relájate», me digo. «Contrólate, Julia». Desearía que Lorena estuviera aquí. Probablemente ella sabría qué hacer.

—¿Tiene usted alma? O sea, ¿es una mierda tan miserable que no tiene ni un poco de compasión? Supongo que yo también estaría de malas si tuviera una cara como la suya.

—Mire, señorita, si no se retira ahora mismo, llamaré a seguridad. Y no es broma —ahora tiene la cara rojo brillante.

—Váyase al diablo —digo y le doy la espalda. La mujer detrás de mí ahoga un grito como si esto fuera lo más escandaloso que hubiera escuchado en toda su vida.

DOCE

La fiesta de quince años pende sobre mí como la hoja de una guillotina. Bueno, quizá eso suena un poco dramático, pero de verdad me causa horror. Amá me obligó a tomar clases de vals con todos mis chambelanes y no dejo de equivocarme en los pasos. Al principio me negué a hacerlo, pero luego dijo que no me dejaría salir de la casa a no ser que lo hiciera. ¿Qué clase de quince años no tienen un vals? ¿Qué clase de hija se negaría a esta tradición? Me harto tanto de sus amenazas y quejas que hago de tripas corazón y acepto.

He ido a muchos quince años y todos son lo mismo: vestidos repulsivos, comida insípida y música insufrible. Mi prima Yvette sólo puso reguetón y luego hizo un baile coreografiado con un horroroso atuendo de lentejuelas. Casi muero de pena ajena.

Por lo general me llevo a escondidas un libro que pongo bajo la mesa y finjo que nadie me descubre leyendo, pero esta vez no puedo hacerlo porque yo seré la estrella de este desastre. Sigo pensando en maneras de hacer que la fiesta se cancele: rasurarme la cabeza y las cejas, hacerme un tatuaje en la cara, romperme las piernas yo misma, contagiarme de gripe lamiendo un tubo del camión, pero la verdad es que probablemente amá me llevaría aunque estuviera en mi lecho de muerte. No hay forma de escapar. Sé que esto no es necesariamente un castigo para mí; aunque amá no me entienda en lo más mínimo, sé que no lo hace para verme sufrir. No soy tan tonta. Sé que se siente culpable por no hacerle una fiesta a Olga porque eran demasiado pobres en ese tiempo, pero ¿por qué yo tengo que pagar por eso?

Una y otra vez le pregunté a amá de dónde sacaría el dinero para pagarlo, pero insistió en que eso no era mi problema. Sin embargo, hace unas semanas la escuché hablar con apá y resulta que Olga acumuló unos cuantos miles de dólares en un seguro de vida mientras trabajaba en la oficina del doctor. También tenía algunos ahorros en su cuenta; amá recibió los cheques en el correo unos meses después de su muerte. ¿Por qué no pueden ponerlo en un fondo para la universidad o al menos comprar un aire acondicionado para que no nos derritamos en el verano? ¿Por qué no pueden buscar un departamento mejor que este agujero infestado de cucarachas?

La mañana del domingo amá me hace ayudarla con los recuerdos de la fiesta. Nos sentamos en la mesa de la cocina, cubierta con tul, figuritas, listones y almendras confitadas. No sé quién querría un *souvenir* tan naco. Los dulces apenas son comibles. Qué enorme desperdicio de dinero, tiempo y recursos.

Miro más de cerca las quinceañeras de porcelana y noto que todas son rubias y su piel es literalmente blanca. Casi parecen zombis.

—¿No tenían morenas? —pregunto, acercando una de las figuras hacia la luz—. Estas no se parecen para nada a mí.

—Es todo lo que había —dice amá.

Quiero tirarlas y aplastarlas con los pies hasta destrozar sus estúpidas caritas, pero me esfuerzo por mantener la calma porque sé que es importante para amá.

—¿De dónde las sacaste?

—De La Garra. Y ya deja de hacer tantas preguntas y ponte a trabajar.

Debí imaginarlo. Todas las cosas de mi fiesta parecen sacadas del mercado de pulgas.

Tras horas de pegar, rellenar y atar, escuchamos el timbre de la puerta.

—Probablemente son los Testigos de Jehová —dice amá—. Diles que ya dejen de molestar. Somos católicos. Se los he dicho cientos de veces.

Pero es Lorena, vestida con *leggings* rosas y una sudadera blanca peluda.

—¿Qué quieres?

—Perdón por haberme portado tan perra —dice mirando mis pantuflas de conejos—. Ya no lo aguanto. Odio que no nos hablemos.

—Como sea. —Me cruzo de brazos.

—Ya te dije que lo siento, ¿qué más quieres?

—¿Por qué tenías que decir esas cosas sobre mí? ¿En serio piensas que soy una apretada porque no quiero tener sexo con ninguno de los chicos de la escuela?

—No, claro que no. Me porté como idiota, pero a veces *sí* eres muy juzgona. Me frustras. —Ni siquiera sé si puedo discutirlo. Es cierto que me disgustan la mayoría de las personas y las cosas, y Lorena no entiende eso—. ¿*Tú* no lo lamentas? También fuiste bastante perra.

—Sí, supongo que sí, pero odio a Juanga y ya no quiero salir con él.

—¿Eres homofóbica o algo así?

—¿En serio? ¿Cuántas veces hemos ido a la Marcha del Orgullo? ¿Quién te habló de *El show de terror de Rocky*? ¿Y *The L Word*? No me salgas con eso.

—Bueno, bueno, a veces Juanga puede ser algo sangrón.

Sangrón. Exactamente. Esa palabra se usa para describir a alguien que te cae mal, un cretino o un pendejo. Creo que significa que alguien tiene la sangre muy pesada, o quizá que tiene demasiada sangre.

—¿Un poco?

—Bueno, bastante. Ya probaste tu punto. Pero Juanga dice que lo intimidas. Sólo intenta ser amable, ¿sí? La está pasando muy mal ahorita.

—¿Por qué lo dices?

—Su papá… lo golpea. Ya sabes, porque es gay.

—¿En serio?

—Sí, lo llama joto y le dice que se irá al infierno. Son de una religión rara. Se me olvida cuál es… —Lorena se da unos golpecitos en la barbilla con el índice—. Pero bueno, equis, incluso intentaron hacerle un exorcismo o una cosa así. Por eso siempre se anda escapando.

—Ay, Dios, ¿de verdad? —Ahora me siento culpable.

—Está bien. Sólo intenta ser amable en adelante. Ahora quítate esas estúpidas pantuflas y vamos por pizza. Yo pago.

Aunque podemos ir a cualquier lugar por pizza, tomamos el tren hasta el lado norte porque siempre estamos buscando excusas para salir de nuestro barrio, de otro modo la vida sería demasiado aburrida.

Pido tres rebanadas: dos para mí y una para Lorena.

—¿Dos? ¿En serio? —Lorena levanta las cejas.

—Puedo comerme tres, pero no quiero avergonzarte.

Nos sentamos en la única mesa libre, junto a una familia repelente. Los tres niños gritan y se retuercen en los asientos, y sus tristes y descuidados padres simplemente los ignoran.

—No quiero casarme nunca —le digo a Lorena—. Mira a ese tipo. Trae *pants* con elástico en los tobillos. Dios mío. Me quita el apetito.

—Yo tampoco quiero casarme. Mi mamá y José Luis son unos idiotas —dice Lorena dejando su pizza en el plato. Nunca la había escuchado hablar así de su madre.

—¡Quiero jugo! ¡Quiero jugo! —grita el chiquillo junto a nosotras, con su rostro colorado lleno de grasa y cátsup.

—Por Dios —le digo a Lorena sólo moviendo los labios. Ella simplemente niega con la cabeza.

Cuando termino mis dos rebanadas todavía tengo hambre, pero le digo a mi estómago que se calle.

Nos quedamos en silencio y siento cómo la tristeza comienza a llenarme. Nunca sé qué hacer cuando esto ocurre; intento convencerme de que todo está bien, pero no puedo. Debe notárseme, porque Lorena me pregunta qué pasa.

—¿No odias a veces tu vida? Porque yo sí. Siempre. Sé que suena jodido, pero a veces desearía estar muerta yo también. ¿Por qué todo tiene que ser tan difícil? ¿Por qué todo tiene que doler tanto? —Me duele la garganta como si estuviera a punto de llorar, lo cual me enerva. Cierro los ojos por un segundo.

—¿Qué rayos te pasa, Julia? Por Dios. ¿Cómo puedes decir eso? —Lorena me da un golpe en el brazo. Parece enojada.

—No lo sé. —Me tallo los ojos—. A veces me pregunto si lograré entrar a la universidad. O sea, ya no puedo con esto. No es que mi vida fuera genial antes, pero cuando Olga murió todo se hizo mierda. Pero ¿por qué? No entiendo. Nada tiene sentido. Nunca consigo lo que quiero.

—Ya estás muy cerca, Julia. Ya casi te vas de aquí. Sabes que eres inteligente. No vivirás así para siempre.

—Sí, supongo que sí —digo, aunque no le creo por completo.

—No vuelvas a decir una estupidez como esa, por favor. ¿Lo prometes?

—Bueno, estoy bien. —Doy un trago a mi agua. Sé que debería cambiar de tema—. El otro día intenté conseguir los expedientes de Olga.

—¿Dónde?

—En la universidad comunitaria.

—¿Y para qué?

—He pensado en lo raro de que nunca pareciera estar ni cerca de conseguir su título. Hay algo que no cuadra; no sé qué es, pero tengo un presentimiento que no se va y me está volviendo loca.

—Eres muy paranoica. Que hayas encontrado ropa interior no significa nada. Ya te lo dije, todas las chicas usan tangas. Bueno, todas menos tú.

—Claro, porque son estúpidas e incómodas. —Hago una pausa—. ¿Y qué me dices de la llave del hotel?

—Quizá se la encontró en el trabajo y la usaba como separador de libros, o algo así.

—Es poco probable. No la vi leer un libro en años. Y además, estaba en un sobre.

—Creo que tu imaginación te hace ver cosas. Algunas personas son muy comunes; dudo que tu hermana estuviera viviendo una vida interesante. Era linda y todo, pero no era exactamente fascinante. Nunca salía. Necesitas dejar de preocuparte tanto por Olga. Lo siento, pero ella ya no está y no hay nada que puedas hacer al respecto. Ahora tienes que enfocarte en tu propia vida.

Aunque Lorena tiene razón, sé que no le haré caso.

—¿Puedes pedirle a Juanga que consiga con Maribel el teléfono de Jazmyn? Esa amiga de Olga que estaba en el baile de máscaras; no dejo de pensar que ella podría saber algo.

Lorena pone los ojos en blanco.

—¿Y cómo te ayudará ella a descubrir algo?

El niño junto a nosotras comienza a gritar de nuevo y sus padres ni se molestan en callarlo.

—No lo sé. Quizá Olga le contó algo. Probablemente no sabe nada, pero al menos tengo que intentar. ¿Me prometes que se lo pedirás?

—Bueno —acepta Lorena con un suspiro—. Pero en serio no veo qué caso tiene.

Mientras regreso desde la casa de Lorena, noto que la que está al final de su cuadra la han pintado con grafiti negro y rojo tan al aventón que me pone de malas. Si arruinan la propiedad de otra persona, al menos deberían intentar que resulte algo hermoso. ¿Cómo pintaron eso? ¿Con las nalgas?

Cuando cruzo la calle en la siguiente cuadra, un auto se detiene junto a mí; el conductor baja la ventana.

—Hola, chica.

A veces, cuando los tipos intentan hablarme, les grito cosas, pero sé que tal vez no debería hacerlo, porque ¿qué tal que se bajan y me agreden?

—Dije hola. ¿No me escuchaste? —vocifera el conductor—. Tengo algo que mostrarte. Tú sabes, porque tienes buenas tetas.

Ni siquiera sé cómo puede llegar a esa conclusión si traigo una chamarra y una bufanda.

—Sí, ¿no lo escuchaste, perra? —Ahora el copiloto también opina. Maravilloso.

Estoy sudando aunque hace tanto frío que puedo ver mi aliento. Técnicamente es primavera, pero el invierno aún nos tiene entre sus garras. Típico de Chicago. La humedad helada en mis axilas me recuerda esa vez en la clase de Salud cuando aprendimos que el sudor de estrés huele peor que el que tu cuerpo produce cuando haces ejercicio; es por una especie de hormona. Puedo imaginarme las ondas de mal olor rodeándome en este momento. Miro alrededor para ver si hay alguien cerca, pero sólo veo a un par de niños que juegan a lanzarse la pelota más adelante. El auto me sigue mientras camino.

A media cuadra, un hombre mayor sale de su casa: me detengo frente a él sin saber qué decir, pues las palabras se me atoran en la boca. ¿Qué podría hacer este frágil viejito para ayudarme?

—¿Qué pasa, mija? ¿Estás bien? Parece que hubieras visto al Coco —hay preocupación en sus ojos hundidos, y de pronto siento el impulso de pegarme a su cuerpo pequeño y arrugado, y hundir la cara en su hombro. Quizá es porque no conocí a ninguno de mis abuelos.

Cuando era niña suponía que el Coco era un monstruo horrible que se escondía bajo las escaleras, no una persona real; creía que era una criatura de pelaje tosco y con cara grotesca y torcida, con enormes colmillos y ojos rojos. Estaba equivocada. Ojalá lo terrorífico fuera así de sencillo.

Señalo hacia el auto, que ya se detuvo por completo. Los hombres nos miran fijamente y noto que el conductor tiene un tatuaje en el cuello, pero no alcanzo a ver qué dice. Creo que podría ser el nombre de una mujer. Qué romántico.

—¿Qué se les ofrece con esta señorita? —grita el viejo, sacudiendo un puño. Debe tener ochenta años al menos: un viento ligero probablemente lograría derribarlo y le rompería los huesos.

—¿Te conseguiste a este viejillo para que te proteja, perra? Podría matarlos a los dos. —El conductor se ríe—. No te preocupes, ya volveré a encontrarte.

El auto se va a toda velocidad.

—¿Estás bien? —pregunta el señor.

Asiento.

—¿Necesitas que llame a tus padres? ¿O a la policía?

—No, estoy bien. Sólo me faltan unas cuadras.

—No dejaré que camines sola —dice negando con la cabeza.

Desearía que no me acompañara, porque si amá nos ve, será difícil de explicar. Pero ¿cómo puedo discutir con él? Tal vez me salvó la vida. Por lo menos, quizá me salvó de ver el pene de ese tipo.

Caminamos en silencio hasta que llegamos a mi edificio.

—Aquí es —digo—. Que Dios se lo pague. —Aunque no creo en nada, sé que es importante sonar religioso cuando hablas con los viejos. No me parece correcto no fingir después de que me protegió de esos desgraciados.

—Que Dios te cuide —dice él, haciendo la señal de la cruz como mi abuela hacía cuando nos íbamos de México. Ella lo llama «dar la bendición».

El lunes Juanga me da el teléfono de Maribel para poder llamarla y pedirle el número de Jazmyn. Lo que me gusta de Maribel es que ni siquiera se molesta en preguntar para qué lo quiero; de hecho dice que no le incumbe, lo cual es perfecto, porque no tengo ganas de dar explicaciones. No soporto a la gente entrometida. Desearía que todos me dejaran en paz. Supongo que es irónico que ahora yo ande metiéndome en las cosas de Olga, pero está muerta, así que quizá no cuenta. Todo es confianza e independencia en Maribel, es como si le estuviera pintando el dedo al mundo constantemente. Nunca había conocido a alguien como ella.

—Espero que encuentres lo que buscas, querida —dice con su voz rasposa antes de colgar.

Me meto a mi clóset y marco el número de Jazmyn. Suena y suena, y luego se va a buzón. No quiero ser molesta, pero siento que tengo que hablar con ella y estoy cansada de esperar. Marco de nuevo. Quizá cree que soy alguien que quiere ofrecerle algo. Justo cuando estoy por colgar, contesta.

—Hola, Jazmyn, soy, eh, Julia, la hermana de Olga. —No sé por qué estoy tan nerviosa.

—Ah, hola… ¿Cómo conseguiste mi número? —No parece molesta, sólo sorprendida. Puedo escuchar a un perro ladrar al fondo. Ella le dice que se calle.

—Por Maribel.

—Ah. Bueno, ¿qué pasa? ¿En qué te puedo ayudar?

Me doy cuenta de que probablemente debí ser más amable cuando la vi en el baile de máscaras, pero sólo no tenía ganas de dar explicaciones sobre mi hermana; no es el tipo de noticias que me encanta compartir, en especial durante una fiesta. Además, estaba borracha, y Jazmyn tiene una personalidad bastante irritante. Nunca me cayó bien, y al parecer tampoco a amá. Nunca sabe cuándo callarse, y siempre habla y habla de cosas absurdas.

—Es que me estaba preguntando si podrías contarme más sobre lo que te dijo Olga cuando la viste. ¿Recuerdas en qué año fue?

—Fue hace mucho, no lo recuerdo. ¿Por qué quieres saber? —Hay un tono de sospecha en la voz de Jazmyn.

—Porque, pues… —¿Cómo le explico esto a Jazmyn sin contarle lo que encontré? No es su maldito problema—. Hay algunas cosas que intento entender, y tengo la esperanza de que Olga te haya contado algo que pueda ayudarme.

—No entiendo. ¿Cómo?

—¿Puedes solamente ayudarme, por favor? O sea, mi hermana está muerta. —Jazmyn está poniendo a prueba mi paciencia de nuevo. Escucho a amá pasar junto a mi cuarto; espero que no entre y me pregunte por qué estoy sentada dentro del clóset.

—No recuerdo exactamente cuándo, pero fue hace como cuatro años, creo —dice Jazmyn.

—¿Antes o después de la graduación?

—No lo recuerdo realmente.

—¿Entonces no recuerdas el mes ni nada?

—No —dice Jazmyn con un suspiro.

—¿Hacía frío o calor?

—Era primavera, creo… ¿O verano? Mmm.

—¿Qué traía puesto Olga?

—No me acuerdo.

Por Dios, Jazmyn no sirve de nada.

—¿Qué te dijo sobre el tipo del que estaba enamorada? ¿Te dijo su nombre?

—Quizá, pero fue hace tanto tiempo. No lo sé. —El perro ladra de nuevo y alguien azota una puerta.

—¿Se llamaba Pedro? Anduvo con él durante el último año en la escuela.

—Mira, Julia, ya te dije que no me acuerdo. Quisiera ayudarte, pero no puedo.

—¿Dijo algo más? Como dónde lo conoció, o… Lo que sea, algo.

—Lo único que dijo es que estaba enamorada y que él era increíble, y no dejaba de decirme lo feliz que estaba. Es todo lo que recuerdo.

Sé que no es culpa de Jazmyn, pero igual estoy frustrada.

—¿Eso es todo?

—Sí, eso es todo. Espera, dijo algo acerca de que él tenía un buen trabajo, o algo así. Creo… a no ser que lo recuerde mal.

—¿Qué clase de trabajo? —Pedro trabajaba en Little Caesars, así que no pudo ser él. No creo que haya una persona en este mundo que quiera hacer esas pizzas asquerosas.

—No me acuerdo, perdón. Como te dije, fue hace mucho tiempo.

—¿Estás completamente segura?

—Por supuesto. Ojalá pudiera ayudarte más.

—Bueno, pues gracias de todos modos. Si te acuerdas de algo más, ¿podrías llamarme a este número, por favor? En serio, es importante.

—Claro. Cuídate.

Me recargo en mi ropa y respiro profundamente. ¿Por qué siempre siento como si la vida fuera un estúpido rompecabezas que nunca podré armar?

TRECE

Con estos majestuosos violines, pensarías que estamos en un castillo en un páramo inglés y no en un viejo sótano de iglesia en Chicago. Si me obligarán a bailar, quiero hacerlo con The Smiths o Siouxie and the Banshees, pero amá se negó, claro. ¿Qué pensaría la familia? ¿Y por qué siempre tengo que escuchar música de Satán?

Me siento como una salchicha gorda con este vestido apretado y cursi cubierto de vuelos, olanes y lentejuelas. La faja apenas me deja respirar, y apuesto a que me está reacomodando los órganos por dentro. *Faja*: qué palabra más fea, una palabra tan desagradable como lo que hace. Incluso amá eligió el peor color posible para mi piel: durazno. Es como si lo hiciera a propósito.

Soy la hija mala que no se merece unos quince años, pero mis padres querían hacer una fiesta para mi hermana muerta. No importó que lo último que yo querría en el mundo fuera recogerme el cabello en un montón de rizos tiesos encima de la cabeza, ponerme este vestido repugnante y fingir que soy feliz frente a toda la familia justo antes de mi cumpleaños dieciséis. Qué burla.

Miles de dólares tirados al caño, y aquí estoy, bailando este patético vals con todos mis primos, algunos de los cuales casi ni conozco, y a la mayoría ni siquiera le caigo bien. Me tomó semanas aprender el baile, y ahora se me están olvidando todos los pasos. No muestro gracia ni ligereza como debería, y Junior, mi chambelán de honor, parece enojado cuando me da vueltas y pierdo el ritmo. Pablo suspira y niega con la cabeza. Intento forzar una sonrisa para romper la tensión, pero en este momento todos se ven como si quisieran matarme.

Al fin se acaba el baile y todos aplauden; apuesto a que sólo sienten lástima por mí porque arruiné todo.

Ahora tengo que sentarme en una silla que alguien puso en medio de la pista. Es hora de entregarle mi muñeca a una primita y ponerme unos tacones, lo cual es ridículo porque no juego con muñecas desde los siete años y jamás volveré a usar tacones.

Mis padres se acercan con unos brillantes zapatos blancos sobre un cojín de satén; me quitan mis zapatos de la escuela y los cambian por los tacones nuevos. Quiero tirarme a un pozo y morirme, pero me obligo a sonreír y todos aplauden.

Luego mi prima Pilar me trae una muñeca y yo la llevo hasta donde está mi primita Gabby, que trae el mismo vestido durazno que yo y da vueltas por toda la pista de baile; imagino que la idea es que ella es yo de niña. ¡Más aplausos!

El dj pide un minuto de silencio en honor a Olga y amá junta sus manos y comienza a llorar. Apá baja la mirada. Yo sólo me quedo ahí como un tronco.

Gabby corre con su mamá y yo voy tambaleándome hacia apá para el baile de padre e hija. No entiendo por qué tenemos que hacer esto, fingir que soy la niñita de papá cuando no me ha puesto atención en años. No sabe nada sobre mí. Si le preguntas cuál es mi banda o comida favoritas, no te lo puede decir. Puedo oler la cerveza que emana de su ropa y de su piel. Estar tan cerca de él me hace sentir incómoda. No recuerdo la última vez que me tocó. Mientras me da vueltas por la pista de baile, todos sonríen como locos, como si esto fuera lo más hermoso que han visto en sus vidas. Unas tías están llorando, lo cual probablemente tiene muy poco que ver conmigo y todo que ver con Olga.

—¿Estás disfrutando tu fiesta? —pregunta apá.

—Sí —miento.

—Bien.

Finalmente la canción termina y el *show* se acaba. De acuerdo con esta tradición, ya soy una mujer. Estoy disponible para los hombres. Puedo usar maquillaje y tacones. ¡Puedo bailar! Pero si esto significa ser una mujer, tal vez no quiero serlo.

Me siento y me limpio el sudor de la cara con una servilleta. Sudo tanto que creo que puedo percibir el olor de mi entrepierna por encima de todas las capas de tela. Apuesto a que mi maquillaje ya se corrió.

Decidí invitar a Juanga a mi fiesta en un intento de ser menos cretina; sus padres volvieron a echarlo, y se ha estado quedando en el sofá de su primo. Mi vida es un asco, pero al menos tengo una casa. Me hace preguntarme cómo reaccionaría amá si yo fuera gay. Quizá de alguna extraña manera se sentiría aliviada, dado el miedo que les tiene a los hombres.

Juanga viste un traje una talla más grande y una delgada corbata púrpura. Corre hacia mí y me da un beso en cada mejilla, dice que así lo hacen en Europa.

—Dios mío, ese vestido es una monstruosidad, pero aun así te ves hermosa —dice—. ¿Verdad, Lorena? Qué cara. O sea, guau. ¿Quién te maquilló?

—Mi prima Vanessa. Mi mamá dijo que no confiaba en que yo lo hiciera.

Lorena se ríe.

—Sí, el maquillaje está genial, pero el vestido…

—Ya sé —digo—. No soporto verme.

Le pido a Lorena que me ayude con el vestido mientras voy al baño. Huele dulce, como a perfume y sudor. Tiene el maquillaje corrido por debajo de los ojos y sus enormes rizos de un rubio anaranjado están comenzando a deshacerse.

Mi vestido se arrastra en el suelo mojado y sucio del baño para gente con discapacidad; le pido a Lorena que me baje el cierre por un segundo porque lleva todo el día aplastándome el estómago y las bubis, y ya no lo soporto. Amá insistió en que tenía que usarlo así porque de otro modo sería «indecente». Intento aflojar la faja, pero estoy completamente atrapada dentro de una serie de ganchos y botones. ¿No podría considerarse esto como maltrato de menores?

La tía Milagros entra al baño cuando vamos saliendo del retrete; no sé cómo es posible que una persona se vea peor cuando se arregla, pero ella lo consiguió. Su vestido verde es corto y deja ver las várices que le recorren las piernas. Intento no hacer un gesto de molestia, pero se ha convertido en un reflejo cuando la veo.

—Ay, Julia, qué fiesta tan bonita. Apuesto a que Olga está feliz por ti en este momento —suspira.

—Olga está muerta. —Sé que probablemente debería callarme, pero estoy harta de que todos pretendan que Olga es un ángel que nos mira desde arriba.

La tía Milagros niega con la cabeza mientras se mira en el espejo.

—Qué malcriada. ¿Qué te pasó? Antes no eras tan enojona, tan… no sé…

—¿Qué? ¿No era tan qué, tía? —Siento que lo estruendoso de la música hace vibrar mis órganos como gelatina.

Lorena abre los ojos de par en par e inhala con fuerza por la boca. Sabe que estoy a punto de estallar.

—No sé, olvídalo. —La tía Milagros niega con la cabeza y se aplica otra capa de su labial anaranjado claro frente al espejo.

—Dígalo —insisto—. ¿Qué es eso tan malo que tengo? ¿Por qué todos me tratan como si los decepcionara? ¿Quién se cree para juzgarme, eh? Dígame. Como si usted fuera tan maravillosa… toda amargada porque su esposo la botó hace años. Ya supérelo.

Los ojos de la tía Milagros brillan. Aprieta los labios con fuerza como para evitar decir algo más.

—Mierda, Julia —susurra Lorena mientras la tía Milagros sale furiosa del baño.

Lorena me obliga a bailar con su primo Danny, a quien nunca antes había visto. Ni siquiera sé cómo entró, porque no estaba invitado. Antes de que pueda protestar, Lorena me empuja hacia él en la pista de baile.

Danny no es para nada mi tipo: cabeza rapada, camisa brillante, botas de piel de víbora y una cadena de oro que parece un rosario. Además, huele como a vinagre. Es lo opuesto de lo que prefiero, y Lorena lo sabe. Siempre se burla de mí porque me gustan los chicos blancos y ñoños de las películas que vemos, e intenta juntarme con tipos a los que no tocaría ni en mil años con un guante de látex. Danny no dice mucho y yo tampoco.

Apenas puedo seguirle el ritmo con la cumbia rápida. Mientras Danny me da vueltas y me jalonea de un lado a otro, puedo sentir los ojos de amá clavados en mi espalda. Según esta fiesta, ya puedo bailar con chicos, pero ella no parece feliz al respecto.

No dejo de pensar en la tía Milagros el resto de la noche. Se lo merecía, pero sé que estoy jodida. Chismear es su pasatiempo favorito. Si ella tuviera un perfil de citas, probablemente diría algo como: «Mis pasatiempos son tejer, cocinar, acomodarme el fleco, hablar mal de la gente y coleccionar vestidos de poliéster que se me ven fatales».

Hacia el final de la noche, Angie llega con una enorme bolsa amarilla de regalo. Se ve mucho mejor que la última vez: trae el cabello rizado recogido en un chongo suelto, y sus ojos verdes delineados con negro. El vestido cruzado azul le queda perfecto.

Finjo que no la veo, pero de cualquier modo se me acerca.

—Feliz cumpleaños. Que la pases bien —dice, entregándome la bolsa.

—No es mi cumpleaños, y prácticamente ya tengo dieciséis.

—Ah, sí. Entonces ¿por qué…? —Angie hace un gesto arrugando la nariz.

No tengo ganas de dar explicaciones.

—¿Qué haces aquí? —Sé que es una grosería, pero sigo enojada.

—Tu mamá me invitó.

—Claro, supongo que la fiesta es más para Olga que para mí.

—¿A qué te refieres? —Mi primita Gabby pasa corriendo entre nosotras.

—Olvídalo.

—Bueno, pues sólo quería felicitarte.

—¡Qué linda! Me alegra mucho. —No estoy segura de si Angie sabe que es sarcasmo.

—No es nada. —Angie voltea a ver hacia la puerta como si quisiera irse.

—¿Olga tenía novio? —pregunto antes de que se vaya—. ¿O novia?

—¿Qué?

—Ya me escuchaste. ¿Por qué dijiste eso de su vida amorosa la última vez que te vi? ¿Andaba con alguien?

—Para empezar, no dije nada de que Olga tuviera vida amorosa; tú pusiste esas palabras en mi boca. Segundo, tú eres su hermana. ¿No crees que lo sabrías? ¿Cómo podría esconderle algo así a tu familia? ¿En serio crees que Olga podría tener alguna relación secreta sin que tu madre se enterara? Sabes mejor que nadie que es imposible ocultarle algo a tu mamá.

—¿Qué quieres decir con eso? ¿Por qué dices «relación secreta»? Eso es ridículamente sospechoso.

Angie suspira.

—Hay algo que no me estás diciendo, lo sé. Por eso actúas tan extraño.

—Cálmate, Julia.

Una de las cosas que odio más que nada en el mundo es que la gente me diga que me calme, como si fuera una loca fuera de control sin derecho a tener sentimientos.

—No me hables así. Apártate de mi vista. Sólo… sólo vete, ¿de acuerdo?

Angie se va y yo aprieto la bolsa con tanta fuerza que los nudillos se me ponen blancos. Me recuerdo que debo respirar. Cuando volteo, está abrazando a amá. Probablemente le está diciendo que sólo vino a darme el regalo, que tiene otro compromiso.

Cuando la música se apaga y la gente comienza a recoger las sobras, veo a la tía Milagros hablando con mis padres. Apá frunce el ceño y niega con la cabeza. Amá se cubre la boca con una mano. Yo me siento en una mesa vacía y como lo que me queda de pastel. Es de durazno, del mismo color de mi vestido, y tan dulce que me da asco, pero igual me lo sigo comiendo aprisa. Quizá consiga envenenarme con azúcar.

Volvemos a casa entre una densa niebla de silencio. El departamento huele raro porque se nos olvidó sacar la basura antes de salir. Apá prende la luz y las cucarachas salen corriendo en todas direcciones, buscando rincones oscuros para esconderse. Hacemos el baile de las cucarachas, que consiste en dar pisotones por todo el suelo de la cocina, porque suelen hacer fiesta cuando no estamos. Esta vez tengo que levantarme el vestido y matarlas con mis zapatos blancos nuevos.

Cuando terminamos, amá las barre y las echa por el escusado, en caso de que algunas aún tengan bebés en su interior. Por lo general trapea el piso con cloro o Pine-Sol, pero esta noche no parece que vaya a hacerlo.

Amá sale del baño, y ella y apá voltean a verme.

—Tu tía me contó lo que le dijiste —se me acerca—. Gastamos todo el dinero en tu fiesta, ¿y tú nos avergüenzas así?

—Fue su culpa —digo, desviando la mirada—. Nunca sabe cuándo cerrar la boca.

—¿Así te criamos, cabrona? ¿Para que les faltes al respeto a tus mayores? ¿Quién te crees que eres? —grita de pronto apá. Probablemente es lo más que me ha dicho en años.

—Julia, yo no crié hijas irrespetuosas. ¿Por qué eres así? ¿Qué hice para merecer esto? —Amá sigue hablando en plural, aunque soy la única que queda. Voltea hacia apá—. Rafael, ya no sé qué hacer con tu hija —que es lo que dice cuando está molesta conmigo. De pronto ya no soy suya.

Apá no dice nada, como si estuviera tan enojado que las palabras no le sirven de nada.

Amá suspira y se frota las manos.

—Quizá Bigotes tiene razón. Quizá este país te está echando a perder.

—Como si vivir en México fuera a arreglar algo —digo—. Mi vida apesta, pero apestaría más en México, y lo sabes.

Me pregunto si amá va a llorar, a pegarme o ambas, porque se ve como si la hubiera aniquilado. Y eso me sorprende.

Amá sólo niega con la cabeza.

—¿Sabes, Julia? Quizá si supieras comportarte, cerrar la boca, tu hermana seguiría viva. ¿Has pensado en eso alguna vez? —Al fin lo dijo. Eso que sus enormes ojos tristes me decían todo el tiempo.

DESPUÉS DE LAS
VACACIONES DE VERANO

CATORCE

Todos los jueves veo al maestro Ingman después de clases para que me ayude a prepararme para los exámenes de admisión y las solicitudes a las universidades. Él insiste, aunque ya no es mi maestro ahora que estoy en último año. Le dije que mi consejera ya me estaba ayudando, pero dijo que ella no podría distinguir su codo de su trasero. (Esas fueron sus palabras exactas). Es una de las personas más inteligentes que he conocido, así que sería una estupidez negarme. Y después de pasar todo el verano limpiando casas con amá, casi me alegro de regresar a clases y trabajar con el cerebro en vez de con las manos.

Mis calificaciones fueron satisfactorias el año pasado. Logré subirlas al final y saqué casi puras B, pero sigue preocupándome no saber si lograré entrar a las universidades que quiero. Este semestre estoy decidida a ser excelente. «¡Volví con todo, perras!». Enviaré solicitudes a tres escuelas de Nueva York, dos de Boston y una en Chicago. El maestro Ingman me ayudó a elegir distintas escuelas con buenos programas de Literatura. Aunque no quiero quedarme aquí, dice que debo enviar papeles al menos a una universidad del estado, sólo por si acaso. Pero sé que debo irme lejos. Amo a mis padres, claro, y siento culpa por querer dejarlos, pero vivir aquí sería demasiado difícil. Necesito crecer y explorar, y ellos no me dejarán hacerlo. Siento como si me tuvieran bajo una lupa.

El maestro Ingman me muestra todos los detalles de las solicitudes universitarias, lo cual le agradezco, porque no tengo idea de qué estoy haciendo. Algunas escuelas cobran sólo por esto hasta noventa dólares, y como soy lo que llaman «de bajos recursos», él me enseña cómo pedir exenciones.

Aunque tuve que entregar la mayor parte del dinero que gané trabajando con amá, logré ahorrar doscientos setenta y cuatro dólares, los cuales deberían al menos cubrir mi vuelo si termino eligiendo una escuela en la costa este. Necesito desesperadamente unos zapatos nuevos, pero me niego a tocar ese dinero.

De acuerdo con el maestro Ingman, tengo que destacar el hecho de que mis padres siguen siendo indocumentados.

—A los comités de admisión les encantan esas cosas —insiste.

—Pero es un secreto —digo—. Mis padres dijeron que no debíamos contárselo a nadie. ¿Qué tal que envío mi solicitud, y luego la escuela llama a migración y los deportan? ¿Y entonces?

—Nadie los deportará. Sería imposible.

—Pero son ilegales —susurro.

—Indocumentados —me corrige.

—Mi familia dice que son ilegales o mojados. Nadie dice *indocumentados*. No saben nada sobre ser políticamente correctos.

—Es una palabra muy estigmatizante; no me gusta. Tampoco *extranjeros ilegales*. Eso es aún más repulsivo. —Se estremece como si las palabras fueran veneno en su interior.

—Bueno, *indocumentados* —concedo.

Crecí con miedo a la migra y escuchando a mis padres y familiares hablar sin parar sobre los papeles. Por mucho tiempo no entendí qué tan importantes eran esos papeles, pero a la larga lo descubrí. Mis padres pudieron ser enviados de vuelta a México en cualquier momento, dejándonos a Olga y a mí aquí a nuestra suerte; probablemente habríamos terminado con una de nuestras tías con papeles, como algunos de los chicos de la escuela, o hubiéramos vuelto a México con nuestros padres. Recuerdo las redadas en la fábrica de apá cuando yo era niña. La migra enviaba de regreso camiones llenos de mojados, separando familias para siempre; debió ser una especie de milagro que estas cacerías nunca ocurrieran durante su turno. Aunque apá la mayor parte del tiempo sólo está presente físicamente, como una especie de mueble, no puedo imaginarme cómo sería vivir sin él.

Al igual que mis padres, siempre he desconfiado de los blancos, porque son ellos quienes llaman a migración, quienes son groseros en las tiendas y en los restaurantes, quienes te siguen cuando estás de compras, pero creo que el maestro Ingman es diferente. Ningún otro profesor ha estado tan interesado en mí.

—Bueno, ¿cómo está tan seguro de que no los deportarán? —insisto por última vez.

—Confía en mí, Julia, por favor. He ayudado a docenas de alumnos como tú a entrar a la universidad. Estamos en Chicago, no en Arizona; eso no pasa aquí. No así. Nadie leerá tu ensayo y buscará a tus padres. Además, ¿te he mentido alguna vez?

—No que yo sepa.

El maestro Ingman asiente.

—Es cierto. Pero no te engañaría. Quiero que estudies.

—Pero ¿por qué? No lo entiendo. ¿Por qué le importa tanto?

—Fuiste una de las mejores estudiantes que he tenido, y quiero que te vaya bien. Tienes que largarte de este barrio. Tienes que ir a la escuela. Puedes convertirte en algo grande. Lo veo en ti. Eres una escritora fantástica.

Nunca nadie me había dicho algo así.

—Vamos. Ponte a escribir. No tengo toda la tarde —dice el maestro Ingman y mira su reloj—. Necesitas anotar algunas ideas, al menos.

Observo el enorme mapamundi sin saber por dónde comenzar. ¿Qué me hace interesante? ¿Qué me hace ser quien soy? ¿Qué historia necesita conocer el mundo?

En 1991 mis padres, Amparo Montenegro y Rafael Reyes, se casaron y dejaron su pueblo, Los Ojos, Chihuahua, para buscar una vida mejor. Mi hermana, Olga, nació ese mismo año. Lo único que buscaban era el sueño americano, pero las cosas no fueron fáciles para ellos. Amá limpia casas y apá trabaja en una fábrica de dulces. La vida ya era difícil para nosotros, y el año pasado a mi hermana la atropelló un camión.

Sólo tuvimos medio día de clases, así que al salir de la escuela tomo el tren para ir a la librería de viejo en Wicker Park. He ahorrado en las últimas semanas un total de diecisiete dólares del dinero que me dan para comida, y debería poder comprar dos libros; sentía que mi estómago se devoraba a sí mismo los días en que no comí más que una cucharada de puré de papa con grumos, pero valió la pena. Si llego a ser —más bien, *cuando sea*— rica, quiero tener una biblioteca tan grande que necesite una escalera para alcanzar todos mis libros. También quiero primeras ediciones. Quiero tomos antiguos que deba leer con pinzas y guantes de hule.

Voy primero a la sección de poesía para ver si tienen algo de Adrienne Rich. Leí uno de sus poemas en clase de Literatura la semana pasada y no he podido sacármelo de la cabeza; se repite y se repite. A veces me estoy lavando las manos o los dientes y ahí está, resonando en mi cabeza: «Vine a explorar el desastre. / Las palabras son propósitos. / Las palabras son mapas». Me emociona muchísimo encontrar uno de sus libros por sólo seis dólares.

Adoro el olor de las librerías de viejo: papel, conocimiento y moho, probablemente. Odio el cliché de que no deberías juzgar a un libro por su portada, porque las portadas dicen mucho sobre lo que hay adentro. Por ejemplo, *El gran Gatsby*: el rostro melancólico de la mujer contra las luces de la ciudad a la distancia es la representación perfecta de la callada miseria de esa era. Las portadas son importantes; los que creen que no son unos idiotas. O sea, hay una razón por la que uso playeras de bandas. Hay una razón por la que Lorena usa ropa de licra con estampado de leopardo.

Fantaseo con cómo se verán los libros que escribiré algún día. Quiero portadas coloridas como las pinturas de Jackson Pollock o de Jean-Michel Basquiat, o quizá pueda usar una de esas turbadoras fotografías de Francesca Woodman. Hay una de ella gateando en el suelo frente a un espejo que sería perfecta.

Veo una vieja edición de *Hojas de hierba* y me la acerco: huele increíble y sólo cuesta seis dólares.

Subo al tercer piso y encuentro una mesa cerca de la sección de teoría crítica; está llena, pero queda una silla libre. Tras algunos minutos, la mujer a mi lado se va y un chico se acerca y pregunta si puede sentarse. Es alto, con el cabello castaño alborotado, y lleva una camisa de franela y jeans oscuros ajustados. Es lindo.

—Claro —digo, y hundo la cara en mi libro.

—Ese es uno de mis favoritos —comenta.

Algo entre un chillido y un graznido sale de mi boca. Estoy horrorizada.

—¿Qué? —logro decir al fin—. ¿Me hablas a mí?

—Ajá. *Hojas de hierba*. Pero probablemente no tiene caso decirlo. A quien no le guste Walt Whitman, tal vez está muerto por dentro.

No puedo creerlo. ¿Este chico en serio me está hablando de poesía?

—Debo decir que es verdad. Realmente es un maestro.

Él asiente.

—¿Y cuál es tu libro favorito?

—No sé. O sea, ¿cómo decides algo así? Me gustan tantos… *¿El despertar? ¿Cien años de soledad? ¿El gran Gatsby? ¿El guardián entre el centeno? ¿El corazón es un cazador solitario? ¿Ojos azules?* ¿Poesía o prosa? Si es poesía, quizá Emily Dickinson… o espera, quizá… Carajo, no sé. —No estoy segura de la razón por la que la pregunta me llena de pánico.

—Me encantan *El guardián entre el centeno* y *El gran Gatsby*. Aún no he leído *Cien años…* ¿No se te hace irónico que después de la película de *Gatsby* la gente empezó a hacer fiestas temáticas de los años veinte? Es una estupidez romantizar ese tiempo.

Me río.

—¿En serio la gente hace fiestas así? ¿Con *flappers* y todo?

—Sí, algunos amigos de mi mamá lo hicieron. A mí se me hacía como de «vaya, no entendiste para nada lo que plantea el libro».

—Dudo que una persona como yo hubiera podido entrar a una de esas fiestas en la época. Quizá estaría en la cocina, o limpiando los baños —bromeo.

Él se ríe.

—Exacto. Como si hubiera sido una época mágica. Probablemente lo fue como para, ¿cuántas, diez personas?

—¿Y qué hay de ti? ¿Cuál es tu libro favorito?

—*La naranja mecánica.*

—Intenté leerlo una vez, pero no tenía sentido. Y la película era muy violenta —me estremezco.

—Puede ser que no le hayas dado la oportunidad. Es una crítica, ¿sabes?

—Sí, supongo. Quizá debería leerlo de nuevo. —La verdad es que nunca lo leeré porque me puso de malas, pero quiero continuar con la conversación.

—Y entonces, ¿cómo te llamas?

—Eh, ¿Julia? —No sé por qué mi respuesta suena a pregunta, como si no supiera mi nombre.

—Yo soy Connor —dice, y me da la mano. Sus ojos son cafés e intensos, como si intentara descifrar algo.

—Un gusto conocerte —respondo. Estoy tan nerviosa que apenas puedo mirarlo. Esto es territorio nuevo y confuso para mí. Los chicos nunca me hablan, a no ser que considere a los pervertidos de la calle que silban y hacen comentarios asquerosos sobre mi cuerpo.

Nos quedamos en un silencio incómodo durante varios segundos. Miro un montón de libros en la mesa e intento pensar en algo inteligente, pero tengo la mente en blanco.

—¿Alguna vez hueles los libros? —digo al fin.

—¿A qué te refieres?

—O sea, literalmente; ¿te gusta cómo huelen? Todos son tan diferentes. Una vez encontré uno que olía a canela. Me pregunto si lo tendrían en una alacena. Siempre me intrigan ese tipo de cosas. A veces puedes notar que los tenían en un sótano porque están húmedos, ¿sabes? —Mierda, no puedo creer que eso haya salido de mi boca. Va a pensar que soy una rara.

—Así que eres una esnifadora de libros, ¿eso es lo que me estás diciendo? —Connor finge que habla en serio, como si le acabara de decir que soy adicta a la metanfetamina. Exhala ruidosamente—. Guau.

Suelto un chillido y me cubro la boca. Las otras personas en la mesa nos miran con molestia. No puedo dejar de reír.

—Quizá deberías irte, parece que no puedes controlarte. —Voltea hacia las demás personas en la mesa y niega con la cabeza—: Perdón, chicos. Creo que está teniendo un ataque.

Eso me hace reír aún más. Recojo mis cosas y Connor me sigue a la planta baja.

Después de pagar mis libros salimos. El sol brilla y me hace entrecerrar los ojos.

—¿Ya estás bien? —Connor se recarga sobre mi hombro.

—¡Fue tu culpa! Tú empezaste —finjo que estoy enojada.

—Si eso es lo que quieres creer —se encoge de hombros—. ¿Qué tal si vamos por un café? ¿O por leche tibia, para que te calmes?

—No lo sé… —titubeo, aunque ya sé que diré que sí.

—Vamos. Es lo menos que puedo hacer después de todos los problemas que te he causado.

—Bueno —digo—. Supongo que estás en deuda conmigo.

Connor me lleva a una cafetería llena de hípsters con sus computadoras y aparatos caros. Me imagino que un reflector gigantesco me sigue cuando entro, resaltando mis jeans viejísimos, tenis rotos y cabello grasoso. Desearía volver en el tiempo y bañarme y vestirme mejor. Pero ¿cómo podría saber que esto pasaría? Mi plan para hoy era ser invisible.

Nos sentamos en una mesa pequeña en una esquina, cerca de un hombre con un bigote ridículamente grande. ¿Cómo puede alguien andar por ahí viéndose así y esperar que lo tomen en serio? Esa cosa horrible casi le llega a las orejas.

No dejo de preguntarme si es una cita, porque técnicamente nunca antes he tenido una. Lo más cerca que he estado fue esa vez en el lago con Ramiro, el primo de Carlos, quien me trató como si fuera una especie de premio barato. Si Connor intenta besarme, definitivamente es una cita. De otro modo, tendré que preguntarle a Lorena; ella sabe todo sobre este tipo de cosas.

—Cuéntame sobre ti, Julia.

—¿Qué quieres saber?

—De dónde eres, qué te gusta, cuál es tu color favorito. Ya sabes, cosas aburridas como esas.

—Soy de Chicago. Me gustan los libros, la pizza y David Bowie. Mi color favorito es el rojo. Te toca.

—Pero ¿de dónde eres «eres»?

—«Soy» soy de Chicago. Te lo acabo de decir.

—No, lo que quiero decir es… Olvídalo. —Connor parece apenado.

—Te refieres a mi origen étnico. Qué clase de morena soy.

—Sí, supongo. —Connor me ofrece una sonrisa de disculpa.

—Soy mexicana. Pudiste preguntármelo directamente, ¿sabes? —No puedo evitar sonreír con malicia—. Prefiero a las personas directas.

—Sí. Entiendo. Perdón.

—No te preocupes. Está bien. ¿Y tú? ¿De dónde eres? ¿Qué te gusta?

—Umm… Evanston, hamburguesas, y batería.

—Pero ¿de dónde eres «eres»?

Connor se ríe.

—Soy un mestizo estadounidense común: alemán, irlandés, italiano y…

—¡Espera, espera! Déjame adivinar. Tu bisabuela era una princesa cherokee.

—No, iba a decir español.

—Ah, claro, nuestros conquistadores. ¿Y tu color favorito?

—Amarillo.

—¿Amarillo? Qué horror.

—Oye. Qué sincera —se ríe—. Amarillo como el del sol. No puedes decirme que odias el sol.

—Claro que no, no soy un monstruo. —Un hombre con barba hasta el cuello se sienta junto al tipo del bigote. Qué pareja más perfecta.

—Si lo fueras, serías el monstruo más lindo que haya visto.

No sé qué decir, así que sólo le doy un enorme trago al café, que me quema la boca y la garganta. Bien.

—¿Alguna vez leíste *El tapiz amarillo*? ¿Has escuchado sobre la fiebre amarilla? ¿La ictericia? El amarillo puede significar malas noticias, es lo único que digo.

El contorno de sus ojos se arruga cuando sonríe, lo cual me parece algo encantador.

—Cuéntame más. ¿Alguna otra opinión tajante sobre los colores, las formas, los diseños? Tengo la sensación de que eres una persona muy interesante.

—¿Yo?

—No, el bigotón de allá —dice, señalando hacia él.

El tipo nos mira, furioso, lo cual me hace reír tanto que casi escupo el café.

—Creo que el diseño de cachemira es detestable y deberían prohibirlo hasta el fin de los tiempos, lo mismo que la ropa en colores pastel. Ah, y los pantalones caqui son repugnantes —cierro los ojos y saco la lengua para mostrar mi disgusto.

El momento parece irreal. Me imagino viéndonos desde otra mesa. Nunca había estado en una cafetería así, y nunca nadie había querido conocerme. La única otra persona además de Lorena a la que le importa lo que pienso es el maestro Ingman, y a él le pagan para interesarse en mis opiniones. A veces estoy segura de que el mundo quiere que me calle, que más me vale guardarme en veinte cajas dentro de otras veinte.

—Eres graciosa —dice Connor, pero no se ríe.

—Mi hermana murió el año pasado. —No quería decir eso. Simplemente se me salió.

—Vaya, lo siento mucho. —Toma mi mano, y yo casi doy un salto. Se siente tibia y húmeda. No recuerdo la última vez que me tocaron así—. ¿Eran unidas?

—Pues… no. No realmente. No lo sé. Creo que no la conocía mucho. Éramos muy diferentes, y ahora que está muerta, es como si quisiera conocerla mejor. Es raro. Supongo que es un poco tarde para eso.

—Nunca es demasiado tarde. No digas eso.

No estoy segura de por qué le cuento todo esto. Probablemente no le importa, pero no puedo detenerme. Quizá no debería tomar tanto café, porque siempre me pone nerviosa y platicadora.

—Revisé su cuarto una vez y encontré algunas cosas. Luego mi madre le puso candado a la puerta, y no he podido volver a entrar. No sé qué más hacer. Necesito seguir buscando, pero a veces parece inútil. Tiene una laptop, pero no sé su contraseña. Además, primero tengo que encontrar la manera de volver a entrar a su cuarto.

—A decir verdad, sé bastante sobre computadoras. No le digas a nadie, pero mis amigos y yo hemos hackeado algunas cosas. Bueno, *muchas* cosas. Si logras conseguir su laptop, probablemente yo te la pueda desbloquear.

—¿En serio?

Connor sonríe y me aprieta la mano.

—Total, absoluta y completamente en serio.

Connor y yo caminamos horas y horas. Vamos a vecindarios que yo ni sabía que existían, andando por aquí y por allá sin rumbo fijo. Terminamos en algunos de los mismos lugares sin saber cómo llegamos ahí. Estoy sonriendo tanto que me duelen las mejillas. Cuando nos cansamos, Connor nos compra unas donas y nos sentamos en los columpios de un enorme parque aunque hace frío. Huele a madera y hojas mojadas. Hablamos sobre nuestros planes para la universidad, sobre libros y nuestras bandas favoritas. Alguien a quien le gusta David Bowie, al fin. ¡Alguien que lee!

En la estación de tren me da un beso en la mejilla y me dice que quiere volver a verme pronto. Esto definitivamente es una cita. Es un día tan hermoso que apuesto a que todos los pájaros están cogiendo.

Me encuentro con Connor en la avenida Devon tras mentirle exitosamente a amá sobre una tarea que supuestamente requiere que vaya al Centro Cultural. Como siempre, sospecha algo, pero logro convencerla con persuasiones y súplicas. Debo tomar dos camiones y un tren para llegar, lo cual es un fastidio, en especial porque hace frío y está a punto de nevar, pero me alegra ver otra parte de la ciudad. Me maravillan los hermosos y brillantes saris en los aparadores. Me pregunto cuánto costarán, porque se ven geniales. El día es gris, así que me alegra ver destellos y colores chillones.

Siento las piernas como de plástico mientras camino hacia el restaurante y veo a Connor parado afuera con las manos en los bolsillos. ¿Así se siente el amor? No lo sé.

—Ah, hola, madame Reyes —dice, y hace un movimiento con la mano.

Cuando me pongo nerviosa, a veces hago payasadas porque no estoy segura de qué otra cosa hacer. Le respondo con una reverencia y le ofrezco mi mano como una aristócrata pretenciosa, cosa que lo hace reír.

—Qué bueno verte —dice.

—Qué bueno verte a ti también. —De pronto me siento tan tímida que ni siquiera puedo mirarlo.

—Este es el mejor restaurante hindú de la ciudad, en mi opinión —dice Connor mientras nos sentamos—. Además, es superbarato.

Espero que él pague, porque cuando veo el menú, aunque es «superbarato», yo no puedo pagarlo.

—Nunca he probado la comida hindú, ¿sabes? —digo mientras veo los especiales para el almuerzo.

Connor pone las manos sobre la mesa y me mira directamente.

—¿Nunca? ¿En serio? ¿Cómo es posible?

—La verdad es que ni siquiera sabía que existía este barrio.

—Qué historia más triste —responde, y finge estar devastado.

El aire está lleno de especias que no puedo identificar. En la televisión junto a la caja registradora están pasando un musical; un hombre alto canta con pesar mientras persigue a una hermosa mujer cuesta abajo de una montaña. Creo que se supone que sea romántico, pero a mí me parece un violador.

La comida está tan buena que no puedo creerlo.

—¿Dónde estuviste toda mi vida? —le digo a mi plato, y me sirvo otra buena porción. Hay tantas cosas: queso, especias, chícharos y Dios sabe qué más, y todo sabe como un paraíso extranjero.

—Parece que te gusta la comida más de lo que te gusto yo —se burla Connor—. Comienzo a ponerme celoso. Quizá debería dejarlos solos.

No sé qué decir, así que sólo sonrío y continúo atascándome de comida hasta que estoy demasiado llena para moverme.

Connor quiere que volvamos a la librería de viejo donde nos conocimos porque está buscando una novela de un autor japonés del que yo nunca había escuchado, así que tomamos el tren hacia el sur. Después de encontrar su libro, nos sentamos en una banca en el parque al final de la calle. Me distraigo observando los árboles por un rato, y cuando vuelvo a mirarlo, está muy cerca de mi. Se inclina para darme un beso.

Mi corazón late con tanta fuerza que me pregunto si Connor puede sentirlo. Mete sus manos en mi cabello y me toma del cuello como si besarme fuera una especie de emergencia. Esto no se parece nada al beso con Ramiro. Connor es suave con la lengua, y hay algo en la forma en que me toca que me hace sentir muy deseada.

Después de un rato, por fin dejamos de besarnos y nos quedamos ahí en un silencio incómodo hasta que vemos a una mujer que pasea a un gato sin pelo con una chamarra esponjosa. Simplemente nos miramos y reímos como locos. Me río con tanta fuerza que creo que podría explotarme una tripa.

QUINCE

Siempre me descubro observando la puerta como una tonta, esperando que Olga vuelva a casa. La gente dijo que mejoraría con el tiempo, pero no es cierto. Hay momentos en que la extraño tanto como el día en que murió. Sé que no éramos tan unidas, pero ahora que ya no está, siento como si me faltara un órgano. Aún sigo soñando con ella. A veces son sueños inocentes, como que estamos en el auto o en la mesa de la cocina, desayunando, pero de vez en vez aparece cubierta de sangre, con su cuerpo torcido y aplastado, y me despierto gritando.

Amá sigue llorando mucho. Puedo escucharla a veces en su baño; creo que se cubre la boca con una toalla para disimular sus sollozos. Siempre tiene los ojos rojos. Ojalá supiera cómo ayudarla pero me siento inútil, como siempre. Apá sigue tan callado como de costumbre. Podría estarse muriendo por dentro y nadie lo sabría.

Van tres veces que regreso a la escuela de Olga, pero todo el tiempo veo a la misma mujer amargada y salgo inmediatamente. Tal vez me recuerde y quizá llame a seguridad. También he llamado al Continental otras cinco veces con la esperanza de encontrar a un empleado que no siga las reglas, pero sólo dicen que no tienen permitido dar información sobre sus huéspedes, aunque estén muertos. Si tan sólo pudiera sacar la laptop de Olga de su cuarto para que Connor la desbloqueara.

Muertos. Muertos. Muertos. Sólo puntos muertos. Es la historia de mi vida.

Ahora recuerdo las cosas más tontas, los pequeños detalles entre Olga y yo en los que nunca antes había pensado. Como el otro día, que esperaba en la fila de la tienda y recordé cuando me corté con la hoja de un libro de *Plaza Sésamo* a los cuatro años y me dio tanto miedo que no quise volver a tocarlo. Olga sabía cuánto me gustaba, así que me lo leyó una y otra vez. Estoy segura de que se lo aprendió de memoria. Y ayer iba caminando de regreso a casa y pensé en aquella noche en casa de mamá Jacinta cuando nuestra prima Valeria nos contó sobre la Llorona, la mujer fantasma que llora por las calles porque ahogó a sus hijos. No pude dormir durante días, convencida de que cada rechinido o crujido significaba que la Llorona venía para llevarme a rastras y matarme en el río. Olga se quedó conmigo todas las noches hasta que superé mi miedo. Esta mañana, mientras me lavaba los dientes, recordé cuando compramos una bolsa de chocolates y la escondimos en su cuarto. Nos comíamos uno en secreto cada día al salir de la escuela, como si los dulces fueran una especie de contrabando peligroso. Tal vez eso fue lo más desobediente que hizo Olga cuando éramos niñas.

Cuando me vienen estos recuerdos, siento como si alguien me sacara el alma y la pisoteara. Todo era mucho más fácil cuando éramos niñas. Lo que pensaba difícil en ese tiempo, ahora parece fácil.

La felicidad es una semilla de diente de león flotando en el aire que no puedo alcanzar. Sin importar cuánto lo intente, sin importar qué tan rápido corra, simplemente no puedo alcanzarla. Incluso cuando pienso que la atrapé, abro la mano y está vacía.

Pero de vez en vez tengo momentos de alegría, como cuando puedo ver a Connor. Me llama casi cada noche y hablamos hasta que se me calientan las orejas. Lo que más me gusta de él es que me hace reír más que nadie en el mundo. El otro día provocó mis carcajadas con una historia sobre él y su mejor amigo discutiendo por un equipo. Se enojaron tanto que terminaron aventándose hot dogs uno al otro, y como seguían hambrientos y no querían desperdiciar la comida, los levantaron del pasto y se los comieron justo antes de que una parvada de gaviotas se los llevara. Me reí tanto que hice un ruido raro, lo cual nos hizo reír aún más a ambos.

Cada que estoy al teléfono, amá pasa por casualidad por mi cuarto. Es difícil platicar cuando alguien está siempre acechándote. Aunque amá no entiende inglés tan bien, me da miedo lo que pueda escuchar. Ya debe saber que estoy hablando con un chico.

La idea de la universidad también me anima cuando me siento pésima. Gracias a Dios me salté un grado, de otro modo estaría atrapada aquí otro año. Las únicas personas a las que extrañaré son Lorena, el maestro Ingman y Connor. Juanga también ha comenzado a caerme bien; sólo desearía que él y Lorena dejaran de tomar y fumar hierba todo el tiempo. A veces se portan algo erráticos, lo cual me asusta un poco, como cuando estaban convencidos de que debíamos colarnos a una fiesta, aunque el anfitrión había amenazado con matar a Juanga el año pasado por algo de su exnovio, con cuchillo y todo. Pude convencerlos de que era una mala idea y mejor fuimos al cine. Lorena metió una botella de Jack Daniel's en su bolsa y ella y Juanga se la acabaron, tomando como si fuera agua y ellos murieran de sed en el desierto. Yo sólo le di unos cuantos sorbos y les dije que sabía a violencia, y me miraron como si estuviera completamente loca. La hierba me pone paranoica, como si algo terrible estuviera por suceder, así que dejé de fumarla. La vida ya es bastante aterradora, gracias.

Lorena insiste en que deberíamos ir a andar en trineo porque, según ella, el invierno es aburrido como la chingada, y se volverá loca si se queda encerrada en su departamento más tiempo. Yo también estoy que no puedo más. Pasa cada año. No importa que haya vivido en Chicago toda mi vida; los inviernos aquí siempre son como una patada en la cara.

Nunca me he subido a un trineo; he escuchado al respecto, lo he visto en televisión, pero mis padres nunca me llevaron, y tampoco he ido a Disney World ni visto *La novicia rebelde*. Sólo asumía que era algo que hacían las personas blancas.

—¿De dónde sacaremos el dinero para los trineos? —le pregunto a Lorena mientras juega con el maquillaje de mi tocador—. ¿Y cómo se te ocurrió esto?

Lorena se encoge de hombros.

—No lo sé, lo vi en una película. No tenemos que comprar trineos reales, tontita. Sólo necesitamos unos pedazos de plástico para deslizarnos. —Se sopla en las manos y las frota. Hace un frío endemoniado aquí porque amá siempre tiene el calentador bajo en el invierno para ahorrar dinero. Por lo general ando por el departamento envuelta en una cobija y con un sombrero, viéndome como una loca.

—¿Y dónde encontraremos eso? —Por lo general estoy lista para la aventura, y además estoy aburrida, pero la idea de andar mojada y con frío no se me antoja para nada.

—No lo sé, pero no puede ser tan difícil. —Lorena se pone mi brillo de labios.

Después de un viaje a la ferretería, Lorena, Juanga y yo estamos en lo alto de la colina de Palmisano Park, en Bridgeport, con unos tapetes baratos de plástico. El hombre que nos ayudó parecía confundido por nuestra compra pero no estaba lo suficientemente interesado para preguntar, sólo nos miró con el ceño fruncido y nos envió a la caja registradora.

No hay colinas reales en Chicago, pero el parque solía ser una mina, así que hay una pendiente decente. Hay un círculo de cabezas blancas de Buda a medio enterrar en la nieve y una vista perfecta del horizonte desde la cima. No puedo creer que nunca haya estado aquí; a veces siento como si hubiera estado viviendo en un agujero oscuro. Probablemente hay mucho de esta ciudad que nunca he visto.

A diferencia de nosotros, varias familias usan trineos de verdad, y dos niñitos se deslizan por la colina con sus trajes para la nieve, gritando por todo el camino.

—¿Ves? No es sólo para gente blanca —dice Lorena con una sonrisilla de superioridad.

—¡Pues ahora sí que estoy apenada! —respondo dramáticamente y pongo las manos sobre las mejillas para fingir sorpresa.

Lorena se ríe.

—Cállate.

—Espero que esto funcione —le digo a Lorena—. No hay nada de qué sostenerse.

—Ay, por Dios, agárrate de los lados. ¿No deberías ser más positiva ahora que estás enamorada?

No puedo evitar sonreír.

—Para empezar, me siento bastante bien en este momento, por si te lo estabas preguntando, y en segundo lugar, *no* estoy enamorada —digo. Pero quizá sí lo estoy. Cuando pienso en besar a Connor se me corta la respiración y siento que mi interior se enciende.

—Como digas. —Lorena se encoge de hombros.

—Definitivamente esto es algo nuevo para mí. Lo más deportivo que he hecho en mi vida es correr para alcanzar el autobús —dice Juanga mientras se ata una agujeta.

—No creo que esto califique como deporte —comento—. No vamos a terminar jadeando ni nada por el estilo.

—Entonces ¿qué es?

—La verdad, no sé. ¿Una actividad? —El resplandor de la nieve me obliga a entrecerrar los ojos—. Ay, bueno, como sea. No importa.

—Pues hagámoslo. —Juanga sonríe, acomoda su tapete y se sienta. No está vestido acorde al clima: chamarra de piel vieja, guantes negros delgados, jeans y unos tenis grises y desgastados. Ni siquiera trae gorro o bufanda, así que tiene la cara muy roja. A veces la manera en que se viste me hace preguntarme sobre su madre.

Nos ponemos en línea y nos empujamos a la cuenta de tres. Todo el descenso gritamos y nos reímos como locos. Cuando llegamos al fondo de la colina nos quedamos tendidos en la nieve, riéndonos. Miro un árbol raquítico con sus ramas cubiertas de hielo y me maravilla lo hermoso que es.

—Dios mío, Lorena, eres una genio —dice Juanga—. Entretenimiento por menos de ocho dólares. Nunca pensé que estar afuera en el frío podría ser divertido. Al principio estaba así de que «esta perra está loca», pero nah, esto es genial.

—¿Qué te dije? —Lorena me mira con una ceja levantada.

—Tenías razón. Perdón por haber dudado de ti. Esto es divertido, mucho mejor que estar adentro del departamento escuchando a mi madre quejarse de lo floja que soy.

Juanga y Lorena se levantan y se sacuden la nieve de la ropa, pero yo me quedo ahí unos segundos más, escuchando las campanas de la iglesia a la distancia.

Cuando Connor me pregunta si puede visitarme, invento una excusa boba y espero que nunca vuelva a pedírmelo. Dice que tiene curiosidad sobre cómo es el lado sur de la ciudad, y le digo que no hay mucho que ver. No es que me avergüence de donde vengo, pero tenemos vidas muy diferentes. ¿Cómo le explicas a alguien que eres pobre? Creo que ya lo sabe, pero es diferente si lo ve con sus propios ojos. Lo evito pidiéndole que nos veamos en algún punto medio.

Al salir de la escuela, Connor y yo nos reunimos en la zona residencial, en su tienda de segunda mano favorita. Su rostro está enrojecido por el frío y se ve adorable con su enorme chamarra acolchada y su gorro tejido morado.

Aunque me encanta ver cosas viejas y usadas, creo que odio las tiendas de segunda mano porque hacen que me sienta incómoda y me recuerdan que no tengo dinero. Para Connor parece una aventura divertida, probablemente porque nunca ha tenido que comprar en una. Amá, Olga y yo solíamos ir a una en nuestro barrio los lunes porque todo estaba a mitad de precio. Triste, ¿no? Descuentos en una maldita tienda de segunda mano.

—Dios mío, mira esto —dice Connor mostrándome un suéter bordado con tres gatos, algo que usaría una anciana—. Esto es increíble. Es tan feo que me dan ganas de comprarlo.

Sonrío.

—Sí, es bastante espantoso, casi una falta de respeto a los sentidos. Pero ¿dónde usarías algo así?

—Donde sea. Me lo pondría para ir a la escuela, a la tienda, a un bar mitzvá, no me importa.

Yo tengo seis dólares en mi poder y él comprará algo de broma. Sé que no es su culpa, pero no puedo evitar sentirme un poco molesta. Intento que no se note, eso sí, porque no quiero herir sus sentimientos.

—Creo que deberías hacerlo. Serás la más guapa del baile —doy vueltas por el pasillo como si fuera una princesa.

Necesito pantalones nuevos, pero es imposible comprarlos en la tienda de segunda mano porque no puedo probármelos. Casi nunca me quedan porque tengo las piernas gruesas y el trasero amplio, así que mejor busco vestidos que se estiren y me den espacio, pero no encuentro nada.

Siempre me pregunto quién habrá usado esta ropa antes de que terminara aquí, por qué y cómo fue descartada. A veces veo manchas e intento adivinar de qué son: café, mostaza, sangre, vino tinto, pasto, e invento una historia, como cuando encontré un viejo vestido de novia con manchas de lodo en la orilla. Me imaginé que comenzó a llover a cántaros a media ceremonia al aire libre, y que en vez de maldecir al cielo por su mala suerte, los novios se tomaron de las manos y corrieron para cubrirse bajo un árbol mientras los invitados se reían de sus ropas mojadas, sus peinados arruinados y su maquillaje corrido.

Todo está ya muy escogido y comienzo a perder la paciencia. Tengo comezón en los ojos e imagino que las chinches se me prenden a la ropa. Quiero irme, pero parece que Connor se divierte mucho. Viene hacia mí sonriendo con una pintura enmarcada de un payaso antiguo sobre un monociclo.

—Tienen las cosas más geniales. Esto es ridículo —dice y se ríe.

—¿Te molestaría si nos vamos? La verdad no me gusta estar aquí —me rasco el cuello.

—¿De qué hablas? ¿Cómo que no te gusta? ¿Qué pasa? Dijiste que querías venir conmigo.

—Sí, ya sé, pero ahora quiero irme. ¿Está bien? Lo siento.
—De pronto estoy triste y ni siquiera sé bien por qué. Siempre me emociona ver a Connor, pero algo pesado se ha instalado en mi interior y no lo comprendo.

—¿Qué pasa? —Connor parece herido y mira fijamente el cuadro del payaso.

—Nada, te lo juro. Estoy bien. Sólo estoy cansada, en serio.
—Hasta ahora todo han sido risas y besos, y sería muy típico de mí que lo echara a perder.

—Bueno, entonces vámonos —Connor pone sus cosas en una repisa y avanza hacia la puerta.

Lo alcanzo y tomo su brazo.

—No, espera. Compra tu suéter de gatos y la cosa esa del payaso. Los querías. Lamento portarme tan rara.

—Bueno, supongo. Pero ¿estás bien?

Temo decirle exactamente cómo me siento, cómo un segundo estoy bien y al siguiente me siento triste sin razón. No quiero asustarlo.

—Es que no dejo de pensar en las chinches y me estoy poniendo nerviosa. Y quizá pronto me bajará.

—Ah, ya veo. Pues vamos a conseguirte un chocolate, y luego reviso si tienes alguna alimaña —responde y finge que me quita un bicho del cabello.

—Ay, Dios, qué asco. —Alejo su mano—. ¿Y cómo sabes que el chocolate me hará sentir mejor?

Connor se encoge de hombros.

—A mi mamá le funciona.

—Supongo que a mí también, así que sí, acepto tu oferta —tomo su mano y lo llevo a la caja registradora—. Apúrate antes de que me ponga insoportable.

No encontramos ninguna pastelería, así que nos conformamos con una tienda de abarrotes, una de esas elegantes donde una bolsa de manzanas orgánicas cuesta más que nuestra renta. Caminamos por los pasillos durante un rato. Creo que ambos intentamos hacer que nuestro tiempo juntos dure tanto como sea posible.

—Una vez, cuando era niña, creo que tenía nueve, estaba con mi mamá en una tienda —le digo cuando pasamos el área de artículos de limpieza—. Me aburrí, así que me puse a vagar por ahí, tomando un montón de cosas vergonzosas y poniéndolas en los carritos de desconocidos mientras no miraban.

—¿Como qué?

—Laxantes, pañales para adultos, ungüentos. Un montón de cosas relacionadas con el trasero, ahora que lo pienso.

Connor se cubre la cara mientras se ríe.

—¿Y qué hizo la gente?

—Vi a algunos cuando llegaron a la fila para pagar; estaban confundidos. Una señora insistía en explicarle al cajero que ella no había puesto esos artículos en su carrito, estaba muy molesta. Me reí mucho. ¿Eso me hace una mala persona?

Connor voltea para quedar frente a mí y me toma de la mano.

—No quería decirte esto, pero —suspira— eres la peor persona que he conocido en mi vida, sin lugar a dudas.

—Guau, eso es algo impresionante. Creo que estoy orgullosa de mí.

Connor asiente solemnemente.

—Y de alguna manera me sigues agradando.

—Ojalá pudiera decir lo mismo sobre ti —bromeo.

Connor se ríe.

Cuando llegamos al pasillo de los dulces, pone las manos sobre mis hombros y me mira directamente a los ojos. Casi me sobresalto. Me pregunto si me besará. Me tiemblan las manos.

—Bueno, señorita Reyes, elija el chocolate que más le plazca —dice.

—¿Aunque sea una de esas cosas de comercio justo, sustentables, cultivadas a mano por una comunidad de gnomos? —pregunto—. Porque eso es lo único que tolero. Tengo estándares muy altos.

—Cualquier cosa. —Sonríe—. Artesanal y libre de pesticidas si eso es lo que quieres.

—Sí que sabes tratar a una dama —digo, y lo beso en la mejilla—. Eres todo un caballero.

Connor me dice que sus padres salieron de la ciudad por negocios esta semana y su hermano no vendrá de visita desde Purdue el fin de semana, así que quiere que pase a verlo el sábado por la tarde. Los padres de todos en mi barrio trabajan en fábricas, así que la idea de «negocios» es algo desconocido para mí, pero no hago preguntas porque no quiero que piense que soy tonta. Me sorprende que sus padres confíen en él lo suficiente para dejarlo solo en casa. Amá y apá jamás nos dejaban solas ni nos permitían dormir en otras casas, ni en un millón de años, ni siquiera con nuestras primas. El único lugar fuera donde nos quedamos fue en la casa de mamá Jacinta cuando fuimos a México. Creo que amá siempre ha tenido miedo de que abusen de mí o de que tenga sexo. Ni siquiera le gusta cuando la gente se besa en la televisión, y si dos personajes están a punto de tener relaciones, olvídalo, apaga la tele y sale corriendo del cuarto mascullando sobre cochinadas.

Supongo que la gente blanca es diferente. Nancy, de mi clase de Álgebra, salió con un chico blanco de Oak Park una vez, y dijo que los padres de él la dejaron quedarse a dormir en su casa.

Me pregunto si Connor espera que tengamos sexo. Pienso en eso todo el tiempo, pero ahora que es una posibilidad real, me asusta. ¿Qué significa estar lista? ¿Cómo puedes estar segura? O sea, me gusta, y cuando nos besamos, es obvio que mi cuerpo lo desea, pero ¿qué pasará después? ¿Me verá diferente cuando haya obtenido lo que quiere? Al mismo tiempo, yo también lo deseo, y si me juzga por hacer exactamente lo mismo que él, pues será una estupidez. Me tiendo en la cama pensando y preocupándome hasta que ya no lo soporto más.

Necesito el consejo de Lorena, pero tengo que asegurarme de que amá no escuche. Está sentada en el sofá, tejiendo una manta, así que me meto a mi clóset y cierro la puerta. Apenas puedo acomodarme con todas las cajas de cosas inútiles y ropa vieja, pero es el lugar más privado de la casa.

Lorena dice que tengo que rasurarme antes de hacerlo.

—Pero no sé cómo. ¿Por qué las mujeres siempre tienen que hacer cosas tan incómodas? Tacones, tangas, rasurarse, depilarse, blanquearse. No es justo. —Me gustan el maquillaje y los vestidos, y me rasuro las piernas y las axilas, pero todo lo demás es una lata.

Lorena suspira.

—Tienes que hacerlo, si no, le dará asco.

—¿Por qué evolucionamos con pelo en esas partes si no lo necesitamos? ¿No hay una razón para tenerlo?

—Por Dios, Julia. ¿Para qué hablas para pedirme consejos si no vas a escucharme?

Supongo que tiene razón.

—Bueno, pues, dime cómo.

—¿Cómo que cómo? Simplemente lo haces.

—¿Todo?

—Claro, tonta.

—¿Y si me corto?

—No te cortarás. Sólo hazlo despacio.

—Duele, ¿verdad? No rasurarse, sino… *ya sabes*. Ugh, estoy entrando en pánico.

Lorena se queda callada unos segundos.

—Al principio sí, pero luego mejora.

Le digo a amá que iré al centro a una galería de arte. Invento algo sobre una nueva exhibición de artistas latinoamericanas. A veces me impresionan mis propias mentiras, pero puedo ver la desconfianza que emana de sus ojos.

—Amá, estoy muy *aburrida*. Por favor.

—¿Por qué no te pones a limpiar? Hay mucho que hacer en la casa —dice—. Olga nunca quería ir a ninguna parte. Trabajo, escuela, casa. Eso era todo.

Después de lloriquearle sobre mi necesidad de enrique-
cimiento cultural e insistir en que este barrio me sofocará, tanto intelectual como emocionalmente, al fin me deja ir.

—Más te vale que no estés mintiendo. Ya sabes que siempre me entero —me señala con su espátula y vuelve a las flau-
tas que está friendo en la estufa.

Voy primero a la farmacia para conseguir condones. No sé si él
debería tener o qué, pero no quiero arriesgarme. Pero, ¿pensará
que soy una zorra? ¿Y si un vecino metiche me ve comprándo-
los? ¿Qué pasará entonces? Supongo que cualquier situación es
mejor que terminar embarazada o con una enfermedad mortal.

Tengo que tomar tres trenes para llegar a Evanston. Las casas son enormes, y las calles están llenas de árboles altísimos.
Los arbustos y los setos están podados con una precisión que
casi se ve boba. Ya sabía que la familia de Connor tenía dinero,
pero no estaba preparada para esto.

Sé que debo caminar al este desde la estación, hacia el lago,
pero aun así me pierdo durante casi veinte minutos, dando
vueltas en círculos para terminar en un callejón. Nunca he sido
buena con las direcciones.

Al fin encuentro su cuadra, así que saco mi espejo de bolsillo para asegurarme de que me veo bien. No se me ha corrido
el delineador y mi brillo labial sigue intacto. Gracias a Dios el
grano gigante en mi mejilla desapareció. Le puse hielo durante días, pero era superobstinado, con raíces tan profundas que
sentía como si hubieran llegado hasta el cráneo; comencé a
pensar que tendría que llevármelo a la tumba. Casi le puse
nombre; Úrsula y Brunilda eran mis mejores opciones.

La casa de Connor tiene un porche gigantesco que la rodea,
y también ventanas enormes. Es tan grande como todo nuestro edificio. Una parte de mí se pregunta si simplemente debería volver a casa. Me siento nerviosa y comienzo a jalarme el

cabello. Además, la entrepierna me está comenzando a picar muchísimo. No debí haber escuchado a Lorena, quizá no sabe todo sobre sexo.

Cuando Connor abre la puerta, siento un golpe de ansiedad. Trae una playera de los Foo Fighters, pantalones de pijama y un par de mocasines, tan chico blanco de los suburbios, pero es tan sexy que me gustaría aunque se pusiera un costal de basura hecho jirones.

—Hueles a comida mexicana —dice mientras me abraza—. Como a tortillas fritas o algo así. Me estás dando hambre.

Me río aunque estoy apenada.

Connor me da un paseo por la casa, que tiene dos pisos sin incluir su enorme habitación en el ático. Intento parecer *cool* y poco impresionada, pero las únicas casas elegantes que he visto en la vida real son las que he limpiado con amá. Cada cuarto está perfectamente decorado y parece salido de la televisión. La cocina tiene el tamaño de nuestro departamento, y hay elegantes ollas y sartenes de cobre colgadas sobre dos estufas (¡dos!). Incluso tiene una chimenea y un enorme piano negro en la sala. Estas personas deben ser ricas como la chingada.

La repisa sobre la chimenea está cubierta de fotos. Hay una de quien asumo que es la mamá de Connor, riendo sobre un columpio. Tienen el mismo cabello castaño claro y arrugas en los ojos.

—Tú y tu mamá son idénticos —volteo a verlo y sonrío.

—Sí, eso dicen todos. Pero creo que me parezco más a mi papá. Jeremy es la versión masculina de mi mamá, básicamente es ella con el cabello corto.

—¿Este es tu papá? —tomo la foto de un hombre alto con una gorra de beisbol frente a un estadio.

—No, ese es Bruce, mi padrastro. No he visto a mi papá en cinco años. Ahora vive en Alemania.

—Ay, no sabía. —Connor no me ha contado mucho sobre su familia—. ¿Qué hace allá?

—Es ingeniero. Vive en Múnich.

—¿Cuándo se divorciaron?

—Yo tenía seis años, y luego Bruce se casó con mi mamá cuando cumplí nueve.

—¿Cómo es?

—Es bastante conservador, ve Fox News y cosas así. No estamos de acuerdo en muchas cosas, pero ha sido más un padre para mí que el de verdad, sin duda.

Veo sobre la repisa una fotografía de Bruce sosteniendo un rifle frente a un enorme animal muerto. No sé exactamente qué es, pero se ve majestuoso. Sus largos cuernos se retuercen y son hermosos.

—¿Qué es? Me refiero al animal.

—Un antílope con cuernos en espiral.

Noto que Connor está apenado, así que no le pregunto más.

La comida tailandesa que ordenó debería llegar en una hora. Vemos videos en su laptop mientras esperamos.

—Eres tan bonita —dice mientras busca un video.

—Gracias. —Siento cómo mi rostro se ruboriza.

—No, en serio. Me gustas mucho.

No sé qué decir, así que sólo me miro las manos secas; uno de mis nudillos está agrietado y sangra por el frío.

—Tú también me gustas, aunque traigas esos pantalones —me burlo.

—¿Qué tienen mis pantalones?

—¿Por dónde empiezo? —me río.

—Eres horrible, ¿sabías? —dice Connor intentando no reír.

—Lo sé. Ya habíamos establecido eso.

Ambos nos reímos y luego nos quedamos en silencio.

Connor baja la laptop y me besa, y aunque nos hemos besado muchas veces antes, mis manos y mis piernas comienzan a temblar. Espero que no lo note. Nos besamos durante tanto tiempo que me duele la quijada; luego se tiende sobre mí y mete su mano fría bajo mi blusa. Tras algunos minutos intenta bajarme los jeans, pero tengo que quitarme los zapatos primero. Esta es la parte que más temía. Cada que me quito los zapatos en la casa de alguien más, recuerdo esa ocasión en el kínder cuando una cucaracha salió de mi tenis; aunque sólo me ha pasado una vez, me sigue preocupando cada que lo hago. ¿Y si hay una cucaracha anidada por ahí, esperando para arruinarme la vida?

—Espera —digo.

—¿Qué pasa? —Connor inclina la cabeza. Parece preocupado.

—Es sólo… es sólo que… —Mis ojos miran hacia todas partes. Estoy demasiado nerviosa para verlo a la cara.

—Ay, rayos, no lo has hecho antes, ¿verdad? ¿Estás segura de que quieres hacerlo? —toma mi rostro entre sus manos y me mira directo a los ojos.

—Sí, estoy segura —asiento.

Connor parece escéptico.

—¿No te sientes especial? ¿De ser el primero? Puedes pasearte por ahí con una corona, echar confeti o algo.

Connor sonríe.

—Entonces, ¿estás absolutamente y cien por ciento segura? No quiero hacerlo si no estás lista. No hay prisa, ¿sabes?

—Sí. De verdad. Ahora cállate y bésame —me río y lo acerco más a mí.

Después de besarnos un rato, Connor saca un condón de debajo de un cojín del sofá. Supongo que estaba preparado. Miro hacia otro lado mientras se lo pone.

Mi cuerpo se tensa, preparándose; duele más de lo que imaginé, pero finjo que no es así.

—¿Está bien? —susurra.

—Sí.

No sé bien qué hacer. ¿Se supone que diga algo, o que me mueva de cierta manera? Contengo el aliento un largo rato con mi boca contra su cuello. Luego lo envuelvo con mis piernas, me aferro a su espalda e inhalo. No sé cómo describir exactamente su aroma: limpio y sudoroso al mismo tiempo, pero me gusta.

Connor me besa la cara y luego me muerde el labio, lo cual me sorprende. No puedo evitar ahogar un grito.

—Perdón —dice con voz ronca.

Aunque duele, besarlo y tocarlo se siente increíble. Al mismo tiempo, no dejo de pensar que estoy haciendo algo sucio. Tantos sentimientos mezclados. También hay una sensación que crece dentro de mí, como si tuviera que orinar o algo. Nunca antes había experimentado algo así. No es malo, sólo intenso.

Cuando Connor termina, me besa en la frente y suspira. Corro a ponerme la ropa. De pronto estoy tan avergonzada que ni siquiera puedo mirarlo. Sé que el sexo no es malo, que es una parte normal de ser un mamífero funcional, pero entonces ¿por qué siento como si hubiera hecho algo malo? Lorena insiste en lo genial que es venirse, pero creo que no lo logré. Al menos no hay sangre. Temía eso.

Connor me sonríe, lo cual me apena.

—¿Qué? —me río y le doy la espalda.

—Nada. Sólo te estoy mirando. ¿Está bien?

—Para nada —bromeo.

—Bueno —dice Connor, y se cubre los ojos—. ¿Qué quieres hacer ahora? ¿Ver una película?

—Sólo me quedaré si te cambias esos pantalones —hago un gesto de desaprobación.

Connor se ríe y estira la mano hacia mí, y cuando me acerco, me jala a su regazo. Lo envuelvo con mis brazos y hundo la cara en su hombro.

Gracias a Dios, mis padres no están en casa cuando regreso. Apuesto a que amá podría leerlo en mi cara. Dice que puede saber que una mujer está embarazada con sólo mirarla a los ojos, así que quizá podría ver que mi himen ya no está.

Me estoy muriendo de hambre aunque devoré todo mi *pad thai*, pero no hay nada para comer. Quizá el sexo cuenta como ejercicio porque también estoy cansadísima, como si hubiera terminado una carrera o algo así. Rebusco en la alacena y el refrigerador, pero ni siquiera tenemos tortillas, nada más que condimentos, huevos y un pepinillo triste que flota en un frasco. El congelador es igual de decepcionante. Sólo encuentro una bolsa de maíz y una caja de waffles tan viejos que han estado ahí desde antes de la muerte de Olga. Obviamente están quemados por el frío, así que tendré que ahogarlos en jarabe. Cuando tiro la caja, noto que hay algo adentro. Saco una pequeña bolsa de plástico cerrada con un nudo que contiene dos cadenas de oro, tres anillos y una llave. La llave de Olga. Tiene que ser la llave de Olga.

De pronto recuerdo cuando tenía cinco años y vi a amá poner sus joyas en el congelador. Cuando le pregunté por qué, dijo que era por si nos robaban. Incluso entonces me pregunté por qué alguien querría meterse a nuestro departamento; nunca hemos tenido nada que valga la pena robar. Meses y meses de buscar por todo el lugar y ni una sola vez se me ocurrió buscar aquí.

Tengo que asegurarme de que la llave funcione. Y sí lo hace.

Por la noche espero a que mis padres se duerman y vuelvo al cuarto de Olga. Está completamente cubierto de polvo, y así sé que amá no ha entrado. Escribo mi nombre en el tocador con un dedo, y luego lo limpio. Da miedo, es como regresar en el tiempo o algo así. Tomo la laptop, la ropa interior, la lencería y la llave de hotel para esconderlos en mi cuarto por si amá decide volver a entrar aquí. Haré una copia de la llave mañana al salir de la escuela.

Amá está llorando en el sofá con tres cajas de cartón frente a ella cuando llego a casa. Al principio no entiendo y le pregunto qué pasa. Supongo que tiene algo que ver con Olga, pero no me contesta. Luego en una caja veo una de mis viejas blusas, una roja y azul de botones ya desteñida de la tienda de segunda mano, que siempre me dio mucha vergüenza usar.

Mierda. Carajo. Mierda. Mi vida se acabó. Básicamente soy un cadáver viviente.

—¿Qué estás haciendo? ¿Qué hacen aquí todas esas cajas? —me siento mareada.

Amá sólo niega con la cabeza.

—¿Por qué revisaste mis cosas? ¿Por qué me haces eso? ¿Por qué no puedes dejarme en paz? —Me jalo el cabello con ambas manos. Siento que no puedo respirar.

—Esta es mi casa, y hago lo que yo quiera. Iba a donar esta ropa a los niños de México, y mira lo que me encuentro —abre una de las cajas y saca la ropa interior y la lencería de Olga, la llave de hotel y mi caja de condones—. ¿Qué es esto?

No encontró la laptop porque sigue en mi mochila. La cargué todo el día, por si podía ver a Connor al salir de la escuela.

¿Cómo le explico que la lencería y la llave son de mi hermana? ¿Cómo le explico que compré la caja de condones porque tuve sexo y me daba horror embarazarme? ¿Cómo le digo que probablemente sus dos hijas eran, y son impuras?

—No son míos —mi cuerpo se tensa como si hubiera alambre en su interior.

—¿Por qué siempre me mientes, Julia? ¿Qué he hecho para merecer esto? Siempre supe que harías algo así. Desde que eras pequeña me has causado tantos problemas, incluso desde antes de nacer. —Su voz se quiebra al final de la frase. Las lágrimas corren por su rostro y las manos le tiemblan. Está hablando de las complicaciones que tuvo cuando me parió, como si fuera mi culpa que casi me haya muerto y me la hubiera llevado conmigo.

No digo nada. Sólo veo la grieta en la pared con forma de Y.

—¿Qué pensaría tu hermana de ti en este momento? Qué desgracia. —Amá desvía la mirada, asqueada.

—No son míos —repito una y otra vez, y mi cuerpo tiembla—. No son míos. No son míos. No son míos.

Amá me quitó el teléfono, así que llamo a Connor a diario después de la escuela desde el que creo que es el último teléfono de monedas de la ciudad. Tengo que desviarme cinco cuadras de mi camino habitual y usar muchas monedas, pero lo vale. A veces lo llamo desde el teléfono de Lorena. No hemos podido vernos en tres semanas, lo cual es horrible para ambos. Por lo general le cuento lo desdichada que soy, y él me dice que todo estará bien. Me ha ofrecido venir a verme al salir de clases, aunque sólo sea veinte minutos, lo cual es lindo, pero si amá me ve con él, estaría en peores problemas. Esto se está volviendo demasiado frustrante. Debí saber que todo se vendría abajo. Es como si, cuando nací, alguien hubiera decidido que no tendría permitido ser feliz.

Connor siempre es bueno para escuchar, pero hoy lo siento distante, como si estuviera al otro lado del mundo y habláramos por medio de dos vasos de papel conectados por una cuerda, como en las caricaturas.

Cuando le cuento lo horrible que fue mi día, hace una larga pausa, y creo que quizá se cortó la llamada. Luego lo escucho exhalar.

—Julia, no sé cómo ayudarte.

Siento el corazón agobiado.

—¿Qué quieres decir?

—Me importas, pero es demasiado, ¿no lo crees?

—¿Qué es demasiado?

—Ya ni siquiera te veo. Lo único que hacemos es hablar por teléfono, y siempre estás llorando. No sé qué hacer. Así es todos los días. Es demasiado para mí. Me gustas mucho, pero… ¿cómo podemos llevar esto? Quiero que seas mi novia, pero necesito *verte*. Lo entiendes, ¿verdad?

Comienzo a llorar. Una mujer pasa junto a mí y me pregunta si estoy bien. Asiento y le hago una seña para que se vaya.

—Yo también quiero verte, pero no puedo. No sé qué hacer. Siento que me estoy sofocando. Ya no soporto vivir así. Mierda, ¿por qué todo tiene que ser tan imposible? —pateo el teléfono con tanta fuerza que se sacude.

—Es sólo que no sé cómo ayudarte, en especial cuando ni siquiera puedo estar contigo. ¿Cuándo volveré a verte? ¿Tienes alguna idea? No estarás castigada para siempre, ¿o sí?

Escucho cómo el hielo cruje bajo mis pies. Odio ese sonido. Siempre puedo sentirlo en mis dientes.

—Yo… yo… —respiro profundamente e intento decir algo más, pero no sale nada.

—Te juro que me importas mucho. Por favor, créelo.

—No sé cuándo mejorarán las cosas —digo al fin—. Lo único que sé es que me siento fatal, como si nadie en el mundo me entendiera.

—Yo entiendo. O al menos lo intento.

—¿Cómo podrías entender? ¿Tienes alguna idea de cómo es mi vida? ¿Cómo es ser yo? ¿Que muera tu hermana? ¿Vivir en un barrio asqueroso? ¿Que te estén inspeccionando todo el maldito tiempo?

—Supongo que no —responde Connor en voz baja.

—Nadie lo entiende. —Lo digo tan alto que me sorprendo. Me está costando trabajo respirar con normalidad.

—No sé qué quieres que haga. ¿Has pensado en hablar con alguien, como un terapeuta o consejero? ¿Qué tal con ese maestro del que siempre hablas?

—Siempre la estoy cagando. A nadie le importa quién soy en realidad.

—Basta. Ya basta, por favor. Eso no es verdad…

—A nadie le importa. A nadie le importa. A nadie le importa —grito, y cuelgo el teléfono.

DIECISÉIS

Otra vez no puedo salir del departamento porque amá saqueó mi cuarto para asegurarse de que no tuviera nada más que pudiera considerarse escandaloso o inmoral. Primero, lo único que encuentra es un viejo cigarro de clavo y unos shorts que no le gustan. Pero luego intentó leer mi diario, aunque no entiende inglés. Desafortunadamente sí reconoce las malas palabras, así que arrancó todas las páginas que contenían las palabras *mierda, perra, carajo* e incluso *sexo*, que eran increíblemente comunes, claro. Grité y le rogué que dejara mis diarios, pero ella de todos modos los revisó y me dejó con más o menos una docena de páginas. Yo estaba histérica e intenté quitárselos de las manos, pero apá me contuvo. Después lloré en el piso en posición fetal durante horas. No podía encontrar motivación alguna para levantarme, ni siquiera cuando pasó una cucaracha cerca de mi cabeza. No me parece que valga la pena la vida sin escribir. No sé cómo llegaré a la graduación porque estos días me siento como un despojo de persona. Había trabajado años en algunos de los poemas que amá destruyó, y ahora ya no están. *Puf.* Así nada más. Nunca volveré a verlos. Me quitaron lo que más amaba en la vida. ¿Y ahora qué diablos hago? Sigo cargando la laptop de Olga en la mochila, así que ella no sabe que la tengo, pero ya ni eso parece importar.

No sé si volveré a ver a Connor. Han pasado tres semanas desde la última vez que hablamos por teléfono y me parece una eternidad. Lo extraño tanto que apenas puedo soportarlo. He estado a punto de llamarlo varias veces, pero cuando llego al teléfono de monedas, me tenso y me doy la vuelta. No tengo idea de qué decir. Estoy casi segura de que terminaré llorando de nuevo porque las cosas están más de la mierda ahora. Además, es obvio que él no quiere estar conmigo. ¿Por qué querría alguien soportar todos mis problemas?

Las vacaciones de Navidad son casi tan malas como las del año pasado. No sé si es peor pasar todo el día en mi cuarto, o arrastrarme a lo largo de las clases y verme obligada a hablar con otros seres humanos. A veces no puedo pasar el día sin perder el control, así que tengo que tomar descansos para llorar en el baño, lo cual me hace sentir extrapatética. Lorena no deja de preguntarme si estoy bien y si puede hacer algo para ayudarme, y yo le digo que estoy bien, aunque me encuentro tan lejos de *bien* que ya ni siquiera recuerdo cómo es. Siento como si tuviera el corazón cubierto de espinas.

El maestro Ingman se pregunta por qué he faltado a nuestras sesiones universitarias después de clases. Está emocionado porque saqué veintinueve en mi examen de nivel. Si no me sintiera tan de porquería, probablemente yo también estaría emocionada. Intento evadirlo, y cuando me lo encuentro, le digo que tengo que trabajar con mi mamá por las tardes. El maestro Nguyen, de Historia, a veces me pregunta cómo me siento. Parece preocupado, pero ¿qué puedo decirle? ¿Cómo puedo empezar a explicarlo? Así que sigo confiando en la vieja excusa de la menstruación.

Hoy, en la clase de Literatura, hablamos sobre uno de mis poemas favoritos de Emily Dickinson, y sentí como si algo se astillara en mi interior. Cuando llegamos a la parte sobre las abejas, me dolieron los ojos por contener las lágrimas.

En vez de caminar a casa después de clases, tomo el camión hacia el centro. Ni siquiera estoy segura de adónde voy o qué haré, no tengo dinero ni destino, pero no soporto otra tarde encerrada en mi habitación. No me importan las repercusiones. Me rindo.

Finalmente decido ir a Millennium Park porque es lo más cerca que puedo estar de la naturaleza y es gratis. Sigue helando, así que por supuesto no hay nadie, sólo unos cuantos turistas molestos, que por alguna estúpida razón pensaron que era buena idea venir a Chicago en invierno. El frío es salvaje, inhumano. ¿Por qué querría alguien venir a un lugar así?

La nieve es bonita cuando cae, pero no ha nevado en casi una semana. La única que queda es gris y acuosa, o amarilla por toda la pipí de perro. Desearía que el invierno hiciera sus maletas y ya se largara de aquí.

El anfiteatro está completamente vacío, así que es casi pacífico. La arquitectura plateada me parece un tanto ridícula, como una nave espacial y una telaraña mezcladas, pero todos le toman fotos como si fuera una especie de obra maestra. Sonrío cuando recuerdo la vez en que Lorena y yo vinimos a un concierto de verano aquí. Ni siquiera nos gustaba la música, una especie de banda de folk de Serbia o algo así, pero era genial estar afuera bajo la luna y las tres tristes estrellas de la ciudad. Pensé que quizá Connor y yo vendríamos en el verano.

Camino hacia la pista de patinaje mientras el cielo comienza a oscurecer. Quisiera tener unos cuantos dólares para una taza de chocolate caliente, pero apenas me alcanza para el autobús de regreso. Estoy harta de estar en bancarrota. Estoy harta de sentir como si el resto del mundo decidiera siempre qué puedo hacer. Sé que debería volver a casa, pero creo que no puedo moverme. No puedo seguir así. ¿Qué caso tiene vivir si nunca puedo tener lo que quiero? Esto no parece vida, parece un castigo eterno. Mi cuerpo tiembla y los pensamientos en mi cabeza giran en un remolino caliente y confuso. Siento que no puedo respirar bien.

Vete a casa, vete a casa, vete a casa, me digo, pero sólo me quedo aquí, observando a un niño rubio con las mejillas coloradas que patina en un pequeño círculo hasta que su madre le grita que es hora de irse.

DIECISIETE

Despierto en una cama de hospital con amá observándome. Me duele tanto la cabeza que siento como si alguien me hubiera aporreado el cerebro con un ablandador de carne. Por unos segundos no entiendo qué hago ahí, pero luego me miro las muñecas y recuerdo lo que hice anoche.

—Mija —susurra amá y me toca la frente. Sus dedos están fríos y húmedos. Se ve aterrada. Apá está cerca de la puerta, mirando al piso. No sé si es porque está avergonzado, triste o ambos.

No sé qué decir. ¿Cómo podría explicar esto? Comienzo a llorar, y amá hace lo mismo. Nunca he sido muy buena para la vida, pero esto sí que fue una estupidez.

Un hombre bajito de unos veinte años y una señora mayor de cabello castaño claro y ojos verdes entran y se paran al pie de mi cama. Aun con su tabla de notas y su bata blanca, parece alguien que debería salir en *Vogue* o algo así.

—Hola, Julia. Soy la doctora Cooke y este es nuestro intérprete, Tomás. Él le contará a tus padres lo que estamos diciendo. ¿Me recuerdas de anoche?

Asiento.

—¿Cómo te sientes?

—Estoy bien. Me duele la cabeza, pero nada más. —Me limpio los ojos con la bata—. ¿Puedo irme ya? ¿Por favor?

—No, aún no. Lo siento. Debemos tenerte aquí un poco más para asegurarnos de que estás bien. Quizá podamos dejarte ir mañana por la mañana.

Me siento un poco desorientada por la traducción. Mi cabeza aún se siente como si palpitara. Demasiadas personas hablan al mismo tiempo. Supongo que no confían en mí para traducirles a mis padres. No los culpo.

—Le juro por Dios que estoy bien. No lo volveré a hacer. Me doy cuenta de lo tonto que fue. Ni siquiera sé por qué lo hice. —Claro que sé por qué lo hice, pero no creo que eso me vaya a ayudar.

La doctora Cooke sonríe para disculparse.

—Esto es muy serio, Julia. Y tenemos que encontrar una manera de ayudarte.

—¿No será como en *Atrapado sin salida*, ¿verdad? Porque en ese caso saldré corriendo de aquí, igual que el Jefe. No bromeo. Arrancaré un bebedero o un lavamanos, romperé una ventana, saldré corriendo hacia el campo y nunca nadie me verá de nuevo. Fin. —Me froto las sienes con los dedos—. ¿Por qué me duele tanto la cabeza? ¿Me hicieron una lobotomía?

Tomás no sabe cómo traducir lo que digo, así que sólo nos mira perplejo.

La doctora Cooke sonríe de nuevo.

—No has perdido tu sentido del humor. Es buena señal.

—Mire, sé que lo que hice fue una locura. No ocurrirá de nuevo. Lo juro por Dios.

La doctora Cooke se dirige a mis padres.

—Vamos a hacer unas evaluaciones más para asegurarnos de que está bien. Y a partir de ahí elaboraremos un plan. Veremos si podemos darla de alta mañana.

—Gracias —dice amá, asintiendo. Apá exhala ruidosamente y no dice nada.

—La enfermera te llamará para ir a mi oficina. No debería tardar más de una hora —me informa la doctora Cooke mientras ella y Tomás salen del cuarto.

La oficina está tan llena de plantas que es como si estuviera en una pequeña jungla. Huele ligeramente a perfume, que es una mezcla de ropa limpia, peras y lluvia de primavera. Pero las pinturas de la doctora Cooke me sorprenden; a juzgar por su estilo elegante, pensaría que tendría mejor gusto para el arte. Algunas parecen creadas para tranquilizar a los locos, especialmente la de la jirafa que bebe de un estanque.

—¿Cómo te sientes? —sonríe, pero no de esa forma en que parecería que siente pena por mí. Es una sonrisa real y amable.

—Estoy bien.

—¿Y qué te trae por aquí? ¿Qué está pasando?

—Sólo me sentí un poco abrumada, eso es todo. —Observo la foto enmarcada de una niñita sobre su escritorio. Me pregunto si es su hija.

—¿Desde hace cuánto estás deprimida? —la doctora Cooke cruza las piernas. Lleva un vestido rojo ajustado y botas de tacón negras que parecen una hermosa tortura. Su cabello está recogido en un moño perfecto, y sus aretes son brillantes y elegantes. Me imagino que es una mujer rica que compra en el centro, bebe una copa de vino después del trabajo y se hace *manicure* regularmente.

—Pues… no lo sé. Hace mucho. Es difícil saber exactamente desde cuándo, pero se volvió mucho peor tras la muerte de Olga. Eso sí lo sé con seguridad.

—¿Desde hace cuánto has pensado en hacerte daño?

—Pues no es como que lo planeara, ni nada. Fue sólo que anoche perdí el control. —Recuerdo a apá golpeando mi puerta y me avergüenzo—. No quería morirme realmente.

—¿Estás segura? —la doctora Cooke levanta la ceja derecha.

—En general, creo. Sí. —Suspiro. Me viene un recuerdo de mi sangre corriendo sobre mis viejas sábanas verdes.

—¿De dónde crees que viene esa sensación de desesperanza? ¿Qué la detonó exactamente? ¿Pasó algo?

—No sé cómo explicarlo. Ayer se juntó todo, no pude soportarlo más. Anoche volví a casa y estaba temblorosa, hambrienta y triste, y lo único que quería era un sándwich de crema de cacahuate y mermelada, así que busqué en el refri y lo único que teníamos era un bote lleno de frijoles y medio galón de leche. Me dije: «A la mierda todo esto». Sé que suena estúpido, pero en serio me molestó, ¿sabe? Luego, no podía dejar de llorar.

—No me suena estúpido. —La doctora Cooke parece preocupada y toma algunas notas—. ¿Qué tiene de estúpido?

—No lo sé —digo—. ¿Por qué todo duele todo el tiempo? Incluso las cosas más tontas. ¿Eso es normal?

—A veces las pequeñas cosas son símbolos o detonantes de problemas mucho más grandes en nuestras vidas. Piensa en por qué ese momento en particular te causó tanta aflicción.

Me quedo ahí, mirando al piso. No sé qué decir. Hay una mancha negra en la esquina de su tapete que parece la huella de un animal. Todo está tan silencioso que no lo soporto. Probablemente puede escuchar a mi estómago gruñir.

—Tómate tu tiempo —dice al fin—. No hay prisa. Lo importante es reflexionar de una manera que tenga sentido para ti.

Asiento y miro por la ventana un largo rato. La vista es superdeprimente: un estacionamiento nevado. Las nubes cubren cualquier rastro de luz. Una mujer casi se resbala en una zona congelada.

Respiro profundo.

—¿Cómo podría explicarle? Primero muere mi hermana, lo cual ha sido un infierno. Y… hay tantas cosas que quiero hacer, pero no puedo. La vida que quiero parece imposible, y eso se vuelve tan… frustrante.

—¿Qué es lo que quieres?

—Un millón de cosas —suspiro.

—Cuéntame sobre ellas. —La doctora Cooke se acomoda el borde de su vestido rojo. Me pregunto si es agotador verse tan perfecta.

Hago una pausa para ordenar mis pensamientos. La pregunta me abruma y no sé bien por qué.

—Quiero ser escritora —digo al fin—. Quiero ser independiente. Quiero tener mi propia vida. Quiero salir con mis amigos sin que me interroguen. Quiero privacidad. Sólo quiero respirar, ¿sabe?

La doctora Cooke asiente.

—Entiendo. Ahora, ¿cómo harás que eso pase? ¿Qué te detiene exactamente? —Lo pregunta de una manera que no se siente como un juicio ni nada parecido, sino sólo intentando entender. Casi nadie me habla así.

—Quiero irme de casa, ir a la universidad. No quiero vivir en Chicago. No siento que pueda crecer aquí. Mis padres quieren que sea una persona que no quiero ser. Amo a mi mamá, pero me vuelve loca. Entiendo que esté triste por lo de mi hermana, todos lo estamos, pero me siento muy sofocada. No soy para nada como Olga, y nunca lo seré. No hay nada que pueda hacer para cambiar eso. —Observo el techo, preguntándome cómo será la vida cuando vuelva a casa.

—¿Crees que te volverás a hacer daño algún día?

—No. Jamás —digo, lo cual no es exactamente cierto. ¿Cómo puedo estar segura de eso? Pero le digo lo que quiere escuchar—. ¿Podemos hablar de mi madre otra vez? ¿Puedo volver a eso?

—Adelante —asiente la doctora Cooke.

—Es como si nunca confiara en mí. Por ejemplo, se la pasa abriendo la puerta sin tocar, y cuando le digo que necesito privacidad, se ríe. O sea, ¿por qué te reirías de algo así? Y eso es sólo un ejemplo. Puedo seguir y seguir.

—¿Y tu papá? ¿Él cómo es?

—Mi papá… —suspiro—. Él sólo está ahí.

—¿Qué quieres decir? —parece confundida.

—O sea, está ahí *físicamente*, pero nunca dice mucho. Casi no me habla. Es como si yo no existiera, o a veces creo que le gustaría que no existiera, pero es algo raro. No siempre estuvo tan mal: cuando era niña solía cargarme y contarme historias sobre México. Siempre fue un tanto distante, pero cuando yo tenía unos doce o trece años, comenzó a ignorarme en serio. —Me sorprende lo mucho que me molesta decirlo en voz alta.

—¿Qué es significativo de ese tiempo en tu vida?

—Ni idea —me encojo de hombros.

La doctora Cooke escribe algo en su libreta.

—¿Crees que pasó algo que lo hizo ser así?

—No lo sé. Nunca habla de nada.

—Cuéntame cómo es su vida.

—Trabaja en una fábrica de dulces todo el día, luego vuelve a casa, ve televisión y después se duerme. A mí me parece bastante triste.

—¿Por qué? —La doctora Cooke descruza las piernas y se inclina hacia mí. Parece muy seria.

—Porque la vida debería ser más que eso. La vida se le está pasando, y él ni siquiera se da cuenta, o no le importa. No sé cuál de las dos es peor. —Parpadeo para contener las lágrimas.

—Y él y tu madre migraron acá, ¿verdad? ¿De qué país vinieron? ¿Cuándo fue?

—México. En 1991. Mi hermana nació en ese año.

—¿Has pensado en cómo se sintió tu padre al dejar a su familia y venir a vivir a Estados Unidos? Me imagino que pudo haber sido traumático para él. Bueno, para los dos.

—Supongo que nunca antes había pensado en eso realmente. —Me limpio los ojos con el dorso de la mano. Las lágrimas no dejan de caer—. Esto es vergonzoso.

—¿El llanto?

Asiento.

—Tienes derecho a las emociones. Esto no debería avergonzarte. —La doctora Cooke me pasa una caja de pañuelos desechables—. Este es el lugar para sacarlo todo.

—Es que me hace sentir tan tonta —digo—. Y débil.

Ella niega con la cabeza.

—Pero no eres nada de eso.

La doctora Cooke dice que me puedo ir mañana si mis padres acceden a un breve programa ambulatorio para chicos jodidos como yo. Tendré que perder una semana de escuela porque estaré ahí de las nueve de la mañana a las cuatro de la tarde, pero podré hacer parte del trabajo mientras tanto. Y sin duda es mejor que estar encerrada en un hospital. Gracias a mi seguro por parte del estado, el costo será mínimo, dice; según ella, está hecho para gente pobre como yo. De hecho, no usó la palabra *pobre*, dijo «de bajos recursos», pero es lo mismo. Supongo que sólo suena más amable.

También quiere verme cada semana para terapia, y dice que necesito tomar medicamentos para equilibrar mi cerebro. Resulta que sufro de depresión severa y ansiedad, lo cual debe ser tratado de inmediato o podría terminar otra vez aquí; las he tenido por mucho tiempo, pero obviamente empeoraron bastante tras la muerte de Olga. Algo en mi cabeza no está bien. No me sorprende, siempre supe que algo andaba mal; sólo no sabía qué era, que tenía un nombre oficial.

Miro por la ventana de mi cuarto, observando las luces de la ciudad, cuando la enfermera me toca en el hombro. Es hora de mis pastillas. Tengo que tomármelas frente a ella y luego abrir mucho la boca para que pueda ver que realmente me las tragué. La doctora Cooke dice que pasarán varias semanas antes de que sienta el efecto completo. Mis emociones están descontroladas en este momento. A ratos me siento con ganas de comerme una torta, y al minuto siguiente quiero llorar hasta que se me sequen los ojos.

De pronto, cuando estoy a punto de darle la espalda a la ventana para dormirme, veo a Lorena y a Juanga parados en la esquina al otro lado de la calle. Al principio no puedo creer que sean ellos, pero cuando los veo mejor, reconozco el cabello alborotado y las piernas delgadas de Lorena. Comienzan a hacerme señas con la mano y a gritar como locos, pero no puedo escuchar qué dicen. No tengo idea de cómo averiguaron dónde estoy. Lorena trae un abrigo rosa acolchado y se calienta las manos con su aliento; Juanga hace un baile ridículo en el que agita su trasero y aletea con sus brazos como una gallina.

Imito el baile lo mejor posible, lo cual los hace reír. Agito una mano y sonrío. Esto continúa algunos minutos hasta que el frío los obliga a irse.

Nuestro departamento está tenso y silencioso, como si todo contuviera la respiración. A veces estoy convencida de que puedo escuchar a las cucarachas corriendo por ahí. Creo que mis padres me tienen miedo. Apá está tan callado como siempre, y amá me mira como si no pudiera entender cómo es que alguna vez viví dentro de su útero. Me siento culpable por hacerlos sentir así. No quería lastimarlos.

En la noche, después de hablar con Lorena por teléfono durante casi dos horas, abro la puerta de Olga y me meto en su cama. Es una de las pocas cosas que pueden hacerme sentir mejor. Ya ni siquiera la comida me reconforta, lo cual es algo alarmante. Y apenas puedo leer o escribir porque nada se queda en mi cerebro.

Extraño a Connor, pero tengo miedo de hablarle. He marcado su número un par de veces pero cuelgo antes de que timbre. De cualquier modo, no es que pueda verlo en este momento, lo cual era originalmente el problema. Ni en un millón de años lo invitaría a nuestro departamento (por *tantas* razones), y sé que no hay manera de que yo vaya a Evanston sin espantar a mis padres. Pero quizá debería arriesgarme, para llevarle la laptop de Olga. ¿Qué tal que él es mi única esperanza para desbloquearla? Pero ¿a quién quiero engañar? Seguramente mis padres llamarían a la policía si me salgo de la casa. ¿Y qué le diría a Connor? Si le cuento lo que pasó, se pondría todo incómodo. Aunque intentara mantenerlo en secreto, tal vez terminaría contándolo porque al parecer no puedo callarme nada. No quiero que piense que estoy loca, porque eso definitivamente lo asustaría, y no lo culpo.

Por un segundo, creo que aún puedo oler a Olga en las sábanas, pero probablemente eso sólo está en mi cabeza.

DIECIOCHO

Durante la terapia de movimiento, Ashley, la joven terapeuta con corte de mamá asexual, nos pide que digamos lo que sentimos y botemos la pelota de espuma plástica como queramos.

—La pelota es una expresión de nuestros sentimientos —dice.

Yo voy primero.

—Me siento antojosa. —Suelto la pelota suavemente.

—Gracias, Julia, pero eso no es realmente un sentimiento —dice Ashley tan amablemente como puede.

—Lo es para mí. Estoy abrumada por el antojo de golosinas.

—Bueno, antojosa entonces.

Ahora es el turno de Erin. Su papá abusó de ella y habla muy lento. Todo lo que dice parece una pregunta esbozada.

—¿Cómo te sientes hoy, Erin? —pregunta Ashley con su mejor voz de terapeuta; a veces suena como si le hablara a un bebé o a un perrito a punto de morir. Erin mira hacia todos lados y luego hacia la pelota durante lo que parece una eternidad.

Quiero gritarle que se apure, pero sólo miro por la ventana.

—Me siento… ¿confundida? —dice al fin, y lanza la pelota hacia la ventana.

—Yo siento como si mis venas estuvieran llenas de arena —comenta Tasha tomando la pelota del suelo.

Eso me provoca un gesto. Tasha siempre dice cosas horriblemente hermosas como esa; a veces quiero anotarlas. Es anoréxica y tal vez no pesa más de cuarenta kilos. Sus muñecas se ven frágiles y quebradizas, y sus trenzas largas y delgadas parecen demasiado pesadas para su pequeño cuerpo. Aunque está esquelética, puedo ver que es hermosa. Sus pestañas son estúpidamente largas y tiene ese tipo de boca que suplica por un labial rojo brillante.

Luego sigue Luis. Está aquí porque su padrastro lo golpeaba con cables y ganchos cuando era niño. Dice que una vez incluso le puso una pistola en la boca. Ahora se corta y varias cicatrices rosas recorren sus brazos hasta sus manos. Nunca había visto una piel como la suya: es como si estuviera cubierto por un lenguaje inventado. Me siento mal por él, pero me asusta. Y me hace sentir incómoda poder ver la silueta de su pito a través de sus *pants*. Alguien debería decirle algo al respecto. ¿Cómo se espera que mejoremos cuando estamos sometidas a una exhibición tan vulgar?

Tengo miedo de lo que dirá Luis porque tiene una mirada enloquecida. Tras unos segundos, dice que se siente «sexy» y se ríe como un loco. Hace rebotar la pelota con tanta fuerza que casi choca con el techo.

Después le toca a Josh. Intentó matarse con las pastillas de su madre, pero su novia de cabello rosa (ya van tres veces que menciona su cabello) lo encontró y llamó a emergencias. La cara de Josh es roja y brillante por el acné. Su piel es tan terrible que casi me duele la cara cuando lo veo. Cómo podía besarlo su novia de cabello rosa es un misterio para mí. Josh se ve como si alguien le hubiera prendido fuego a su cara, y se le quedó ampollada y llena de pus. Pero sus ojos son lindos. A veces, por un segundo, en especial cuando les da la luz del sol, destacan y casi te olvidas de los grumos rojos de su cara. Quizá eso es lo que vio su novia.

Josh parece haberse envalentonado con Luis porque dice que se siente «excitado». Se ríe tan fuerte que una de las espinillas en su mejilla estalla y comienza a sangrar, pero nadie le dice nada. Josh y Luis simplemente se ríen como bufones hasta que Ashley dice que es hora del receso.

Josh, Luis y yo nos quedamos junto a la ventana observando a una mujer rubia con un vestido verde brillante y tacones negros puntiagudos que va deprisa por la calle.

Josh dice que es una prostituta que va a trabajar.

—¿Por qué tiene que ser una prostituta? —pregunto.

—Mira cómo camina. Quiere que se la den —responde Luis.

—Eres asqueroso. ¿Por qué hablas así de una mujer?

Luis finge que no me escucha.

Luego vemos a un chico negro con una chamarra de piel y una gorra de beisbol que se dirige a un restaurante.

—Vende drogas —dice Luis—. Crack, por supuesto.

Me volteo hacia Tasha para ver si los escuchó, pero está sentada al otro lado del cuarto con una revista sobre el regazo y mirando al vacío. A veces quiero hablar con ella, pero es más callada que un frasco de aire cerrado.

—¿Así que ustedes son sexistas y racistas? Qué encantador. —Los miro con odio.

Erin se acerca acomodándose el cabello oscuro y corto.

—¿Qué hay? ¿De qué hablan?

—Julia se está metiendo con nosotros —Luis me señala con su pulgar.

—Ay, cállate, Luis. Deja de ser un cretino.

—Mierda. Deja de ser tan apretada. Sólo estamos bromeando, por Dios. —Luis me da un golpecito en el hombro y se aleja antes de que tenga oportunidad de responderle.

Cuando voy hacia el bebedero, Antwon, el chico nuevo con un afro ralo, se me acerca y me pide que sea su novia. Llegó hace una hora y ya está intentando conseguir una cita en un manicomio de medio tiempo; casi es gracioso.

—¿En serio? —le pregunto—. ¿Esto está pasando de verdad? —miro alrededor y finjo que me dirijo a un público.

—Anda, nena. Déjame llevarte al cine cuando salgamos de aquí —dice, acomodándose el cabello con un peine enorme.

—Para empezar, tienes como, ¿cuántos? ¿Trece? Además, no quiero un novio. ¿No ves que acabo de intentar suicidarme? —digo, mostrándole mis muñecas.

—Pero yo te cuidaré —dice, retirando mis manos—. Tomaré prestado el auto de mi abuela y paso por ti. Vamos al cine.

—Antwon, eres un niño, lo cual significa que no tienes licencia. Y no necesito que me cuiden. Sé cuidarme sola.

Antwon niega con la cabeza. Regreso a nuestra siguiente sesión antes de que pueda decir algo más.

Todos los días son lo mismo: terapia de movimiento, tarea, almuerzo, terapia de grupo, terapia de arte, terapia individual y luego el «círculo de cierre». Durante nuestros descansos podemos leer, jugar o escuchar música. Siempre estamos discutiendo sobre qué tipo de música poner. El otro día Luis y Josh querían escuchar heavy metal, pero yo dije que preferiría comerme un sándwich de rata. Me gusta la música agresiva, pero el heavy metal me hace sentir como si estuviera encerrada en una caja envuelta de cadenas. Definitivamente no.

A veces me asomo por la ventana y me pierdo hasta que el descanso termina. Hoy Tasha viene y se para junto a mí.

—Hola —susurra. Nunca la había visto hablar con nadie fuera de la terapia. Todo en ella es tan silencioso, como si intentara borrarse del mundo. Sólo habla cuando tiene que hacerlo. En la terapia de grupo, Tasha nos dijo que durante una semana entera sólo ha comido toronjas. Si yo pasara tanto tiempo sin comer de verdad, probablemente terminaría acuchillando a alguien. Lo dijo con una voz tan baja que tuve que estirar el cuello hacia ella para poder escucharla. Me pregunto cómo será ser tan delicada, ver un plato de comida y sentir que es tu enemigo.

—Hola —sonrío—. ¿Qué tal?

—Ya estoy harta de este lugar.

—Sí, yo también. —Escribo mi nombre en el vidrio con un nudillo—. ¿Cuánto tiempo estarás aquí?

—No lo sé. No me dicen. Depende de mi progreso —juega con una de sus trenzas enrollándola en un dedo—. ¿Y tú?

—Cinco días en total si todo va bien. Creo que sólo necesito evitar otra crisis. Luego tengo que ir a terapia, lo cual no es tan malo, supongo.

Tasha hace una pausa y me mira las muñecas.

—¿En serio querías morirte?

No estoy segura de qué decir. ¿Cómo respondo a eso? Me alegra no estar muerta, pero vivir… vivir se siente horrible.

—En ese momento quizá sí, pero ahora… no, la verdad no. —No la miro cuando lo digo. Observo las gotas de lluvia que han comenzado a caer contra la ventana.

Después de la cena, amá mira a apá y ambos voltean a verme.

—Mija, creemos que debes ir a México y pasar un tiempo con mamá Jacinta.

—¿Qué? ¿Están locos? ¿Y mi terapia?

—Cuando termines el programa.

—¿Y qué hay de la doctora Cooke? ¿Cuándo volveré a verla?

—Tienes cita esta semana, y luego podrás verla cuando regreses —responde apá.

Esto no tiene ningún maldito sentido para mí. Algunas personas piensan que enviar a sus hijos a la patria de origen cuando se salen de control lo resolverá todo; les ha pasado a algunos chicos de mi escuela, sobre todo a los pandilleros y a las chicas que están a punto de parir. Por lo general vuelven exactamente igual, o peor. Quizá los padres creen que sus hijos han perdido los valores, que se han vuelto demasiado agringados. Entonces ¿México debería enseñarme a no tener sexo? ¿Debería enseñarme a no matarme?

—¿Y si no me gradúo a tiempo por perder demasiados días de clase?

Amá suspira.

—No será tanto tiempo.

—No iré —advierto—. Para nada. Necesito más tiempo en casa para recuperarme —agrego, intentando hacer más fuerte la culpa.

Amá y apá intercambian miradas. Apuesto a que no tienen idea de qué hacer conmigo. Parecen desesperados.

—Ese es el punto. Te hará bien, te sentirás mejor. —Amá vuelve a doblar su servilleta.

—¿Cómo?

—Tu abuela te enseñará cosas. Podrás relajarte —amá intenta sonreír.

—¿Cosas como qué? ¿Cocinar? ¿Crees que eso me hará sentir mejor?

—Te encantaba ir a México cuando eras niña. Siempre te veías tan feliz; nunca querías regresar. ¿No te acuerdas?

Es verdad, pero no lo admito. Me gustaba quedarme despierta hasta tarde con mis primos. Adoraba el aroma de los caminos de tierra después de la lluvia y los dulces picantes de tamarindo de la tienda de la esquina. Pero ¿ir siendo una adolescente? ¿Qué diablos haré? ¿Preparar tortillas todo el día?

—Respirarás aire fresco, y montarás a caballo. Mamá dijo que eso te encantaba. ¿No te parece bien? —Amá no ha sido tan amigable en años.

—No me interesan los caballos. —Puedo escuchar a los vecinos de abajo gritándose.

Amá suspira y mira el techo.

—Ay, Dios, dame paciencia.

—¿Y la universidad? ¿Y si pierdo demasiadas clases y tengo que ir en el verano? ¿Y si todas las escuelas a las que envié solicitud me rechazan porque perdí mucho de mi último semestre?

—Puedes ir a la universidad comunitaria, igual que tu hermana.

—Ella ni siquiera se graduó. ¿Para qué iba a la escuela si sólo iba a ser recepcionista?

—¿Qué tiene de malo ser recepcionista? Es mucho mejor que romperte la espalda limpiando casas. Al menos tienes aire acondicionado y puedes sentarte. Qué no daría yo por un trabajo como ese. —Amá parece enojada.

Cruzo los brazos sobre el pecho.

—Bueno, ser recepcionista sería mi sueño hecho realidad. No hay nada que quiera hacer más que contestar teléfonos.

Durante mi última mañana en el programa me acerco a Tasha, quien juega solitario en una esquina.

—¿Puedo sentarme? —pregunto mientras saco una silla.

—Claro —responde encogiéndose de hombros.

—¿Te sientes mejor?

—A veces. Es agotador responder las mismas preguntas una y otra vez. Me harto de hablar de mi primo, de la comida, de mi mamá. —Ahora la voz de Tasha es un poco más alta que un susurro.

—Sí, te entiendo. Es como ¿cuántas veces me pedirán que explique por qué me lastimé? Siempre les digo que no lo volveré a hacer, pero no me creen.

Tasha asiente.

—¿Sabes? No estoy segura de si esto de la terapia de grupo realmente ayuda. Escuchar los problemas de otras personas no me hace sentir exactamente bien.

—A veces es agradable saber que no estás solo. —Tasha baja la reina de diamantes—. Que no eres la única persona que se siente como mierda todo el tiempo.

—¿Crees que esa sensación se irá algún día? ¿Crees que es posible que seamos gente normal y consistentemente feliz?

Tasha hace una larga pausa.

—No sé si algún día seré una persona normal. Ni siquiera estoy segura de qué es eso. A veces me siento feliz por un segundo, pero luego se va.

—Supongo que es igual para mí. Simplemente no puedo convencerme de sentirme bien, como si mi cuerpo no lo permitiera o algo así. En vez de eso, me pinta el dedo.

—Probablemente nos falta serotonina. —Tasha se arranca una costra del brazo—. A tu cerebro se le olvida cómo producirla, así que tienes que enseñarle cómo hacerlo de nuevo. Lo leí en un artículo. O algo así.

—Mis padres me mandarán a México cuando termine aquí —suspiro.

—¿A México? Vaya, qué suerte tienes. Yo nunca he salido de Illinois.

—No quiero ir. No estoy segura de cómo eso me ayudará en algo. Creo que es sólo que me tienen miedo.

—Supongo que no lo sabrás hasta que lo hagas. Sé que a mí me emocionaría largarme de aquí.

Mientras espero cerca de la puerta a que mis padres me recojan, Erin me da un abrazo y dice que me extrañará. Tasha me dice «adiós» moviendo los labios y sacudiendo una mano a la distancia. Josh se despide con un choque de palmas y dice que algún día seré una escritora famosa. Luis grita «¡Buena suerte!»

y se va riéndose. Antwon ni me voltea a ver. Aun cuando digo su nombre, él sólo mira al piso.

Cuando salgo hace frío pero está soleado. Siento agradable el viento en la cara. Tras estar metida todo el día en ese hospital repleto de gente, todo se ve hermoso, incluso el estacionamiento gris. La nieve ha comenzado a derretirse y creo que casi puedo oler la primavera.

Tras cinco días de hablar de mis sentimientos, hacer horribles piezas artísticas sobre mis sentimientos, mover el cuerpo al ritmo de mis sentimientos, es hora de volver a la escuela. La gente se me queda viendo como si estuviera cuadripléjica o algo así. Cuando alguien me pregunta dónde estuve los últimos días, digo «Europa», aunque los chismes corren rápido y tal vez pueden notar cuán obsesivamente cubro mis muñecas con las mangas y los brazaletes. Algunos bobos sí me creen, y cuando eso pasa sigo con la mentira, extendiéndola hasta que me quedo sin ideas: fui de mochilazo por Francia, Alemania y España con mi tía rica de Barcelona. Luego nos montamos en un ferry hacia Escandinavia e hicimos un *tour* por los fiordos. Después alguien nos robó y nos quitó los pasaportes, y nos obligaron a ser parte de un robo internacional. Casi muero en una persecución policiaca. Afortunadamente, ¡viví para contarlo!

Juanga me abraza cuando me ve en el pasillo.

—Lo siento tanto. ¿Estás bien? —Tiene un ojo morado que ha empezado a curarse y huele a hierba, colonia y ropa sucia. Quiero preguntarle sobre eso, pero me da miedo.

—Estoy bien. Las pastillas de la felicidad harán efecto pronto.

—¿Te gustó mi baile? —me pregunta con una sonrisa.

—Fue encantador. Me conmovió hasta las lágrimas. —Me llevo las manos al pecho y hago un gesto sentido.

—Por favor no vuelvas a hacer eso nunca. Sabes que siempre puedes hablar conmigo y con Lorena, ¿verdad?

—Sí, lo sé. Gracias.

—Ya deja de intentar morirte, ¿va? —me da un golpecito juguetón y luego apoya una mano en la cadera.

Algo en la forma en que lo hace me parte de risa.

—Soy muy mala para suicidarme —le digo entre carcajadas—. Gané como la peor suicida. Soy una campeona, una heroína estadounidense. ¡EUA! ¡EUA! ¡EUA!

Eso hace que Juanga se eche a reír.

—Estás loca, muchachita.

Nos reímos tanto que las personas se detienen y se nos quedan viendo, pero las ignoramos. Juanga se recarga contra el casillero y lo golpea con la mano, todo dramático. Cada que intentamos detenernos, nos miramos y volvemos a empezar con las carcajadas hasta que suena la campana.

Cuando veo a Lorena en el almuerzo, sus ojos se llenan de lágrimas. Aunque hablamos por teléfono, siento como si no la hubiera visto en siglos.

—Basta. No lo hagas. Estoy bien —susurro—. Ya hablamos de esto.

Lorena respira profundamente y se limpia las lágrimas con el cuello de su suéter púrpura deslavado.

—¿Por qué no me dijiste? ¿Cómo pudiste hacer algo así?

Yo sólo cierro los ojos y niego con la cabeza, porque si abro la boca sé lo que pasará, y estoy muy cansada de sufrir en público.

La doctora Cooke trae un vestido tejido color escarlata, un vistoso collar anaranjado y botas vaqueras cafés. Apuesto a que su atuendo cuesta más que nuestro auto, pero no creo que sea la clase de persona que presume su dinero o te hace sentir mal por ser pobre. Tampoco siento envidia. Más que otra cosa, me siento maravillada.

Quiero quejarme por ir a México, pero la doctora Cooke quiere que volvamos a hablar sobre las citas y el sexo.

—No hay mucho que decir, la verdad. Básicamente nunca he tenido novio. Pensé que Connor lo sería, pero por supuesto eso no funcionó.

—¿Por qué?

—Dijo que no soportaba no verme, que quería que fuera su novia, pero teníamos que poder vernos. ¿Y cómo iba a verlo cuando prácticamente vivo en una prisión? —Ya habíamos hablado sobre esto, sobre la llamada, pero creo que busca algo más.

—¿Crees que eso es razonable? —pregunta la doctora Cooke—. Que sintiera que necesitaba más de ti.

—Supongo que sí —digo encogiéndome de hombros.

—¿Por qué no lo dejaste terminar? Asumiste que estaba rompiendo sin darle la oportunidad de expresar cómo se sentía. ¿Crees que es posible que estuvieras proyectando muchas de tus frustraciones en él?

—Pero yo sabía que lo haría. ¿Por qué estaría conmigo? Soy demasiado problemática, es la historia de mi estúpida vida.

La doctora Cooke no insiste más por el momento, pero ya conozco su estilo. Regresará al tema.

—Bueno, hablemos sobre el día en que te lastimaste, ¿qué lo provocó?

—Después de que mi mamá encontró los condones y la ropa interior, fue como si toda mi vida se hiciera pedazos. Viéndolo bien, definitivamente ya estaba deprimida, pero cuando se enojó conmigo así, me sentí terrible. Casi no me hablaba y no me dejó salir del departamento durante semanas. Ya me culpaba por lo de Olga, y luego, cuando todo esto pasó, fue como si *en serio* me odiara. Nunca puedo ser la persona que ella quiere que sea. Y estaba triste por lo de Connor, porque estar con él me hacía sentir bien. Él me hacía reír, y por primera vez en mi vida, sentí como si alguien pudiera *verme* realmente, ¿sabe?

La doctora Cooke asiente y se quita un mechón de cabello de la cara.

—Suena como algo muy doloroso. Pero ¿por qué no le explicaste que la ropa interior no era tuya, que era de tu hermana?

—Porque tal vez no me hubiera creído, y si lo hiciera, eso la destruiría de cierta manera. Lo que pasa es que Olga era perfecta ante sus ojos. ¿Cómo podría decirle que se equivoca?

—¿Alguna vez has hablado de sexo con tu madre?

—No. Bueno, no directamente. Sólo hace algunos comentarios a veces. Básicamente lo hace parecer como la cosa más terrible que puede hacer una persona que no está casada.

—¿Y tú qué piensas al respecto?

—No veo por qué es tan grave, y sin embargo siento culpa. Tengo estos dos sentimientos luchando entre sí, ¿sabe? Pienso que está bien, pero aun así me hace sentir como si hubiera cometido un crimen, como si todos lo supieran y fueran a apedrearme.

—El sexo es una parte normal de la experiencia humana, pero desafortunadamente muchas personas le cargan una gran vergüenza. —La doctora Cooke cruza las piernas. Quizá yo también debería conseguirme unas botas vaqueras. Probablemente puedes lastimar a alguien con esas cosas.

—Sí, mi mamá cree que es cosa del diablo. ¿Sabe?, a mí… a mí me parece que es injusto, que toda mi vida es injusta, como si hubiera nacido en la familia y en el lugar equivocados. Nunca estoy bien en ninguna parte. Mis padres no entienden nada de mí. Y mi hermana ya no está. A veces veo esos estúpidos programas de televisión, ¿sabe cuáles? Donde las madres y las hijas hablan sobre sus sentimientos y los padres llevan a sus hijos a jugar beisbol o por helado y cosas así, y deseo que eso me pase a mí. Es una estupidez, lo sé, querer que tu vida sea como en la televisión. —Estoy llorando de nuevo.

—A mí no me parece estúpido. Te mereces todo eso.

Cuando mis padres se duermen, voy al cuarto de Olga a ver si puedo encontrar más pistas. Aun si llamara a Connor ahora, sería imposible que desbloqueara la computadora porque me iré a México mañana. Comienzo a preguntarme si escribió la contraseña en alguna parte; o sea, a mí todo el tiempo se me olvida la de mi correo, así que la tengo escrita en una libreta. Quizá Olga también tenía una memoria malísima. Busco otra vez en todas sus libretas y pedazos de papel en su cajón misceláneo, pero no encuentro nada ni remotamente interesante. ¿Y si me equivoco en lo que creo de mi hermana? ¿Y si era la Olga dulce y aburrida que siempre conocí? ¿Qué tal que sólo quiero creer que hay algo debajo de la superficie? ¿Y si, muy a mi retorcida manera, quiero que no sea perfecta para no sentirme tan jodida? Al fin, cuando reviso su vieja agenda por segunda vez, encuentro un recibo doblado con algunos números y letras circulados. No sé por qué, pero hay algo que me causa inquietud. Los escribo en la laptop. Nada. Los escribo de nuevo. Nada. Los escribo por tercera vez, y funcionan. No puedo creer que funcionen.

Olga no tenía mucho en su disco duro, sólo algunas fotografías aburridas de ella y Angie, y viejos trabajos de su clase de Introducción a los Negocios. Por suerte, puedo conectarme al wifi de los vecinos y la contraseña del correo de Olga es la misma que la de su computadora. Hay cientos de correos basura de diferentes compañías; supongo que los robots que los envían no saben cuando alguien muere. Me parece tan irrespetuoso mandarles publicidad a los muertos. ¡¡¡50% DE DESCUENTO EN TODA LA TIENDA!!! ¡¡¡COMPRA UNO Y LLÉVATE OTRO

GRATIS EN LA BARATA DE ZAPATOS!!! VITAMINAS PARA LUCIR EL CUERPO PERFECTO. Bajo y bajo sin detenerme para encontrar algo que no sea publicidad.

Y al fin, ahí está. Lo que he estado buscando todo este tiempo:

chicago65870@bmail.com
7:32 a. m. (Septiembre 6, 2013)
¿Por qué te portas así? Te doy todo lo que puedo. ¿Qué no lo ves? Sabes que te amo, ¿por qué me haces sentir tan culpable siempre?

Mierda, ¿qué diablos estaba haciendo mi hermana? Obviamente tenía novio, pero ¿quién era? Voy a los mensajes más viejos para leerlos en orden, lo cual me toma media vida porque hay cientos. Mi corazón late con todas sus fuerzas.

chicago65870@bmail.com
1:03 a. m. (Septiembre 21, 2009)
No puedo dejar de pensar en ti
---
losojos@bmail.com
1:45 a. m. (Septiembre 21, 2009)
Yo tampoco. ¿Cuándo puedo volver a verte? ¿Sabes lo difícil que es verte todos los días en el trabajo? No sé fingir. Mi corazón se acelera cada que estás cerca de mí.
---
chicago65870@bmail.com
10:00 p. m. (Noviembre 14, 2009)
Nos vemos mañana en el restaurante para almorzar. Siéntate al fondo para que nadie te vea. Ponte la blusa roja que me gusta.
---

losojos@bmail.com
8:52 p. m. (Enero 14, 2010)
¿Cuándo se lo dirás? Estoy cansada de esperar. Lo prometiste. No puedes seguir así para siempre. Te amo, pero me lastimas. Me estás matando.

---

chicago65870@bmail.com
12:21 a. m. (Enero 28, 2010)
Pronto. Ya te lo dije. No sabes lo complicado que es. Tengo que pensar en mis hijos. No quiero hacerles daño. Sabes lo mucho que te amo. ¿No lo ves? ¿No lo entiendes? Por favor deja de ser tan egoísta. Te veo mañana en el C. 6 p. m.

---

losojos@bmail.com
8:52 p. m. (Enero 29, 2010)
¿Qué quieres decir con «egoísta»? Lo único que hago es esperarte. No sé si puedo seguir así. Esto me está destruyendo. No puedo comer. No puedo dormir. Sólo pienso en el día en que al fin podamos estar juntos. ¿No te importa?

Luego la conexión se corta. Siento como si llegara al final de un libro sólo para descubrir que arrancaron la última página.

Olga, tan gris y servicial, se estaba cogiendo a un hombre casado. Esto explica casi todo: su mirada perdida, la llave de hotel, la ropa interior, la razón por la que nunca se graduó de la universidad comunitaria. Estaba con él cuando se suponía que iba a clases. Este tipo la engañó durante años. ¿Cómo pudo ser tan tonta para creer que realmente dejaría a su esposa por ella? He leído suficientes libros y he visto suficientes películas para saber que eso nunca, jamás pasa. ¿Quién era? ¿Cuántos años tenía? ¿Cómo puedo averiguar más sobre él? Los correos son tan discretos, como si ambos tuvieran terror de que los descubrieran. Por lo que puedo intuir, trabajaba en su oficina, estaba casado y tenía hijos, pero probablemente aún me quedan docenas y docenas de correos por revisar.

¿Cómo pude ser tan tonta para no notar nada? Pero, claro, ¿cómo podría alguien haber sabido? Olga mantuvo esto sellado y enterrado como una tumba antigua. Toda mi vida he sido considerada la hija mala, mientras mi hermana vivía otra vida en secreto, el tipo de vida que hubiera destrozado a amá. No quiero enojarme con Olga porque está muerta, pero sí me enojo.

—Maldita sea, Olga —digo entre dientes.

No hay manera de que la casa de mamá Jacinta tenga internet, así que no tiene caso que intente llevarme la computadora a Los Ojos. El lugar más seguro para guardarla es el cuarto de Olga, pues estoy casi segura de que amá nunca entra. Y si la encontrara, no sabría qué hacer con ella. Recuerdo que mi prima Pilar dijo que había nuevos cibercafés en el pueblo. Las computadoras son quizá más viejas que el caldo de pollo, pero aun así podría leer el resto de los correos cuando llegue. Pongo el recibo dentro de mi diario.

DIECINUEVE

Para cuando aterrizo en México apesto terriblemente. Gracias a severas tormentas eléctricas pasé todo el vuelo aferrada a mi asiento, preocupándome de que el avión se desplomaría, ocasionado mi muerte. Primero quiero morir, y luego no. Qué rara es la vida. Me miro las axilas y están empapadas. No es exactamente un «inicio fresco». Busco la botella de agua en mi bolsa y descubro que se regó sobre todas mis cosas. Tal vez no cerré bien la tapa. No sé por qué, pero *siempre* hago eso. Puedo ser muy descuidada. Mientras hurgo en mis cosas para ver los daños, recuerdo el recibo de Olga: abro mi diario y ahí está, mojado y embarrado, claro. Sólo puedo distinguir algunos números y letras, y lo que más me asusta es que no recuerdo si desactivé su contraseña. Es tan típico de mí, esto de siempre complicarme las cosas. Cómo me gusta la mala vida. Carajo. ¿Y ahora qué haré?

El tío Chucho me recoge en el aeropuerto con la *pickup* destartalada y oxidada que ha tenido desde que yo era niña. Su cabello está gris y despeinado, pero su bigote sigue negro y perfectamente acicalado. El tío tiene de esos dientes con coronas de plata que se estilan entre la gente pobre y se ve mucho más viejo que la última vez que lo vi. Cuando me abraza, puedo oler el sudor y la mugre en su ropa. Amá dice que no ha sido el mismo desde que murió su esposa. Yo era tan pequeña que no recuerdo cuándo pasó, pero puedo notar algo roto en él que creo que jamás se arreglará. Supongo que por eso no volvió a casarse. Él y su esposa sólo tuvieron un hijo, mi primo Andrés, quien calculo que ahora tiene veinte años.

Los Ojos está a casi cuatro horas, en lo profundo de las montañas y en medio de la nada. Cuando nos ponemos en marcha, el tío Chucho me pregunta sobre la escuela porque ha escuchado que la he tenido difícil. Me pregunto cuánto sabrá. Parece pensar que amá me envió acá porque estaba sacando malas calificaciones. No lo corregiré.

—Está bien. Es sólo que ya quiero ir a la universidad.

—¡Bien! Eso es lo que me gusta oír, mija. No trabajes como burro, como el resto de tu familia. —Me muestra sus manos callosas, y luego mira las mías—. ¡Mírate! Tienes manos de señora rica.

¿Por qué todos en mi familia se la pasan hablando de burros? Me miro las manos y noto que tiene razón. Son suaves y lindas a diferencia de las de mis padres, que siempre están resecas y maltratadas. Mis manos se ven como si nunca hubiera tenido que trabajar, y me gustaría que se mantuvieran así.

—Quiero ser escritora —le digo al tío Chucho.

—¿Escritora? ¿Para qué? Sabes que no ganan dinero, ¿verdad? ¿Quieres ser pobre toda tu vida?

Pongo los ojos en blanco.

—No seré pobre.

—Sólo asegúrate de trabajar en una buena oficina. Recuerda, no trabajes como…

—Burro —digo antes de que pueda terminar.

El tío Chucho se ríe.

—Claro. Ya lo sabes.

Asiento. Todos me dicen que trabaje en una oficina, lo cual muestra que no me conocen para nada. Por eso nunca hablo de lo que quiero hacer con mi vida.

—Siento mucho lo de Olga —dice el tío al fin—. Qué pena. Era una muchacha tan buena. Todos la queríamos mucho. Ay, mi pobre hermana, la inocente.

Me retuerzo un poco. Él no conocía realmente a Olga. Nadie la conocía.

El día está soleado, con unas cuantas nubes gordas regadas por el cielo. Las montañas de la Sierra Madre son tan empinadas y ridículamente altas que me generan un pánico inexplicable. Tras estudiarlas unos segundos, tengo que mirar hacia otro lado.

—La extraño, pero ya estoy mejor —le digo por último al tío Chucho—. El tiempo lo cura todo, etcétera. —Eso no es verdad y él lo sabe más que nadie, pero es lo que se dice para que la gente se sienta mejor.

El tío suspira.

—Sabes que no pudimos ir al funeral porque no conseguimos visas, y luego lo del dinero, claro. Qué lástima. Todos estábamos muy tristes. Queríamos estar ahí para la familia.

—Entiendo —digo. Ya no quiero hablar sobre mi hermana, así que finjo que me quedo dormida hasta que me duermo de verdad.

Despierto con baba corriendo por mi barbilla. Debí dormir casi cuatro horas, porque ya estamos llegando a casa de mamá Jacinta. La tierra está seca y polvosa, y siento la boca amarga por la sed.

Mamá Jacinta corre hacia la *pickup* con los brazos extendidos y lágrimas en los ojos. Me abraza y me cubre la cara de besos. Es tan suave y cálida como la recuerdo, pero su cabello corto ahora está completamente gris.

—Mija, mija, estás tan bonita —dice una y otra vez. Yo también comienzo a llorar.

Hay todo un grupo de gente detrás de ella: tías, tíos, primos y personas que no conozco o no recuerdo. Mi prima Valeria, es sólo dos años mayor que yo, ya tiene tres hijos y todos parecen aguiluchos. La tía Fermina y la tía Estela se ven casi igual que la última vez que vine; aparentemente, las mujeres Montenegro no envejecen mucho. Sus esposos, el tío Raúl y el tío Leonel, están junto a ellas con sus sombreros vaqueros.

La tía Fermina y la tía Estela me abrazan largo rato y me dicen «mija», «niña hermosa», «chiquita». Eso me hace sentir como si tuviera dos años, pero debo admitir que me gusta.

Según mamá Jacinta, todos son mis parientes de una u otra manera. Yo sólo saludo con la cabeza, sonrío y les doy un beso en la mejilla a todos, como se debe hacer.

La casa está pintada de un rosa más brillante que la última vez que vine, y partes del adobe tienen grietas. Las nuevas partes de concreto contrastan mucho contra los suaves colores originales, pero así son la mayoría de las propiedades en Los Ojos: una mezcla mal hecha de lo viejo y lo nuevo.

Las calles de piedra han sido pavimentadas, lo cual es decepcionante porque me encantaba el olor del barro cuando llovía, y la panadería al final de la calle se incendió, así que no podré despertarme con el olor del pan horneado. Muchas cosas han cambiado en los últimos años.

Después de saludar a todos, me llevan aprisa a la cocina para cenar. Las mujeres mexicanas siempre quieren alimentarte, te guste o no. Por más que me harto de comer comida mexicana todos los días de mi vida, si el cielo existiera, sé que olería a tortillas fritas. Mamá Jacinta me da un enorme plato de frijoles, arroz y tostadas de carne deshebrada cubiertas de crema, lechuga y jitomate picado.

—Estás muy flaca —me dice—. Para cuando te vayas tu madre no podrá reconocerte, ya verás.

Nunca nadie me había dicho flaca. He perdido un par de kilos porque a últimas fechas los medicamentos me han puesto raro el apetito, un día quiero comerme el mundo y al siguiente todo me da asco, pero no estoy ni cerca de ser delgada.

Me termino todo el plato y luego pido más, lo cual alegra a mamá Jacinta. También me tomo una botella entera de Coca-Cola, que normalmente no me gusta, pero sabe mucho mejor aquí. La tía Fermina y la tía Estela se sientan frente a mí y me dicen lo mucho que me han extrañado, y el resto de la familia me rodea y me hace un millón de preguntas: «¿Cómo está tu madre? ¿Cómo está tu padre? ¿Hace mucho frío en Chicago? ¿Por qué tenías tanto sin visitarnos? ¿Cuándo volverás? ¿Cuál es tu color favorito? ¿Puedes enseñarme inglés?». Me siento como una celebridad. Mi familia en casa nunca me trata así porque soy la paria que les tocó tener. Aquí incluso se ríen de mis chistes tontos, de todos. Quizá amá tenía razón por una vez. Quizá esto es lo que necesitaba.

Mamá Jacinta me enseña cómo preparar el menudo que venden cerca de la plaza principal. A diferencia de la porquería de otras ciudades y estados, su versión tiene carne, pata de res y maíz. Eso es todo. Nada de chile rojo para disimular las tripas sucias. Primero, mamá tiene que encontrar a un carnicero que acabe de matar a una vaca, luego ella y tío Chucho recogen los baldes de estómago de vaca sucio y se lo llevan a una mujer a la que contratan para lavarlo. Mamá Jacinta dice que esa pobre mujer está más jodida que ella, y le creo. No sé qué haría si mi trabajo literalmente fuera lavar mierda. Mamá Jacinta dice que solía limpiar la carne en el río, pero se ha contaminado tanto que ahora tiene que lavarla en un lavadero al aire libre. Gracias a Dios, porque ayer vi a unos perros de la calle jugando en esa agua asquerosa, o lo que queda de ella.

Cuando la carne está totalmente desmierdizada, la tallan con cal y la dejan reposar por un tiempo. Cuando la cal suaviza la delicada piel interior, se arranca suave y cuidadosamente. Luego la lavan de nuevo hasta que brilla como la nieve.

El pedazo de pancita que sale del trasero tiene un hermoso diseño de panal; se le llama las casitas. La pancita más delgada, con ondas horizontales, tiene unas vetas gruesas llamadas callo. Todas las partes se cortan en tiras, y las tiras en cuadros. Los nervios son duros y resbalosos y se resisten al cuchillo. La carne cruda huele mucho a animal, y mientras cortas y cortas, el tejido se mete inevitablemente bajo tus uñas y el aroma se queda en tus manos durante horas.

La pata, la pancita y el maíz blanco se cocinan en una enorme olla toda la noche a fuego lento. La textura de la carne puede ser impactante para el paladar estadounidense promedio, pero a mí me gusta; los trozos son suaves y chiclosos, y la superficie del caldo brilla con burbujas amarillas de deliciosa grasa. Al final se le pone limón, cebolla blanca y orégano seco.

Cuando terminamos de cortar, mamá Jacinta me da un plato del menudo de ayer y una taza de té de manzanilla. Dice que es bueno para los nervios.

—¿Por qué cree que estoy nerviosa?

—¿No lo estás?

—Es más complicado que eso.

—¿Por qué no me cuentas?

—Gracias, pero no tengo ganas. —Miro mi plato vacío. Una mosca se para sobre un pequeño trozo de carne y la alejo con la mano.

—¿Tienes miedo de que le cuente a tu madre?

—Pues… sí.

—Lo que digas se quedará aquí conmigo. Sé que tu madre y tú no se llevan bien, pero se parecen más de lo que crees —dice, revolviendo la miel.

—Lo dudo mucho.

—¿Sabes? Ella siempre fue la rebelde. Fue la primera de la familia en irse al otro lado. Pero eso ya lo sabías, ¿no? Yo le dije que no se fuera, pero ella dijo que quería vivir en Chicago, donde podía trabajar y tener su propia casa.

—¿Rebelde? ¿Amá? —Mi mente no puede procesarlo. Mi madre es la persona más rígida que conozco.

—Nunca me escuchaba, siempre hacía lo que quería. No deberías ser tan dura con ella, mija. Ha pasado por muchas cosas.

—¿Como qué? —Sé que mi hermana murió y que eso ha sido un infierno para todos, pero ¿hay algo más que no sé? Algo comienza a aullar afuera—. Ay, Dios, ¿qué es eso?

—Ah. Los gatos. Están muy… amorosos en este momento. Incluso durante el día —mamá Jacinta sonríe.

—Qué horror.

—Y los dos son gatos machos, ¿tú crees?

—¿Gatos gays? —ahogo un grito y manoteo la mesa. Nunca había escuchado nada igual.

Mamá Jacinta se ríe.

—Bueno, volvamos a la historia, mamá. ¿Qué más pasó? ¿Hay más?

Ella niega con la cabeza y su rostro pálido de pronto se frunce en un gesto de pesar. El menudo se revuelve en mi estómago. El sabor del animal me sube por la garganta.

—Les robaron cuando cruzaron la frontera —dice, limpiándose las manos en el mandil y mirando hacia la puerta—. Sí, perdieron todo su dinero. ¿Tu madre nunca te contó eso?

—Sí, dijo que fue el peor día de su vida, pero eso fue antes de que Olga muriera.

Mamá Jacinta se frota las sienes, como si esta conversación le causara dolor de cabeza.

—Ay, mi pobre hija. Ha tenido muy mala suerte en la vida. Espero que Dios tenga misericordia de ella en adelante. Ha sufrido mucho.

No sé qué decir, así que bebo lo que queda de mi té tibio y observo a uno de los gatos pasearse afuera de un lado a otro.

VEINTE

Cuando miro en los espejos deslucidos de la casa de mamá Jacinta, a veces creo que me veo casi como mi hermana, lo cual significa que me parezco a mi madre, en especial cuando me quito los lentes. Ahora que he perdido un poco de peso, puedo ver mis pómulos. Supongo que nuestras narices también eran parecidas, redondas y ligeramente hacia arriba en la punta. Solía pensar que Olga y yo no parecíamos hermanas, pero estaba equivocada.

Hay fotografías en blanco y negro de mis bisabuelos en varios cuartos de la casa. Se ven serios en todas, como si estuvieran a punto de apuñalar al fotógrafo. Quizá no se usaba sonreír para las fotos en ese tiempo. Sé que la gente solía creer que las fotografías les robaban el alma, lo cual me parece que tiene sentido.

Cuando era niña, nunca le puse atención al antiguo cuarto de amá. Ella y la tía Estela compartían una habitación atiborrada y polvorienta al fondo de la casa; incluso tenían que dormir en la misma cama llena de bolas, la cual no ha sido reemplazada. No puedo ni imaginarme tener que dormir junto a mi hermana toda mi vida. Siempre hemos sido pobres y nunca he tenido mucha privacidad, pero al menos siempre he tenido mi propio cuarto. Cuando mi abuelo vivía, no dejó de agregar cuartos cuando tenían más hijos, pero nunca pudo ponerse al día. Fueron ocho.

Odio cuando amá revisa mis cosas, pero aquí estoy, haciéndoselo a ella. No encuentro mucho, sólo un baúl de madera con vestidos de flores descoloridas y brazaletes manchados. En una esquina del cuarto veo un dibujo enmarcado que no había notado antes. Está alto, por encima del nivel de la vista; lo bajo y lo miro de cerca. Es amá con un vestido largo, parada frente a una fuente en la plaza. Se ve igual a Olga. O quizá Olga se veía igual a ella. Me pregunto quién dibujó esto.

Encuentro a mamá Jacinta limpiando la mesa de la cocina.

—Mamá Jacinta, ¿quién hizo este dibujo de amá?

—Tu padre.

—¿Cómo que mi padre? Mi padre no dibuja.

—¿Quién dice que no dibuja?

—Nunca había escuchado al respecto. —No sé por qué, pero esto casi me da coraje. ¿Cómo es que no sabía esto sobre mi propio papá?

—¿No sabías que Rafael dibujaba? Era el artista del pueblo. Dibujó a todos, hasta al alcalde. ¿No has visto ese dibujo de tu tía Fermina que está en su sala? Ese también lo dibujó él.

Ni una sola vez en mi vida he visto dibujar a mi papá. Cuando pienso en él, lo imagino remojando sus pies frente a la televisión.

—Pero ¿cómo pudo dejar de hacerlo? O sea, si es lo que amaba hacer, ¿por qué no siguió?

—Probablemente estaba demasiado ocupado con todas las responsabilidades de ser esposo y padre. Ya sabes cómo es; sabes lo duro que trabaja. —Mamá Jacinta se quita el mandil y lo cuelga en un gancho oxidado cerca del refrigerador.

—Pero pudo haber encontrado tiempo. Si yo no escribo, siento como si me fuera a morir. ¿Cómo pudo simplemente dejar de hacerlo?

—No lo sé, pero es una pena porque aquí era famoso.

Me pregunto cuánto tiempo pasará para que amá me pida que regrese. A veces me quedo despierta por las noches, pensando en lo que haré cuando vuelva a casa. ¿Cómo encontraré al novio de Olga? ¿O debería decir «su amante»? Pero esa palabra suena ridícula. Puedo ir a su oficina, pero no tengo idea de quién es. Dos cosas son claras: él quería que nadie se enterara, y es el tipo de persona que puede pagar un hotel caro casi cada semana. Tiene que ser un médico.

Las noches son calladas por lo general, salvo por el maullido de los gatos o el gallo de al lado, que nunca sabe qué hora es. Me gusta cuando llueve porque el suave golpeteo sobre el techo de lámina me tranquiliza, pero nunca dura más de unos cuantos minutos.

Doy vueltas bajo las sábanas duras, pensando en Olga y preocupándome sobre qué me pasará si me pierdo demasiados días de escuela. Escribo notas de lo que haré cuando me vaya: *1)* Leer todos los correos de Olga; *2)* hablar con el maestro Ingman sobre qué puedo hacer respecto a mis faltas; *3)* buscar un trabajo de verano para poder pagar mi viaje a la universidad. Cuando tengo suerte, me quedo dormida antes de que salga el sol.

Mi prima Belén, la hija más joven de mi tía Fermina, es la guapa del pueblo. Tiene la piel oscura y los ojos azules, y mide unos treinta centímetros más que yo. Su cintura es imposiblemente estrecha y le encanta mostrarla con blusas cortas y vestidos pegaditos. Dondequiera que vamos, todos los seres vivos la miran de arriba abajo. Juro por Dios que una vez incluso vi cómo la miraba un perro de la calle. Recibe propuestas de matrimonio mientras vamos caminando, y ella sólo se ríe y se acomoda el cabello. Me siento algo fea a su lado.

Belén ha decidido que me enseñará el lugar y me presentará a toda la gente que nos encontremos. Viene a la casa de mamá Jacinta después de clases y me obliga a salir, aunque yo preferiría quedarme leyendo en el patio. Mi prima no entiende que puedo ser muy rara y que no me gusta hablar con extraños. Hoy saludamos frente al supermercado a unos gemelos a los que apodan Gorduras y Mantecas. Los apodos mexicanos son tan crueles como hilarantes.

Por lo regular vamos por helado o aguas frescas a la plaza y luego damos un *tour* por Los Ojos, aunque ya he venido antes. Cuando subimos y bajamos las colinas, observo todas las casas coloridas e intento asomarme a su interior, dado que todos dejan las puertas abiertas durante el día. Usualmente no veo nada interesante, pero ayer vi a una mujer en toalla bailando una canción de Juan Gabriel en su sala. Me gusta dar caminatas durante la hora de la comida por los olores que salen de las casas: chiles tostados, carne cocida, frijoles hervidos.

Belén me cuenta chismes de todos en el pueblo, aun cuando no sé quiénes son. Lo más nuevo es que la señora que tiene el puesto de hamburguesas más popular está acostándose con su primo segundo. También me cuenta la historia de un hombre llamado Santos, que se fue de Los Ojos hace muchos años con el sueño de convertirse en bailarín en Los Ángeles. Intentó cruzar la frontera varias veces antes de rendirse y quedarse en Tijuana. El rumor cuenta que comenzó a vestirse de mujer y se volvió prostituto. Cuando volvió a Los Ojos años después, era casi un esqueleto viviente; cerca del final, las llagas en su rostro y en su boca atraían a las moscas. Su madre se sentaba junto a él y las espantaba con un trapo. Algunas de las personas del pueblo decían que era su culpa por ser gay, por andar dándolas por todo Tijuana. Yo no dejo de interrumpir a Belén y explicarle que el sida no es una enfermedad de gays, que puede darle a cualquiera, pero no me escucha. Nunca parece escuchar nada de lo que digo.

Siento nostalgia en mi pecho cuando pasamos por la casa de la infancia de apá, que ahora está abandonada. Mamá Jacinta me la enseña cada que vengo. Nadie ha vivido ahí en mucho, mucho tiempo, y está cayéndose a pedazos. Todos los hermanos y las hermanas de mi padre están regados en Estados Unidos: Texas, Los Ángeles, Carolina del Norte y Chicago. Sus padres murieron cuando él y amá dejaron Los Ojos: a mi abuelo le apareció un tumor que se comió sus pulmones, y mi abuela lo siguió unos meses después. Dicen que murió de tristeza. ¿Puedo extrañar a personas que nunca conocí? Porque creo que sí los extraño.

Belén intenta hacer que hable con chicos de su escuela, pero no me interesa ninguno de ellos. Quizá es por los medicamentos, pero el sexo y cualquier cosa relacionada, no es algo que tenga en mente.

—Ahí es donde los narcos decapitaron al alcalde —dice Belén como si nada cuando pasamos junto a un grupo de sus amigos. Señala con la cabeza hacia un parque deprimente hecho de metal y concreto.

—¿Qué? —No estoy segura de haber escuchado correctamente.

—¿No sabías? Solían dispararse en las calles y volar casas, pero no ha pasado en un buen tiempo. ¿Ves? —dice mientras señala hacia una casa quemada a la distancia—. Una bomba molotov.

Tiemblo al pensar en la cabeza del alcalde rodando por el concreto hacia la calle. ¿Por qué amá me manda a un lugar así?

—¿Estamos seguras? ¿A nosotras también nos podrían matar? —Me siento caliente y fría al mismo tiempo. Brinco al escuchar un graznido de pájaro.

—No, tonta. —Belén se ríe—. ¿Por qué les interesarías? A no ser que estés traficando drogas y no me hayas contado.

Me encojo de hombros, sintiéndome estúpida.

—Ah, pero jamás andes fuera de noche, en especial si vas sola. Ya nadie hace eso.

VEINTIUNO

Mi prima Paulina cumplirá tres años, así que no creo que matar y freír un animal sea muy emocionante para ella, pero así son siempre las fiestas. Cada logro o acontecimiento implica alcohol y cantidades obscenas de carne frita.

Esa tarde, Belén, mamá Jacinta y yo vamos a pie hacia el lugar que el resto de la familia ha estado preparando toda la mañana. Cuando cruzamos la plaza del pueblo, las indígenas, con sus largas trenzas negras que parecen cuerdas, intentan vendernos nopales. Su cabello grueso me recuerda a amá; desconocidos en la calle le han ofrecido dinero a cambio de sus trenzas brillantes.

Las mujeres están sentadas en el piso con una enorme canasta de mimbre llena de nopales pelados y rebanados en pequeñas bolsas de plástico. ¿Qué tan pobre tienes que ser para vender algo que es gratis? Literalmente puedo acercarme a cualquier nopal del pueblo y cortar una penca. He visto a mamá Jacinta hacerlo todo el tiempo. Lo peor ni siquiera es pelarlos sino deshacerse de toda la baba.

Siempre me ha intrigado que los troncos de los árboles estén pintados de blanco en este lugar, pero nunca he preguntado por qué. Observo la fuente triste y oxidada y me pregunto si algún día volverán a ponerle agua. Una chica, con un bebé colgado a su espalda con una tela anaranjada bordada, se levanta y pone su mano frente a mí.

—Por favor, señorita —ruega—. Una limosna. —Parece tener unos trece años, y es tan pequeña y huesuda que no sé cómo salió ese bebé de ella. Rezo por que no sea suyo.

—No les hagas caso —dice Belén—. Diario están pidiendo limosna. Debería trabajar como todos los demás. Es típico de las indias. —Belén prácticamente escupe las palabras. No entiendo por qué cree que es mejor que ellos. Tienen el mismo color de piel y ella también usa el mismo vestido rojo y gastado casi a diario.

—¿Te has visto a ti misma? —mascullo.

—¿Qué?

—Nada.

Vuelvo a mirar al bebé, que ahora está llorando, y su rostro está cubierto de tierra y mocos. Le doy a la chica todas las monedas que tengo en el bolsillo. Belén se cruza de brazos y niega con la cabeza.

El lugar de la fiesta es propiedad de los Garza, la familia más rica de Los Ojos. Según Belén, se hicieron ricos vendiendo drogas. Cuando le pregunto qué tipo de drogas, sólo dice que «de las peores».

Escucho un chillido violento cuando nos acercamos y miro a mamá Jacinta con el estómago hundido.

—¿Lo están matando ahorita? Pensé que ya estaría muerto.

—Lo siento, mija. Podemos ir a caminar otro rato y volver luego si quieres.

—No seas llorona —dice Belén—. Comes carne, ¿no?

—Sí, pero nunca he visto que maten a mis tacos frente a mí.

—Ay, Dios mío, ustedes los gringos son tan delicados —se queja Belén.

—Vamos a caminar —dice mamá Jacinta, poniendo su mano tibia sobre mi brazo.

—No, está bien. Vamos.

El tío Chucho y mi primo Andrés arrastran con una larga cuerda roja al cerdo, que sigue retorciéndose. Sus chillidos desesperados y brutales me dan escalofríos. Cuando llevan al pobrecito a un bloque de concreto, Andrés lo apuñala en el corazón.

—Buen trabajo, mijo —dice mi tío.

El puerco se revuelca por el suelo, y sus chillidos se vuelven más profundos y angustiantes. La sangre sale a chorros de su pecho. Me siento mareada.

—¿Te emocionan los chicharrones, prima? —grita Andrés.

—Ah, sí. Qué delicia. No puedo esperar —le respondo a gritos.

Cuando el cerdo al fin muere, Andrés y el tío Chucho lo cuelgan de las patas traseras y lo dejan desangrarse sobre una cubeta. Cuando está seco, comienzan a cortarlo en pedazos. Intento no mirar, pero no puedo evitarlo; mis ojos siempre vuelven a la sangre.

Tras un rato, puedo escuchar los chisporroteos y crujidos de la carne friéndose. Estoy asqueada, pero aun así se me hace agua la boca. El cuerpo humano es rarísimo a veces. Cuando toda la carne está lista, la tía Estela me trae un plato de arroz, frijoles y chicharrones.

—Ándale, mija —dice, dándome un apretón en el hombro—. Necesitas subir un poco de peso. —Es gracioso que en Estados Unidos soy demasiado gorda, y en México demasiado flaca. Sé que la tía está preocupada por mí. Las mujeres Montenegro son muy buenas para preocuparse.

Sonrío y le doy las gracias, porque lo más grosero que le puedes hacer a una mexicana es rechazar su comida; casi equivale a escupir una imagen de la Virgen de Guadalupe o apagar la tele mientras ven *Sábado Gigante*.

Tomo algunos chicharrones, los pongo en una tortilla y los ahogo en una salsa roja oscura. Me los como sin gran problema, pero cuando hago mi siguiente taco, veo unos pelos gruesos que salen de la piel. No quiero que todos piensen que soy una princesa gringa malcriada, así que devoro el taco tan rápido como es posible. Me imagino mi cara de un hermoso tono verde podrido cuando termino, pero estoy orgullosa de mi triunfo.

La pista de baile comienza a llenarse cuando todos están llenos de carne de cerdo. La música suena metálica y entrecortada, en parte por culpa del sistema de sonido barato, pero aun así me gusta. Los acordeones suenan ridículamente alegres, aun cuando las canciones son acerca de la muerte. La tía Fermina y el tío Raúl bailan mejilla con mejilla; Belén baila con el vecino flacucho de mamá Jacinta. Observo los bailecitos brincados de todos mientras el sol me envuelve en un capullo de flojera. Comienzo a dormitar en mi silla cuando Andrés me pica el hombro y me dice que vayamos a montar caballos.

—Ándale, prima —dice, levantándome.

—Estoy cansada. No tengo ganas. —Intento volver a acomodarme.

—Te hará bien.

—¿Cómo?

—Confía en mí.

Derrotada, sigo a Andrés al campo junto al lugar, donde dos caballos negros están atados a una cerca.

—Esta es Isabela —dice, señalando a la más pequeña—. Y este es Sebastián. —Andrés acaricia el costado del caballo y sonríe.

—Un gusto conocerlos. —Finjo que saludo de mano a los caballos.

—Están casados, ¿sabes?

—¡Casados! ¿De qué hablas? —Imaginar a Isabela con su vestido de novia me hace reír con tantas ganas que se me sale un ruido—. ¿Tuvieron su boda? ¿Bailaron el vals? ¿Ella lanzó su ramo?

—Obviamente no tuvieron una boda, tonta, pero son una pareja de verdad. —Andrés parece molesto de que parezca tan gracioso, que me cueste trabajo creer en el amor romántico entre dos animales.

—¿En serio?

—Cuando los separan, Sebastián llora, lo juro por Dios. ¡Lágrimas de verdad! —Andrés se ve serio, así que dejo de reírme. Incluso se persigna para decir que lo que afirma es cierto.

Mientras Andrés trae las sillas del cobertizo, le hago cariños en el lomo a Isabela y paso los dedos por su áspera crin negra. Su pelo es tan oscuro que se ve azul. Sus músculos están tensos y brillan bajo la luz del sol. Creo que nunca había visto algo tan hermoso en toda mi vida. Es casi desconcertante.

Me sorprende lo mucho que me gusta volver a andar a caballo, sentir su tremenda fuerza bajo mi cuerpo. Andrés y yo cabalgamos hacia el río. Todo está en silencio salvo por el golpeteo de las pezuñas y el zumbido de los insectos en el pasto amarillento. Una parvada gris pasa sobre nosotros y se posa en un enorme árbol. «Palomas» dice Andrés. El río ya es casi inexistente por la sequía. La poca agua que queda es de un café verdoso y está llena de basura: bolsas de plástico, botellas, envolturas e incluso un zapato solitario. Me estremezco al recordar mi sueño sobre Olga como sirena; aún puedo ver con claridad su rostro brillante.

La estación de tren abandonada junto al río ahora está tapiada y la pintura roja se pela en enormes tiras. Las vías están oxidadas y la madera está desgastada. Andrés dice que hace años que no pasa el tren. Solía estar lleno de gente, pero la compañía hizo malos negocios y no pudo sostenerse. Recuerdo que mamá Jacinta nos trajo a Olga y a mí cuando yo era niña: nos compró pequeñas cajas de madera con cajeta, tan dulce y pegajosa que los dientes me dolieron durante horas. También sé que papá Feliciano solía tomar el tren para vender ollas y sartenes en otros pueblos. Murió antes de que cerraran la línea. Supongo que en cierta manera es bueno que no haya visto su declive. Amaba ese tren.

Unas enormes moscas comienzan a picarle la cara y el cuello a Isabela cuando nos acercamos a un claro. Ella sacude la cabeza para espantarlas, pero no sirve de nada; aunque yo las aleje, vuelven al momento. Mi mano queda embarrada de sangre cuando la froto en los lugares donde se pararon las moscas. Le beso la nuca cuando Andrés no me mira.

Cabalgamos junto al río hasta que el sol se esconde detrás de los árboles y los grillos comienzan a cantar. Un campo de maíz en la distancia se ve seco y acabado, y me pregunto qué pasaría si alguien le lanzara un cerillo. Podría montar a Isabela para siempre, pero Andrés dice que debemos regresar a la fiesta para que mamá Jacinta no se preocupe. Cuando me despido de Isabela, presiono mi cara contra su costado y paso mi mano sobre su lomo. Creo que puedo escuchar su corazón. De pronto, recuerdo la vez que Olga y yo montamos los caballos de nuestro tío abuelo la segunda vez que vinimos a Los Ojos. Al principio tenía miedo, pero Olga me dijo que los caballos no me harían daño porque eran criaturas mágicas. Y yo le creí.

Andrés se ríe.

—¿Qué haces?

—Nada. Sólo le doy un abrazo —respondo y sonrío.

Tío Chucho se me acerca con una cerveza en la mano.

—Ándale, mija, hay que bailar —se tambalea un poco.

—No, gracias, tío. No soy mucho de bailar.

—¡Tonterías! —dice, y me lleva a la pista de baile—. ¡Los Montenegro son los mejores bailadores de Los Ojos!

La canción se trata sobre tres chicas que van al carnaval y terminan muertas cuando la camioneta en la que viajan se voltea en un acantilado. No estoy segura de por qué alguien querría bailar con eso. El tío Chucho huele como si sudara cerveza. Su camisa está empapada y su piel pegajosa, pero sigo bailando porque no quiero herir sus sentimientos. Se la está pasando muy bien, dándome vueltas y cantando a todo volumen.

Después de la tercera canción, un grupo de hombres con máscaras negras y rifles se acerca a la entrada del lugar. El tío me suelta y su rostro se afloja.

—Chingue a su madre —masculla.

—¿Qué, tío? ¿Qué pasa?

—Nada, mija. Yo me encargo —dice el tío, y va hacia ellos.

Todos parecen tensos y preocupados, pero nadie dice nada. De pronto es una fiesta llena de estatuas. Andrés sólo parpadea; parece a punto de desmayarse.

¿Son soldados? ¿Son narcos? No tengo idea.

Uno de los hombres enmascarados me mira todo el tiempo, como si me perforara el cuerpo con los ojos.

El tío Chucho saca un sobre de su bolsillo y se lo entrega a uno de ellos, quien le hace un gesto con la cabeza a Andrés. El tío vuelve a la fiesta pálido y aterrado. Cuando el tipo al fin voltea, veo un descolorido tatuaje de la Santa Muerte en su brazo.

—¿Qué diablos fue eso? —le digo a Belén en un susurro.

—Tienes que dejar de hacer tantas preguntas —responde, y se aleja de mí.

VEINTIDÓS

Belén me obliga a ir a un partido de futbol aunque le digo que tengo un odio por los deportes instalado en lo más profundo de mis entrañas. Ella dice que eso no importa, que ese no es el punto de ir. Los partidos de futbol son donde los jóvenes se reúnen y ligan. No hay mucho más que hacer en Los Ojos. ¿Contemplar las montañas? ¿Perseguir gallinas? ¿Disparar a botellas?

Nos sentamos en lo más alto de las bancas con las amigas de Belén, un grupo de chicas algo atractivas que usan demasiado maquillaje. Aunque no dicen nada malvado o mezquino, noto de inmediato que tienen celos de mi prima. No sé por qué siempre me doy cuenta de ese tipo de cosas. Hay algo en la forma en que sus ojos recorren el cuerpo de Belén y se posan en su rostro, una especie de anhelo. No es que la *quieran* a ella, es que quieren *ser* ella.

Cuando los Tigres anotan su primer gol, un chico moreno con un sombrero vaquero se nos acerca con botellas de Coca y bolsas de plástico con chicharrones bañados de salsa roja. Distribuye las bebidas y las botanas entre el grupo, y se mete entre Belén y yo; todas las chicas se ríen como si fuera lo más gracioso que han visto en su vida. Puedo sentir perlas de sudor formándose en mi labio superior.

—¿Cómo le va esta noche, señorita Reyes?

Al principio me pregunto cómo sabe mi apellido o cómo sabe quién soy, pero luego me acuerdo de que todos saben todo sobre todos en Los Ojos. El tío Chucho dice que no puedes ni tirarte un pedo sin que todo el pueblo se entere.

—Más o menos —digo mirando hacia la cancha e intentando, por una vez en mi vida, entender un deporte.

Él se ríe.

—¿Por qué no me miras?

Me encojo de hombros. De pronto soy muda.

—No le hagas caso —dice Belén con una sonrisa maliciosa—. Esteban puede ser un poco pesado a veces.

Yo no diría que es pesado, pero sin duda es resuelto. No puedo evitar ver sus brazos oscuros y venosos. Me imagino cómo se sentirían en las puntas de mis dedos. Cruzo las piernas para no rozar las suyas.

Cuando se acaba el juego, Belén y sus amigas risueñas desaparecen antes de que pueda decirles que me esperen.

—Supongo que debería acompañarte a tu casa. —Esteban sonríe. Sus dientes son brillantes y perfectos.

—Sí, supongo que sí —digo, recordando lo que Belén dijo sobre andar sola por la noche. El cielo ha comenzado a teñirse de púrpura. Puedo ver el sol y la luna al mismo tiempo.

Esteban me hace sentir como si algo me llenara el pecho con jarabe tibio, como si me sacaran lentamente los huesos del cuerpo. Por un segundo, me pregunto qué estará haciendo Connor, si aún pensará en mí, pero recuerdo que ya no hay nada entre nosotros. No tengo idea de por qué, pero aunque acabo de conocer a Esteban y prácticamente no sé nada sobre él, me hace sentir emocionada.

Una camioneta con un narcocorrido a todo volumen me saca de mis fantasías.

Cuando llegamos a la esquina de la cuadra de mamá Jacinta, Esteban me toma de la mano.

—Me gustas desde que llegaste.

—Pues yo no te había visto nunca, así que eso es un poco raro. —Estoy demasiado nerviosa para mirarlo. ¿Por qué tengo que ser tan cretina, aun cuando no quiero serlo?

—¿No recuerdas haberme visto cuando tú y Belén fueron a la frutería? Ahí trabajo.

Sabía que había sentido a alguien mirándome ese día, pero no me molesté en averiguar quién era. Es gracioso cómo tu cuerpo sabe cosas antes que tú.

Niego con la cabeza.

—No, no te vi.

La piel oscura de Esteban brilla bajo la luz del farol. Me hace pensar en café. Tengo tantas ganas de tocar su rostro, pero no lo hago.

Estamos en el patio trasero de la tía Fermina comiéndonos los higos que arrancamos de su árbol. El tío Raúl y el tío Leonel están adentro viendo las noticias. El cielo está lleno de estrellas y yo lo observo maravillada por tanto tiempo que todos se dan cuenta y se ríen de mí. ¿Cómo pude olvidar que las noches aquí se ven así?

—Pobre niña de ciudad —dice el tío Chucho, sonriendo—. Probablemente nunca ve estrellas en Chicago.

—La verdad, no. Quizá tres o cuatro, si tengo suerte —digo, y me quito una hojita del suéter. Vuelvo a mirar el cielo y pienso en que algunas estrellas ya no existen realmente, que verlas es ver el pasado. Es difícil para mí entender eso. Qué locura.

El suelo se siente bien bajo mis pies descalzos. La tía Estela se sienta detrás de mí en una silla y me trenza el cabello; sus dedos se sienten fríos en mi nuca. Sus manos en mi cabello me relajan. Lo hace suavemente y no me jala el cabello como amá cuando yo era niña.

—Dios mío, mija —comenta la tía Estela mientras le muestra a todos la trenza—. Tienes mucho cabello. ¿Cómo andas así? ¿No sientes pesada la cabeza?

—A veces, cuando está mojado —respondo, y me pregunto cómo se sentirá cortarme todo el cabello. ¿Cómo me vería? He tenido el cabello largo toda mi vida. Cuando nací, ya era ridículamente negro. Amá dice que los doctores y las enfermeras nunca habían visto nada parecido.

Siento que Belén me observa desde el otro lado del patio. Creo que está acostumbrada a ser la bonita y no le gusta la atención que estoy recibiendo. Es a la vez incómodo y satisfactorio.

—El cabello bonito viene de familia —dice mamá Jacinta—. Aunque no dirían lo mismo si se fijan en el mío ahora —se pasa la mano por su cabello gris y corto, y sonríe.

El tío Chucho sonríe también y se sacude el cabello como si estuviera en un comercial de shampoo.

—Es cierto. Yo parezco estrella de cine.

He comido tantos higos que me duele el estómago, pero no puedo detenerme. Me encanta el sabor dulce, y cómo crujen las pequeñas semillas entre mis dientes.

Las noches siempre son perfectas aquí: nunca hace demasiado frío y el aire huele a tierra y a hojas. Creo que casi alcanzo a oler el río, aunque luego recuerdo que está prácticamente seco. Un olor fantasma, supongo. No puedo pensar en nada más relajante que el sonido de los grillos y el murmullo de la higuera. Si la tía tuviera una hamaca, pediría que me dejaran dormir aquí todas las noches.

Las rosas blancas y amarillas sembradas en viejas cubetas han florecido pese a la sequía porque la tía Fermina las cuida como si fueran sus hijos. Su persistencia me da esperanzas.

Andrés se levanta de su silla y se acerca a un cactus en la esquina del patio. Me pregunto qué está haciendo, pero no digo nada. Presiona su dedo en el botón y susurra algo. Luego de unos segundos, voltea hacia nosotros.

—Este no floreció, y ya casi se pasa la temporada —comenta con el ceño fruncido.

—¿Qué tipo de flor es? —pregunto.

—Cactus de flores nocturnas. Se me olvidó el nombre pero este no sirve, creo.

—Nunca había escuchado de algo así. Es… es… increíble. —Me quedo sin palabras. Una flor que sólo abre de noche parece algo sacado de un cuento de hadas.

La tía Fermina sale de la cocina con una jarra de agua de jamaica y nos sirve un vaso a cada uno.

—Esto es bueno para la digestión y el colesterol alto. Después de comer tantas carnitas hoy, nos hace falta. —La tía Fermina es la mayor y siempre trata de cuidar de todos. Cuesta trabajo creer que ella sea la mamá de Belén, porque Belén es algo egoísta y sólo le preocupa es lo bonita que es. La primera noche que estuve aquí, la tía Fermina me dio una pequeña bolsa llena de muñequitos quitapenas hechos de papel. Me dijo que antes de dormirme cada noche debía contarles todas mis penas y ponerlos bajo mi almohada; se supone que desaparecerán al día siguiente. No le he dicho que no funcionan.

El agua de Jamaica es ácida, dulce y refrescante. Me sirvo otro vaso. Si convirtieran la noche en una bebida, sabría así.

La tía Fermina me lleva a Delicias, a tres pueblos de Los Ojos, para comprar queso. Supuestamente es el mejor del estado, y creo que estoy de acuerdo, porque es fuerte, cremoso y se derrite perfectamente. Sabe increíble en las enchiladas. Un queso por el que vale la pena el peregrinaje.

La tía se queja de la sequía durante todo el camino.

—Está arruinando toda la siembra —dice—. Las vacas están esqueléticas. La gente ya no sabe qué hacer. —La tierra definitivamente está más seca de lo que recuerdo. Los árboles están amarillos y frágiles.

Todo en el desierto se inclina hacia el suelo. Los huizaches que puntean las montañas son bajos y sus ramas están llenas de espinas. Aquí todo se protege con espinas. De vez en vez, una nube cargada pasa y deja caer unas cuantas gotas burlonas sobre la tierra.

La tía Fermina tiene dos años más que amá, y creo que se parecen mucho: el mismo cabello negro, piel clara y labios rojos brillantes, pero ella no es tan bonita. Eso no significa que no sea atractiva; la tía tiene un rostro cautivador, como todas las mujeres Montenegro. Es sólo que es difícil que alguien sea tan bonita como amá. Me pregunto cómo sería su vida cuando crecían. ¿La tía se comparaba con amá? ¿Le tenía celos? ¿Alguna vez deseó irse al otro lado como su hermana menor?

Estacionamos la troca junto a una colina porque no cabe por las estrechas calles. De pronto tengo un *déjà vu*; sé que vine a este pueblo con mamá Jacinta una vez, hace mucho, pero no recuerdo exactamente por qué. ¿Tenía algo que ver con una cabra? ¿O lo estoy inventando? A veces mi memoria parece una fotografía borrosa.

—¿Cómo está tu madre? —pregunta la tía Fermina mientras subimos entre jadeos—. ¿Has hablado con ella?

—Me llamó ayer. Parece que está bien.

—¿Cómo estaba antes? Ya sabes, cuando perdió a Olga.

—No podía levantarse de la cama. Justo cuando pensaba que estaba mejorando, volvía a dormir durante días y días. Casi no comía ni tomaba nada. Me daba miedo. Pero no lo ha hecho en un tiempo.

Un hombre lleva por la calle un toro con los ojos cubiertos.

—Buenos días —saluda, y hace una seña tocándose el sombrero. Así es México: tienes que saludar hasta a la gente que no conoces.

—Mi pobre hermana. Y todos nosotros aquí, sin poder ayudarla en nada. Ay, Diosito. —La tía Fermina suspira—. Cada que le hablaba me decía que estaba bien, pero yo sabía que no era cierto. Claro que no estaba bien. ¿Cómo podría estarlo sin su hija? Es lo peor que puede pasarte. No me lo puedo ni imaginar. Dios nos ampare —se persigna.

—No estaba bien, y yo tampoco.

—Ay, mija, ni me puedo imaginar lo que será perder a tu hermana. —Voltea y me toca la cara—. Pobre criatura. ¿Y cómo andan tú y tu madre? Sé que han peleado mucho todo el tiempo. Siempre ha dicho que eres muy terca.

Así es como me han descrito toda mi vida: terca, necia, cabezona, todos los sinónimos de *obstinada* y *difícil*. Una ráfaga nos trae el olor de basura quemada.

—Sí, la verdad no nos entendemos.

—Necesitas esforzarte más, en especial ahora que tu hermana ya no está. Eres lo único que le queda, Julia. Te quiere mucho. Quizá no puedes verlo, no sé. Sólo te pido que no le compliques más la vida. Te lo pido como tu tía, como la hermana de tu mamá: por favor, sé buena con ella. —Ahora está sin aliento. Se detiene y se limpia el sudor con el brazo. Creo que amá no le dijo que intenté suicidarme.

—Usted no entiende, tía. Lo intento. En serio. Es sólo que somos muy diferentes. Ella cree que estoy loca, pero lo que quiero tiene sentido para mí. Quiero ser independiente. Quiero ser mi propia persona, tener mi propia vida. Quiero tomar mis propias decisiones y cometer mis propios errores. Y ella quiere saber qué estoy haciendo a cada segundo del día. Me hace sentir como si me estuviera ahogando.

—Ay, mija. Hay tantas cosas que no entiendes.

—¿Por qué todos me dicen eso? Sé que soy joven, pero no soy estúpida.

—No quise decir eso. Es que tu madre ha tenido una vida muy difícil. Ni te lo imaginas.

—Lo sé. Me lo recuerda todo el tiempo. Siempre me está diciendo lo mucho que trabaja y que soy una ingrata.

La tía Fermina no dice nada por un buen rato.

—¿Tía? ¿Está bien?

—Sólo te diré esto para que puedas entender, para que seas más compasiva —mira al cielo—. Dios, perdóname por hacer esto.

Mis músculos se tensan. De pronto me abruma la sed.

—¿Qué? ¿Qué pasa? Dígamelo, dígamelo ya. Quiero saber ahora mismo.

La tía me mira al fin.

—¿Sabes cómo cruzaron la frontera tus padres?

He escuchado la historia varias veces. Amá se fue con apá contra la voluntad de su madre. Cruzaron con un pollero. Cuando llegaron a Texas, un hombre les robó todo su dinero. Se quedaron en El Paso con un primo lejano de apá y trabajaron en un restaurante hasta que pudieron juntar suficiente dinero para tomar un camión a Chicago. Fue a mitad del invierno, y no tenían chamarras: amá dice que nunca había sentido tanto frío en su vida. Pensó que se le congelarían los ojos adentro de la cabeza. Eso es todo lo que sé.

—A tu madre, el pollero… —Parece que mi tía intenta desenredar lo que necesita decir. Comienza a llorar—. Él se la llevó…

—¿Adónde se la llevó? —grito. No quiero hacerlo, pero así es como sale—. ¿Adónde? ¿Qué le hizo? —Aprieto la mano de mi tía con tanta fuerza que creo que podría romperle los dedos.

Mi tía no puede pronunciar las palabras. Mi cerebro está a punto de reventar. Un gato gris y andrajoso pasa corriendo junto a nosotras.

—No lo puedo decir. No debí contarte esto. Dios, perdóname. —La tía Fermina se cubre la boca con la mano. No tiene que terminar.

—¿Y apá? ¿Dónde estaba? ¿Qué hizo? —No puedo dejar de gritar.

—Lo detuvieron con una pistola. No había nada que pudiera hacer. —La tía niega con la cabeza.

—No, no. No puede ser verdad. No. No puedo… —me siento en el suelo, cerca de un nido de hormigas rojas, pero no me importa. Siento como si mi cuerpo pesara quinientos kilos. Me imagino el rostro de mi mamá cubierto de lágrimas y tierra, a mi padre derrotado con la cabeza agachada—. ¿Y Olga? ¿Qué hay de Olga? Ella era… Ella era… —No puedo pronunciar las palabras.

La tía Fermina se lleva las manos al pecho y asiente.

—¿Ves, mija? Por eso quiero que lo sepas. Para que cuando tú y tu madre peleen, puedas ver por qué es así y entiendas lo que le ha pasado. No quiere lastimarte.

Esa noche no duermo sino hasta que amanece. Sólo me quedo ahí tendida, pensando en mis padres y en lo poco que los conozco. Me despierto a mediodía y me duele todo el cuerpo.

Como no tengo adónde ir ni obligaciones reales, los días se entremezclan; ni siquiera distingo uno de otro la mayor parte del tiempo. Despierto, desayuno, ayudo a mamá Jacinta a cocinar y limpiar, y luego me echo a leer y a escribir. Cuando Belén vuelve de la escuela, camino con ella por el pueblo, comiendo toda la chatarra que nos quepa en el cuerpo. Bueno, al menos cuando mi apetito no está desaparecido. A veces nos encontramos con Esteban cuando sale de trabajar, nos sentamos en una banca o caminamos por la plaza hasta que tenemos que irnos a casa. Belén siempre nos deja solos por un rato. Finge que necesita ir a hacer algo, pero yo sé perfectamente qué está haciendo.

Esteban no ha intentado besarme nunca, y eso es en lo único que puedo pensar. Me imagino sus labios gruesos sobre los míos. Me imagino sus manos recorriendo mi cabello y mi espalda, su cuerpo apretado contra mí. Pero nunca hago nada al respecto. Me siento tan asustada y vulnerable como un ave sin plumas. Sé que dijo que le gusto, pero ¿y si no lo decía en serio? ¿Y si cree que soy rara? ¿Y si no soy lo suficientemente bonita? Además, ¿cómo podría hacerlo si todo el pueblo está mirando? Así que sólo me quedo aquí como una tonta, platicando de cualquier cosa y haciendo comentarios aburridos sobre animales de la calle, esperando no hacer el ridículo con mi limitado vocabulario en español.

Hoy Esteban trae jeans, una playera desteñida de los Beatles y un sombrero vaquero de paja. Me gusta la combinación.

—¿De dónde sacaste esa playera?

—Mi primo la dejó en mi casa, y me la quedé —dice sonriendo.

—¿Te gustan los Beatles?

—En realidad no.

—Eres raro. —Un perro callejero sarnoso se nos acerca y comienza a olfatearme.

Esteban parece muy divertido ante esto.

—Así que soy raro, ¿eh?

—Sí, a todos les gustan los Beatles.

—Aparentemente, a ese perro le gustas tú —señala con la barbilla.

—No es mi tipo.

Esteban se ríe.

—Qué chistosa. Entonces ¿cuál es tu tipo?

—Me gustan un poco más arreglados. Sin tantas pulgas.

Esteban sonríe y me da unos golpecitos en la mano. Casi ahogo un grito y siento que se me salen los ojos por la sorpresa. Estoy tan nerviosa que no puedo ni moverme. Nos quedamos así unos segundos hasta que Belén sale de la tienda con la carne que tenemos que llevarle a mamá Jacinta para la cena. Me levanto y me voy sin mirar a Esteban, con el corazón en la garganta.

Al anochecer, Belén, mis tías, mamá Jacinta y yo vemos telenovelas. Eso es lo que hacen todas las mujeres en Los Ojos a esa hora. Todas están pegadas a sus televisiones; probablemente podría correr por la calle con el cabello en llamas y ni siquiera lo notarían. Durante los créditos iniciales de *La casa de la traición*, un programa horrible sobre una familia rica con un pasado oscuro, escuchamos unos gritos afuera.

—¡Hijo de tu pinche madre! —grita un hombre—. ¡Me las vas a pagar!

Belén pone en silencio la televisión y todas nos miramos unas a otras, confundidas.

No puedo entender el resto de los gritos. Las únicas palabras que logro descifrar son *puto* y *piedras*. Alguien hace sonar el claxon de un auto. Se escucha el rechinido de unas llantas y un perro ladra.

La conmoción pasa tras unos segundos, y justo cuando creemos que ya terminó, comienzan los disparos. Todas nos tiramos al suelo, incluso la pobre mamá Jacinta.

—¿Otra vez? Pensé que esto ya se había acabado —dice—. ¿Por qué, Dios?

La tía Fermina le frota la espalda e intenta calmarla, pero mamá Jacinta llora y solloza. Está inconsolable. La tía Estela se persigna una y otra vez.

Todas gateamos hacia la parte trasera de la casa. Yo soy la última. Me asomo por la puerta entreabierta antes de salir. Hay dos cadáveres tendidos en medio de la calle.

La tía Fermina dice que tiene que hacerme una limpia para quitarme el susto. Dice que no puede enviarme a casa así después de lo que pasó. ¿Qué diría mi madre? Mis familiares dicen que un susto puede matarte. Yo diría que «un infarto», pero bueno. Les seguiré el juego si hace que todos se sientan mejor.

Mi tía me lleva a la bodega donde mamá Jacinta guarda sus granos extra. Hay sacos de harina, frijoles y maíz seco por todos lados. Me tiendo sobre un pequeño tapete, y cuando estoy cómoda, la tía Fermina hace pequeñas cruces por todo mi cuerpo con un huevo, comenzando por mi cabeza y bajando hasta mis pies. El cascarón frío contra mi piel se siente reconfortante. Cuando era niña, me confundía el proceso de estas limpiezas espirituales; sólo sabía que se necesitaban huevos, así que me imaginaba que usaban uno cocido, probablemente frito, lo cual dejaba al receptor grasoso y embarrado de yema. Qué tonta, pero lo entendí todo cuando vi que se lo hicieron a mi prima Vanessa luego de que casi la atropella un auto. El huevo crudo atrapa todas las porquerías atoradas en el alma.

La tía Fermina susurra las oraciones tan bajo que apenas puedo entenderlas. Después de hacer docenas de cruces por todo mi cuerpo, dice que es hora de ver el contenido del huevo para entender qué había en mi interior. La tía rompe el huevo en un vaso con agua y lo levanta hacia la luz. El agua se vuelve densa y se nubla, y cuando miramos más de cerca, vemos un punto de sangre en el centro de la yema.

—Dios mío, mija. ¿Qué te está pasando? —dice mi tía, casi sin aliento.

Tengo que volver a casa porque mamá Jacinta tiene miedo de que los narcos sigan matándose. Después de año y medio de relativa paz, Los Ojos ha caído nuevamente en la violencia. Mamá Jacinta me dice que tengo que tomar el camión al aeropuerto porque es menos probable que los narcos nos detengan.

Es especialmente peligroso que el tío Chucho maneje, pues el cártel ha andado detrás de Andrés desde hace años.

—¿Por qué el tío Chucho le dio un sobre a ese hombre? —le pregunto a mamá Jacinta antes de dormir—. En la fiesta de Paulina.

Ella suspira.

—Era un soborno para que dejen en paz a Andrés. Quieren que trabaje para ellos, y vienen cada cierto tiempo. ¿Te imaginas trabajar para esos animales? Ni Dios lo mande. Esos hombres no tienen alma, cómo obligan a un hombre sin dinero a pagarles así. Tu tío es un camionero humilde que hace su mejor esfuerzo para mantener a su familia, o lo que queda de ella. Ay, Dios mío, mi pueblito se ha vuelto una porquería —mamá Jacinta se lleva las manos a los ojos—. Por favor, deja de preocuparte por lo que pasó e intenta descansar un poco. Pronto estarás en casa. No sabía que esto pasaría, mija, lo siento. Pensé que ya se habían acabado los enfrentamientos. No había pasado nada así en mucho tiempo. —Hace la señal de la cruz y me da un beso de buenas noches.

—Está bien. No es su culpa —digo. Una parte de mí quiere decirle que sé lo que le pasó a amá. Late dentro de mí como si fuera otro corazón, pero no sé si algún día podré decirlo.

Esteban dice que me extrañará y le digo que no es verdad. ¿Cómo podría? Apenas me conoce. Pero él sólo se ríe; se ríe de casi todo lo que digo, aun cuando no intento ser graciosa.

—Quizá te veré en el otro lado —me dice en la plaza—. Puede que cruce pronto. No puedo trabajar en la frutería para siempre. No hay nada aquí para mí. Estoy harto de este lugar —mira alrededor, asqueado, y patea una piedra hacia la fuente vacía.

—Cuídate, por favor. La frontera... la maldita frontera —siento que algo salvaje crece dentro de mí—. No es más que una enorme herida, un gran tajo entre dos países. ¿Por qué tiene que ser así? No lo entiendo. Es sólo una estúpida línea arbitraria. ¿Cómo puede alguien decirles a los demás adónde pueden o no ir?

—Yo tampoco lo entiendo —Esteban se quita el sombrero vaquero y mira hacia las montañas—. Lo único que sé es que ya tuve suficiente de esta vida.

—Es una mierda, es totalmente una mierda —aprieto los puños y cierro los ojos.

Esteban me toma de la cara y me jala hacia él. Probablemente todo el pueblo se enterará en menos de una hora, pero ya no me importa.

Lloro en silencio en el autobús tras despedirme de mi familia. No miro hacia afuera, porque si veo a mamá Jacinta ahí, mirándome, y seguramente ahí está, quizá comenzaré a gritar. Después de darme la bendición, me entregó el dibujo de apá y me encargó cuidar de mi madre.

—Eres una jovencita hermosa, y harás cosas maravillosas. Sólo te pido que cuides a mi hija. —Nunca imaginé que yo tendría que cuidar y proteger a mi madre, no sabía que ese era mi trabajo, pero le dije que sí, ¿cómo podría no hacerlo?

Intento dormir cuando el camión arranca al fin, pero el hombre delante de mí ronca tan fuerte que se despierta a sí mismo a cada rato. Sus ronquidos son tan profundos que suena como si su propia piel lo estuviera sofocando. Miro por la ventana y estudio la tierra café y seca. La peor sequía en diez años, dicen. Cada ciertos kilómetros veo una colorida flor del desierto o cruces blancas con rosas de plástico a un lado de la carretera. Me pregunto por qué muere tanta gente aquí.

El sol comienza a ponerse mientras nos acercamos a la ciudad. Los colores son tan hermosos que son casi violentos. Siento una punzada en el pecho y recuerdo el verso de un poema que leí hace mucho acerca de que el terror es el inicio de la belleza. O algo así. No me acuerdo muy bien.

Hay un burro muerto en un campo detrás de un alambre de púas. Tiene las piernas dobladas y rígidas y el hocico abierto, como si estuviera sonriendo al morir. Dos buitres vuelan en círculos sobre él.

VEINTITRÉS

Amá me lleva a un restaurante en el Barrio Chino después de recogerme en el aeropuerto; apenas puedo creerlo, porque honestamente no me acuerdo de la última vez que comimos juntas en un restaurante. Las mesas están pegajosas y huele a alfombra vieja, pero me alegra estar aquí con ella. Además, dijo que una compañera de trabajo le dijo que era bueno. Quizá no debería juzgar a un libro por su portada por una vez en mi vida.

Nos sentamos junto a la ventana porque le digo a amá que quiero ver hacia afuera. Chicago al fin ha comenzado a descongelarse, la nieve ya se derritió salvo por algunas partes sucias, y todo se ve más brillante, más lleno de vida. Un pez rojo con una cara amenazante nada en un tanque cerca de la caja registradora. Amá se ríe cuando le digo que nos está viendo feo.

—Tu abuela me dijo que la ayudaste mucho —dice amá, sonriendo.

—Fue agradable. No me había dado cuenta de lo mucho que la extrañaba.

—¿Ves? Te dije que te haría sentir mejor.

—Sí, supongo que sí. Pero la balacera me dio miedo —inhalo profundamente.

—Siento mucho eso, mija. Me dijeron que todo estaba tranquilo cuando te mandé. No había pasado nada así en casi un año. Sabes que no te hubiera dejado ir de haber sabido.

—Estoy bien. No pasa nada. No es tu culpa.

—Tu maestro me llamó la semana pasada —dice amá y le da un trago a su té.

—¿Cuál?

—El maestro Ingman.

—Pero él ya ni siquiera es mi maestro. ¿Por qué te llamaría? ¿Qué dijo?

—Se enteró de que no fuiste a la escuela unas semanas. Estaba preocupado. Le dije que estabas en México por un asunto familiar, y dijo que era muy importante que volvieras para que puedas graduarte e ir a la universidad. Me repitió mucho que fuiste la mejor estudiante que ha tenido, y que eres una escritora increíble. Yo ni idea tenía. ¿Por qué no me dijiste?

Siempre ha sido difícil para mí explicarle estas cosas a amá.

—Lo intenté —digo—. En serio.

—¿Sabes? Yo casi no fui a la escuela. Tuve que salirme para trabajar y ayudar a cuidar a mi familia cuando tenía apenas trece años. Soy ignorante, mija. ¿No te das cuenta? Hay tantas cosas que no sé. Quisiera que las cosas fueran distintas. Sé que me odias, pero yo te amo con todo mi corazón. Siempre te he amado, desde que supe que estaba esperándote. Es sólo que no quiero que te pase nada nunca. Me preocupo todo el tiempo. Me consume de una forma que ni te imaginas. Me la paso pensando en formas para protegerte. —Amá comienza a llorar. Se limpia los ojos dándose golpecitos con la esquina de su servilleta.

—No te odio, amá. No te odio para nada. Por favor, no digas eso. —La mesera nos trae la comida. Me encanta el pollo agridulce, normalmente me hace salivar como un san bernardo, pero ya no tengo hambre. Amá, claro, pidió un plato de verduras al vapor. Miro al techo, intentando contener las lágrimas, pero no tiene caso. Todos pueden vernos si quieren.

—Sé que a veces no soy la mejor madre. Pero es que eres tan diferente, Julia. Nunca he sabido cómo tratarte, y cuando tu hermana murió, no tenía idea de qué estaba haciendo. Cuando me enteré de que estabas teniendo relaciones, me dio tanto miedo que terminaras como tu prima Vanessa, sola y con un bebé. No quiero que esa sea tu vida. Quiero que tengas un buen trabajo y te cases —amá inhala profundamente—. He estado hablando con el cura últimamente. Me ha ayudado a entender mejor todo esto. —Pone su mano sobre la mía—. Lo siento. De verdad. Y… y… sé que lo que le pasó a tu hermana no fue tu culpa. Jamás debí haber dicho eso. Sólo intento recuperarme, pero es tan difícil, mija.

No puedo mirar a amá sin pensar en la frontera. No dejo de imaginármela gritando en el suelo, y a apá con una pistola en la cabeza. No creo que pueda decirle algún día que lo sé. Pero ¿cómo se vive con estos secretos? ¿Cómo nos amarramos los zapatos, nos cepillamos el cabello, tomamos café, lavamos los trastes y nos vamos a dormir fingiendo que todo está bien? ¿Cómo nos reímos y sentimos alegría pese a las cosas enterradas que crecen en nuestro interior? ¿Cómo podemos hacer eso día tras día?

—Yo también lo siento —digo al fin—. Lamento haberte lastimado. Lamento haber querido morirme.

Amá me devuelve mi teléfono cuando llego a casa, así que decido llamar a Connor. Ahora los extraño a él y a Esteban. El «amor», o lo que sea, ni siquiera sé qué siento, es muy confuso. Me pregunto si es normal sentir algo por dos personas.

Cuando enciendo el teléfono, veo que tengo quince mensajes de texto y once de voz, y todos son de Connor. La mayoría son iguales: «Espero que estés bien. Te extraño. Llámame, por favor».

Apenas puedo respirar mientras espero a que conteste el teléfono, y casi cuelgo cuando lo hace.

—Por Dios, eres tú —dice.

Estoy tan nerviosa que la voz se me quiebra.

—¿Cómo estás?

—Te he llamado un millón de veces. ¿Por qué nunca me contestaste? Esperaba que ya te hubieran regresado tu teléfono.

—Estaba en México.

—¿Qué? ¿En México? ¿Qué hacías allá?

—Es una larga historia. Tendré que explicártela en persona. Es demasiado complicada para contártela por teléfono.

—Creí que me odiabas.

—No te odio. Para nada.

—Todavía te quiero ayudar con lo de la computadora de tu hermana, ¿sabes?

—Gracias. Te lo agradezco, pero bueno, esa es otra cosa que preferiría explicarte en persona.

—Escucha, te extrañé. Perdón por lo que pasó.

—Está bien. Fue mi culpa, más que nada. Debí haberte dejado terminar. No debí colgarte. Y yo también te extrañé. Tengo tantas cosas que contarte. Una tiene que ver con unos caballos casados.

Connor se ríe.

—Eso suena muy loco.

—Ni te imaginas. ¿Nos vemos en la librería mañana a las cinco y media? Podemos oler libros juntos. —Ni siquiera sé si amá me dejará ir, pero tengo que encontrar la manera de volver a ver a Connor.

Cuando colgamos, voy con amá a la mesa de la cocina. Está contemplando un montón de cuentas por pagar.

—Amá —digo en voz baja—. ¿Puedo salir con Lorena mañana, por favor? —Ni loca le contaré sobre Connor, así que no tengo más opción que mentir. Contengo la respiración y espero que me diga que no.

Amá se frota las sienes.

—¿A dónde?

—No sé, al centro o algo así. Al parque. A algún lugar que no sea aquí. No la he visto en mucho tiempo.

Amá se queda callada un rato. Parece como si estuviera pensando seriamente, con sus dedos contra la frente.

—Ay, Dios —dice al fin.

—Por favor.

—Bueno, pero tienes que regresar antes de que oscurezca. —Pareciera que le duele decirlo.

Como amá está haciendo un gran esfuerzo por ser mejor madre, he decidido ser mejor hija, así que acepto ir a un grupo de oración en la iglesia esa noche. Es en el mismo sótano donde fue mi fiesta de quince, y cuando bajamos las escaleras, tengo recuerdos de esa horrible noche. Espero que amá no esté pensando en eso, pero estoy casi segura de que sí. ¿Cómo podría no hacerlo?

Lo más emocionante del grupo de la iglesia son el café y las galletas gratis, a los cuales corro de inmediato. Hay pocas cosas mejores que las galletas de vainilla remojadas en café con leche.

La líder del grupo es una mujer cuarentona llamada Adelita. Trae un chaleco tejido pasado de moda, y lleva el cabello corto como muchas mujeres cuando ya son mayores. (No entiendo realmente por qué es como un requisito cuando llegas a cierta edad). Adelita comienza con un padrenuestro y luego agrega su propia oración al final. «Espero que todos los aquí presentes encuentren el amor y la comprensión que buscan. Dios vive en todos y cada uno de ustedes», dice.

Nos cuenta sobre su hijo de diez años que murió tras una larga y dolorosa batalla contra la leucemia. Aunque han pasado quince años, su muerte aún le duele todos los días, según dice. Cuando comienza a describir su pierna amputada, una lágrima corre por mi rostro contra mi voluntad.

—¿Estás bien, mija? —susurra amá, poniendo una mano sobre mi rodilla.

Asiento.

Luego sigue un hombre llamado Gonzalo que lleva pantalones de trabajo azules y una playera de Bugs Bunny que probablemente es de los noventa, lo cual me deprime como pocas cosas. Le cuenta al grupo que su hijo es gay y no sabe cómo perdonarlo.

—¿Perdonarlo por qué? —pregunto cuando termina.

—Julia, cállate —dice amá. Ya la estoy avergonzando, como siempre.

—Está bien que haga preguntas —aclara Adelita.

—Es sólo que no entiendo —continúo—. Ser gay no es una elección. ¿No sabía eso?

—¿Cómo que no entiendes? ¡Lo que hace es un pecado! —Ahora Gonzalo está enojado, con los puños contraídos y la cara colorada.

Cualquier compasión que haya sentido por él y su playera de Bugs Bunny se evaporó rápidamente.

—Estoy segura de que su hijo haría cualquier cosa para dejar de ser gay con tal de no enfrentarlo a usted. Además, ¿qué no Jesús dijo que hay que amar a todos? ¿No se trata de eso el cristianismo? ¿O me perdí de algo?

Si sigo hablando creo que Gonzalo podría darme un golpe en la cara, así que me callo. Puedo sentir la ira de amá crecer junto a mí, pero no dice nada. Para cuando le toca a ella ya escuchamos sobre amoríos, muertes, niños gays maltratados, bancarrotas y deportaciones. Mi alma es un charco a mis pies.

—Como saben, perdí a Olga hace casi dos años. Pienso en ella todos los días. No hay un momento que pase en el que no sienta su ausencia. Era mi compañera, mi amiga. No sé cuándo volveré a sentirme yo misma. Es como si me hubieran cortado por la mitad. Y Julia, que está aquí conmigo, mi hermosa hija, la quiero mucho, pero es muy, muy diferente. Sé que es una persona especial. Sé que es inteligente y fuerte, pero no siempre nos entendemos. Olga, por ejemplo, siempre quería estar en casa con nosotros, adoraba estar con su familia, y Julia ni siquiera se puede quedar un rato sentada. —Amá resopla por la nariz—. De donde yo vengo, las mujeres deben quedarse en casa y cuidar a sus familias. La manera en la que viven las mujeres en este país, teniendo relaciones con cualquier fulano y viviendo solas, simplemente no la entiendo. Quizá mi moral es muy diferente a la de este lugar. No lo sé. —Amá mira el pañuelo arrugado en su mano. No tiene idea de quién era Olga, pero ¿cómo le digo eso? ¿Siquiera tengo derecho?

—Yo no quiero vivir así, amá. —No estoy segura de si debo hablar, pero no puedo contenerme—. Lamento no ser Olga y nunca lo seré. Te amo, pero quiero otra vida para mí. No quiero quedarme en casa. Ni siquiera sé si quiero casarme o tener hijos. Quiero estudiar. Quiero ver el mundo. A veces quiero tantas cosas que no lo soporto. Siento como si fuera a explotar.

Amá no dice nada y todos nos quedamos en silencio hasta que Adelita nos dice que nos tomemos de las manos para la oración final.

Cuando mis padres se duermen, uso mi llave extra para entrar al cuarto de Olga y ver si puedo terminar de leer sus correos. Resulta que sí dejé desbloqueada su computadora, lo cual es un gran alivio. La conexión del vecino es lenta, pero al menos funciona. Esta vez leo los últimos correos primero, no tengo paciencia para ir en orden. La mayoría son iguales: planes para verse, Olga quejándose de la esposa, Olga preguntando cuándo la dejará, él prometiéndole que lo hará. A veces él le pide perdón, a veces no. Se repiten con pocas variantes. Nunca usan sus nombres ni lugares específicos. Asumo que a lo que se refieren como «el C» es el Continental. Por lo que entiendo, sus hijos están en la preparatoria, lo cual significa que tienen casi la edad de Olga, y estoy segura de que lleva casado unos veinte años, pues se lo dice una y otra vez a Olga, como si eso justificara algo de cierta manera.

¿Cómo pudo soportar eso tanto tiempo? ¿Qué creía que pasaría? Este es un lado de ella que nunca vi: desesperada, aferrada e ilusa. Y yo que creía que era virginal, pasiva y complaciente, que dejaba que el mundo le pasara por encima, cuando en realidad dejaba que el mundo le pasara por encima mientras tenía sexo con un viejo casado, con la esperanza de que algún día dejara a su esposa. Desperdició cuatro años enteros con él, desde los dieciocho, cuando comenzó a trabajar en la oficina, hasta el día que murió. ¿En qué estaba pensando? Con razón no se movía, ni quería irse y asistir a la universidad. Estaba esperando, y habría esperado por siempre. De pronto se me ocurre: tengo que revisar la carpeta de enviados. Quizá ella mandó un correo que él nunca le respondió.

losojos@bmail.com
5:05 p. m. (Septiembre 5, 2013)

Ayer fue el ultrasonido. ¿Por qué no llegaste? Dejé la foto en tu escritorio, por si acaso te interesa verla.

Mi hermana muerta iba a tener un bebé.

VEINTICUATRO

Llamo al hotel donde trabaja Angie y cuelgo cuando escucho su voz. Dos trenes después, estoy frente al edificio. El hotel es lujoso y está lleno de hombres de traje y mujeres perfectamente arregladas y con tacones. Todo reluce hasta el grado de ser aplastante; prácticamente puedo ver mi reflejo en el suelo de mármol. Una mujer de mediana edad con nariz puntiaguda y un abrigo caro me mira con disgusto cuando entro al *lobby*, como si yo no perteneciera a un lugar así, como si mi existencia ofendiera su sensibilidad o algo. Le sonrío y la saludo con un movimiento de mano con la esperanza de que pueda detectar mi ironía.

Me pregunto cuánto costará pasar la noche aquí. Probablemente cientos, quizá miles de dólares.

Angie está en la recepción, que es lo que esperaba, con un traje sastre azul marino que la hace verse diez años mayor. Su cabello salvaje está recogido en una apretada coleta y su maquillaje es discreto y tenue. Quizá el código de vestimenta la obliga a verse lo más aburrida posible.

Obviamente se sorprende al verme.

—Por Dios, ¿qué estás haciendo aquí? —deja el teléfono.

—También es un gusto verte, Angie. Ha pasado mucho tiempo, la verdad.

Angie suspira.

—¿Cómo estás?

—Oh, estoy de lo mejor.

—No puedo hablar en este momento. Estoy trabajando, como podrás notar —se frota el cuello y mira alrededor, nerviosa.

—¿No tienes tiempo de hablar conmigo sobre el embarazo de Olga y su novio casado? —sonrío.

—¿Qué?

—Me escuchaste.

—Vamos por un café. —Angie toma su bolso y se dirige a su compañera rubia al otro lado del mostrador—. Vuelvo en un momento, Melissa. Me tomaré un breve descanso.

Cuando nos sentamos en una mesa en la esquina de la cafetería al otro lado de la calle, Angie rebusca en su bolso y se pone otra capa de labial pálido usando su teléfono como espejo. No dice nada. Debe estar esperando que yo empiece, así que simplemente sorbo mi café y la dejo sufrir por un rato.

—¿Por qué no me lo dijiste? Lo supiste todo este tiempo —digo al fin—. ¿Por qué me harías algo así? Soy su maldita hermana, Angie.

—¿Qué se ganaría con eso? Ella ya no está. Nunca volverá. ¿Qué diferencia hubiera hecho? ¿Por qué tu familia querría saber algo así de ella? Los habría devastado. Quizá eres demasiado joven para comprenderlo, Julia, pero a veces la gente no necesita la verdad.

—¿Por qué siempre me dicen eso todos? No soy imbécil. Tengo un cerebro, y uno muy bueno además. Y se habrían enterado en algún momento. ¿Cómo ocultaría que le salió un bebé? «Oh, no se fijen en este niño, es resultado de una inmaculada concepción». Sólo dime quién es. Sé que trabajaba en su oficina; tienes que decirme. Era un médico, ¿verdad?

Angie niega con la cabeza.

—Mira, durante años intenté hacer que lo dejara, pero no lo hizo. No había forma de detenerla. Estaba obsesionada, no tienes idea. Era obvio que él sólo la estaba usando porque era infeliz en su matrimonio, pero ella no lo veía, sin importar cuántas veces intenté explicárselo.

—Estaba empezando a creer que ustedes eran pareja. No sabía qué creer.

—Guau. ¿En serio? ¿Tu hermana y yo?

—No es tan ridículo. Sabía que me estaban ocultando algo, y siempre andaban juntas.

Angie parece asqueada.

—¿Cuándo te enteraste de lo del bebé?

—Espera, ¿cómo es que sabes todo esto? —pone ambas manos sobre la mesa.

—Revisé sus correos.

—Vaya, qué retorcido.

—¿Más retorcido que guardar este secreto? ¿Que dejarme creer que estaba loca por presentir que algo andaba mal?

—Pero ¿por qué quieres saber quién es? ¿Qué harás cuando lo sepas?

—Porque merezco saberlo. Porque, aparentemente, no tenía idea de quién era Olga. Supongo que nadie sabía, salvo tú y ese viejo que se estaba cogiendo. ¿Por qué vivía así? ¿Por qué no podía tener un novio normal e ir a la escuela? No lo entiendo.

—Sabes que Olga no quería dejar a tus padres. Hubiera hecho cualquier cosa por ellos. Siempre quiso ser una buena hija.

Me pregunto qué más sabe Angie. Intento leer su rostro, pero no sé qué pensar.

—Deben saber esto. No es justo ni para mí ni para ellos. ¿Cómo cargaré con esto yo sola toda mi maldita vida?

—Lo siento. Entiendo que te lastime, en serio, pero esto no se trata de ti. Se trata de proteger a los que siguen aquí. ¿Por qué querrías causarle más dolor a tu familia?

—Porque no deberíamos vivir en una mentira —digo—. Porque merecen saber. Porque siento que explotaré si no lo digo. Es en lo único que puedo pensar. Estoy harta de fingir y dejar que las cosas me quemen por dentro. Guardarme cosas casi me mata. Ya no quiero vivir así.

—¿De qué hablas?

—Olvídalo. —Una parte de mí se pregunta si Angie tiene razón, ¿quién soy yo para hacerle esto a mi familia?, pero odio esta sensación, como si el peso de esto fuera a oprimirme el pecho.

Angie se limpia las lágrimas con las manos.

—Algunas cosas no deben decirse, Julia. ¿No lo entiendes?

Tomo otro tren a Wicker Park para ver a Connor en la librería. En cuanto me ve, me entrega un viejo libro de fotografías y me pregunta a qué huele. Lo presiono contra mi cara.

—Mmm. A un hombre triste que mira por la ventana mientras llueve... llorando por un recuerdo en la estación del tren. Sí, a eso.

Esto lo hace reír.

—Guau, qué específica —dice—. ¿Usa un sombrero?

—Ajá. Uno de ala corta.

—Me da gusto verte —dice, y me abraza.

—Un gusto verlo a usted también, señor. Veo que tiene un nuevo corte. —El cabello castaño y despeinado de Connor ahora está corto y bien peinado. Lo hace verse mayor.

—Sí —responde, encogiéndose de hombros—. Un día me hartó.

—Me gusta. Te ves distinguido.

Caminamos por la librería mientras nos actualizamos sobre las últimas semanas. Nos reímos y hablamos tan rápido que la gente nos mira como si estuviéramos locos. Le cuento sobre Isabela y Sebastián, los gatos gays, el tiroteo, los dibujos de apá y el amorío de Olga. Casi me quedo sin aliento intentando contarlo todo de una vez. Pero no le digo sobre el hospital. No estoy lista aún para hablar de eso.

Después de la librería, caminamos hacia la 606. Una de las mejores decisiones que ha tomado la ciudad fue convertir unas viejas vías del tren en un parque elevado. Las vías se extienden unos cuatro kilómetros, de Wicker Park a Humboldt Park, y tiene hermosas vistas del horizonte y los vecindarios debajo. Aunque hace frío, hay varias personas caminando y corriendo, algunas con carriolas y perros. Los árboles y los arbustos están casi desnudos, pero veo emerger unas cuantas ramitas verdes. Connor y yo caminamos hacia el oeste mucho tiempo sin decir nada. Mientras miro el grafiti en una fábrica abandonada con las ventanas rotas, me toma de la mano y la aprieta.

—¿Y qué más te ha pasado? —pregunto—. ¿Alguna nueva chica en tu vida? —No estoy segura de por qué digo esto. A veces hablo estupideces cuando me pongo nerviosa.

Connor niega con la cabeza y se ríe, pero no dice que no. Siento un ataque de celos aunque intento razonar conmigo misma. Después de todo yo tuve a Esteban, y mentiría si dijera que no lo extraño.

—¿Ya has tenido noticias de las universidades? —pregunta.

—No, aún no. ¿Y tú?

—Entré a Cornell. —Sonríe.

—Mierda. ¡Felicidades! —Choco mi puño con el suyo.

—Sí, era mi primera opción. Estoy bastante emocionado.

—Yo mandé solicitud a algunas escuelas de Nueva York, así que quizá estaremos en el mismo estado.

—Puedo visitarte. Podemos ir a museos o a Central Park, o sólo a comer por todo Manhattan. Oh, y podemos visitar los lugares de *El guardián entre el centeno*. Eso sería genial.

—Veamos primero si entro.

—Entrarás. Sabes que sí —dice Connor mientras un chico con un *man bun* pasa corriendo junto a nosotros.

—Gracias.

El sol ha comenzado a ponerse. Un manchón de luz anaranjada delinea una nube enorme. Me encanta el atardecer; siempre me sorprende que algo tan hermoso pase todos los días.

Nos quedamos en silencio un largo rato.

—¿Y ahora qué? —digo al fin.

—¿A qué te refieres?

—No sé, la verdad. —Me río nerviosamente.

—Lo único que sé es que te extrañé —Connor sonríe y me abraza—. Y me alegra verte.

—Yo también te extrañé. Pero, ¿qué pasará ahora?

—Ambos iremos a la universidad, ¿cierto? Así que sólo hay que disfrutar esto sin pensarlo demasiado. Eso es lo que tiene sentido para mí. —Una parvada de palomas vuela sobre nosotros mientras Connor toma mis manos con una de las suyas.

—Tienes razón —digo, pero no es la respuesta que yo quería escuchar.

VEINTICINCO

A Lorena no le bajó este mes y está aterrada de estar embarazada. Se hizo una prueba casera pero no salió clara, así que hizo cita en una clínica sólo para estar cien por ciento segura.

Sólo estuve lejos dos semanas, pero ha pasado mucho desde que me fui. Lorena cree que podría estar embarazada, Juanga se consiguió un nuevo novio sexy, y el maestro Ingman se comprometió con la maestra López. No sé por qué me sorprende que el mundo no se detenga sólo porque no estoy.

En el camino a la clínica el tren va tan lleno de gente que tengo el trasero de un tipo junto a mi cara. La rodilla de Lorena no deja de moverse. Quiere fingir que no está nerviosa, pero me doy cuenta de inmediato.

—¿Estás segura de que no le dirás a Carlos si es positivo?

—¿Por qué haría eso? Él querría que lo tuviera. Lo conozco: se pondría todo sentimental y lloraría o algo así. Y no hay ninguna manera de que yo tenga un bebé. O sea, estoy intentando largarme de mi casa y hacer algo con mi vida, ¿sabes? Ni siquiera me gustan los niños. Son asquerosos.

—Sí, yo tampoco lo tendría. Veo a mi prima con su bebé y parece lo peor que te puede pasar. No creo que ella vaya a terminar siquiera la prepa. ¿Qué clase de trabajo puedes tener sin una carrera?

—Uno de porquería. —Lorena niega con la cabeza.

—Bueno, digamos que *estás* embarazada. ¿De dónde sacarás el dinero? O sea, sé que es caro.

—José Luis tiene dinero escondido en una de sus botas en el clóset. Cree que no lo sé. Imbécil.

—Pero se daría cuenta. ¿Qué harás entonces?

—¿La verdad? No me importa. —Lorena se mira las uñas rojas medio despintadas.

Un hombre frente a nosotras toma un tenedor de su bolsa de basura y lo usa como micrófono. La anciana junto a él se levanta y se pasa a otro asiento cuando el tipo empieza a cantar a gritos «Thriller», de Michael Jackson. Todos en el vagón se ven supermolestos. Lorena y yo nos miramos y nos echamos a reír. Los trenes son asquerosos, pero al menos son entretenidos.

Los manifestantes reunidos afuera de la clínica nos gritan cuando vamos llegando. Todos tienen carteles idiotas que dicen cosas como EL ABORTO ES ASESINATO y ¿POR QUÉ QUIERES MATARME, MAMI? Algunos de estos chicos incluso muestran fotos de fetos ensangrentados. ¿Qué diablos le pasa a esta gente?

—¡Nosotros nos encargaremos de tu bebé! —grita una mujer delgada con corte de tazón y dientes chuecos—. ¡No lo hagas! ¡Arderás en el infierno!

—Déjenos en paz. Se lo advierto, señora. No se meta con nosotras —digo.

—¡Jesús ama a tu bebé! —grita otra.

—Ni siquiera saben a qué venimos, ¿así que por qué no se callan? —Mi corazón late con todas sus fuerzas y mis manos se sienten débiles. ¿Quiénes son estas personas para juzgar a otros?

—Cálmate, Julia. No les hagas caso.

Veinte minutos después, Lorena sale de la puerta con una enorme sonrisa en la cara. Me levanto y tiro el libro que tenía en el regazo.

—¿Qué? ¿No? ¿Negativo? —susurro.

Lorena niega con la cabeza. Está feliz.

—Ay, gracias a Dios. —Suelto un suspiro de alivio.

Cuando salimos, Lorena salta y choca su palma con la mía. Supongo que intentaba controlarse frente a las otras chicas, que podrían no correr con tanta suerte. Los manifestantes la miran como si fuera un ogro terrible. Les ofrezco un pulgar arriba y sonrío.

—Eso sí que fue aterrador. Siento que deberíamos celebrar, o algo. —Lorena camina de un lado a otro por la banqueta y se frota las manos.

—¿Cómo? No tenemos dinero. ¿Qué podríamos hacer? ¿Compartir un hot dog?

—Pues… —Lorena tiene una mirada culpable.

—¿Qué?

—Ya tomé el dinero de José Luis, por si acaso.

—¿Que hiciste qué? ¿Es en serio?

—No quería arriesgarme. ¿Y si lo necesitaba, y luego ya no estaba? ¿De dónde sacaría quinientos dólares? Mira, quiero hacer algo divertido por una vez en mi vida. Y en serio no me importa José Luis; de verdad puede irse al diablo. ¿Qué es lo que siempre has querido comer?

—Ay, por Dios, Lorena. Estás loca. ¿Estás segura?

—Confía en mí. Por favor. Quiero hacerlo. —Lorena me sacude por los hombros—. Será divertido. ¿Cuándo tendremos otra oportunidad como esta?

—Mierda, no sé. ¿Qué tal mariscos? Eso es muy caro, ¿no?

—Brindemos por que no estás embarazada —digo, levantando mi copa de agua—. Ahora, por favor usa condones. ¿Lo prometes?

—Bueno, bueno. Ya sé. Lo prometo. Aprendí mi lección. Nunca más.

Observamos los barcos alejarse por el río Chicago. Es un día perfecto para estar cerca del agua y derrochar un montón de dinero en comida elegante. Cuando la mesera nos trae una canasta de pan, nos miramos confundidas una a la otra hasta que vemos a la pareja al lado de nosotras bañar su pan en aceite de oliva.

—¿De verdad es así como debes comerlo? ¿La gente come aceite así? —susurro, y señalo hacia la otra mesa con la cabeza.

Lorena parece sorprendida y se encoge de hombros.

Pongo aceite en mi plato.

—¿Y entonces, ya volvieron Connor y tú, o qué? ¿Qué ha pasado?

—Pues no exactamente. No sé qué somos. Me gusta mucho, pero parece que él no quiere prometer nada. Eso me decepciona un poco. Pero claro, también me gustó Esteban. Todavía me gusta. Y eso nunca podrá ser porque ni siquiera vivimos en el mismo país. Salir con alguien es muy confuso, carajo.

—Ni me digas. —Lorena le da un trago a su coca y mira hacia el río durante unos segundos—. Quiero conocerlo. Mándale un mensaje.

—¿Segura?

—¿Por qué no? Creo que debería tener permitido conocer a tu novio.

—Te acabo de decir que no es mi novio, pero de todos modos le preguntaré —digo mientras le escribo a Connor.

Nos quedamos en silencio un largo rato.

—Olga estaba embarazada cuando murió —digo al fin. Quería esperar a otro momento, pero no había dejado de crecer en mi interior todo el día, como un globo.

—¿De qué hablas? —Lorena se acerca a mí.

—Revisé su computadora. Encontré su contraseña y luego leí todos los correos entre ella y un viejo casado. No tengo idea de quién es. Sus correos eran superreservados, era como si temieran que alguien los descubriera. Ni siquiera usaban sus nombres.

—No puede ser, Olga no. Es imposible. —Los ojos de Lorena se abren de par en par—. ¡Me estás engañando!

—Ya sé. —Es tan ridículo que casi me río; mi hermana angelical tenía una aventura candente.

—¿Y tus padres no lo saben?

Niego con la cabeza.

—¿Te imaginas?

—Dios mío. —Lorena se cubre la boca—. ¿Les vas a decir? ¿Qué harás?

Un pequeño barco azul llamado *Miss Behavin'* pasa por ahí.

—Aún no decido. No sé qué hacer. O sea, por un lado, qué caso tiene, ¿no? Sólo los alterará. Está muerta, y nada cambiará eso. Por otro lado, ¿no merecen saber quién era? ¿*Tú* no quisieras saber? Hay demasiados secretos en mi familia. No parece correcto. ¿Por qué la gente siempre se miente a sí misma y a los demás? Dios, no lo sé. No decido. Acabo de enterarme, y ya me está volviendo loca. Siento que saldrá de alguna manera, tarde o temprano, sin importar cuánto trate de esconderlo.

—¿Lo quería, al bebé?

—Espera. La mesera no deja de vernos —señalo hacia donde está—. Creo que teme que no vayamos a pagar la cuenta.

Lorena saca el fajo de dinero de su bolsa y se lo muestra ondeándolo en el aire.

—Problema resuelto. Sigue.

Me río. Clásico detalle de Lorena.

—Se hizo un ultrasonido, así que sí. Además, Olga era supercatólica. Definitivamente lo hubiera tenido. No me queda duda.

La mesera de pronto nos trae nuestro enorme plato de mariscos; huele como el mar. No sé qué son muchas de estas cosas, pero las probaré todas hasta que ya no pueda más.

—Creo que deberías decirles. O sea, era su hija, ¿sabes? —Lorena sigue impactada. Picotea un cangrejo con su tenedor—. ¿Cómo le sacas la carne a estas cosas? —Salpica un poco de mantequilla sobre el mantel blanco.

—Pero tú no planeabas decirle a Carlos ni a tu mamá si estabas embarazada. ¿Por qué es diferente? ¿Crees que algo bueno hubiera salido de eso? Fuiste tú quien me dijo que tenía que seguir adelante con mi vida y dejar de obsesionarme con mi hermana.

Lorena no tiene una respuesta para eso.

Después del almuerzo, Connor nos ve en la esquina de LaSalle y Wacker. Ya sospechaba que no le caería bien a Lorena porque es blanco y vive en los suburbios, pero aun así me sorprende la cantidad de gestos que le hace.

—Basta —le susurro cuando Connor no está mirando—. ¿Por qué me dijiste que lo invitara?

—¿Qué? ¿Qué estoy haciendo? —Lorena finge estar ofendida—. Quería conocerlo.

—Por favor, sabes exactamente qué estás haciendo.

Los tres caminamos junto al río en silencio hasta que encontramos una cafetería. Lorena pide la bebida más complicada y dulce del menú, y Connor y yo pedimos un café normal con crema.

—Y bueno… —dice Connor cuando nos sentamos en una mesa al aire libre—. Me dice Julia que eres muy buena en Ciencias.

—Supongo. —Lorena se ve terriblemente aburrida. Mezcla su bebida con el popote y mira hacia el agua.

—Se la pasa ayudándome con mi tarea de Física. Yo nunca sé qué estoy haciendo —digo y le sonrío a Lorena, intentando romper la tensión—. Y yo la ayudo con Literatura.

—¿Y a qué universidad irás? —Connor da un sorbo a su café.

—Aún no decido. A algún lugar que pueda pagar. La universidad es cara, y algunos no podemos dejársela a nuestros padres.

Le lanzo la mirada más mortal a Lorena.

Connor asiente y se levanta.

—Ahora vuelvo. Tengo que ir al baño.

—¿Por qué te portas tan grosera? —le pregunto a Lorena cuando él ya está lejos del lugar.

—No sé de qué hablas. —Lorena se encoge de hombros.

—Parece como si lo odiaras. No entiendo. ¿Qué tiene de malo?

—¿Cómo puedo odiarlo si ni siquiera lo conozco? No seas ridícula. Lo único que sé es que es de Evanston, que sus padres son ricos y te quitó la virginidad. Es todo.

—Me gusta mucho, ¿sabes?

—Bueno, lo entiendo, pero ¿en serio crees que no nos considera menos? ¿Crees que nos ve sin pensar que somos del gueto? No quiero que termines lastimada. Se nota de inmediato que es rico. Tenías razón. Quizá no debimos invitarlo.

—Pero él no es así —miro mi café—. Él no es para nada así.

—Ay, por favor, no seas tonta —dice Lorena, y sorbe lo que queda de su bebida—. Sabes que todos son así.

VEINTISÉIS

Al salir de clases tomo los mismos camiones que Olga para ir a su trabajo el día que murió. No estoy muy segura de qué haré cuando llegue a la oficina. No tengo un plan real; sólo espero llegar y de alguna manera encontrar al hombre que inseminó a mi hermana.

Me siento en la sala de espera, leyendo la lista de médicos una y otra vez. Es imposible que de esta manera averigüe quién es. Tras veinte minutos de verme fingir que espero, la recepcionista pregunta si puede ayudarme en algo. Me pregunto si es ella quien reemplazó a mi hermana. Me recuerda a un tlacuache, quizá por sus dientes, pero aun así es bonita a su manera.

—Eh, quería hacer una cita con... el doctor Fernández.

—¿La doctora Fernández ya la ha visto antes?

—No.

—¿Tiene seguro de gastos médicos?

—No.

—¿Qué clase de seguro tiene?

—No estoy segura. —Esa es una respuesta estúpida, lo sé.

—Creo que no puedo ayudarla, lo siento, señorita. Quizá debería regresar con sus padres —dice y sonríe.

Mientras intento pensar qué hacer ahora, un hombre con un traje oscuro entra a la oficina. Es él. Es el hombre que estaba en el funeral de Olga, llorando al fondo. El que llevaba el traje gris y el reloj caro. Supongo que no era mi tío, como pensé.

—Hola, doctor Castillo —lo saluda la recepcionista—. Su hijo le dejó un mensaje hace como cinco minutos.

—Gracias, Brenda.

Me agacho y finjo que busco algo en mi mochila hasta que se va.

—Creo que me equivoqué —digo, y salgo corriendo del lugar.

La oficina cierra a las 5:30, así que espero afuera hasta que el hombre sale. A las 5:45, justo cuando comienzo a considerar irme a casa, lo veo salir. Parece poderoso con su traje negro y su maletín de piel. Definitivamente es viejo, pero puedo ver por qué Olga se sentía atraída a él; hay algo en su andar que es fuerte y magnético.

¿Qué diré? ¿Qué caso tiene todo esto?

Respiro profundamente un par de veces y corro tras él antes de que suba a su BMW.

—¡Oiga! ¡Oiga! —grito antes de que cierre la puerta.

—¿En qué la puedo ayudar, señorita? —pregunta con un ligero acento que no logro distinguir. Tiene que saber quién soy. Puedo verlo en su incomodidad, en la forma en que sus ojos van de un lado a otro, como si buscara una salida.

—Soy la hermana de Olga.

—Ay, Dios mío —dice—. Claro, sí. Lamento mucho tu pérdida. Olga era una empleada maravillosa. Todos la extrañamos mucho.

—Sí, ya lo creo. Como la embarazó, y le hizo creer que se casaría con ella… y… y luego ella murió.

El doctor Castillo suspira y baja la mirada.

—¿Por qué diablos haría algo así? —me sorprende mi propia ira.

—Por favor, basta, déjame explicarte. Te doy un *ride*. —Me lleva al asiento del copiloto con una mano sobre mi hombro, y hay algo en ese acto que es reconfortante, aunque creo que lo odio. Huele a colonia y a *aftershave*, a hombre, igual que el maestro Ingman.

El restaurante está casi vacío. Ninguno de los dos decimos algo por un largo rato. No sé por dónde comenzar.

—Escucha —dice al fin—. Sé que estás enojada, pero quiero que sepas que amaba a tu hermana.

—Pero está casado, y Olga apenas tenía veintidós años. Eso es asqueroso. ¿Cuántos años tiene? ¿Cincuenta?

—Cuando crezcas comprenderás que todo es mucho más complicado de lo que imaginabas. Planeas tu vida, y nada sale como lo esperabas. —Suena como si hablara para sí mismo.

—Dígame cuántos años tiene.

—Eso no importa —se rasca el cuello y mira detrás de él.

—A mí me importa.

—Cuarenta y seis.

—Es más viejo que nuestro padre. Eso es horrible. Por Dios. —Ni siquiera puedo mirarlo.

—La vida es increíblemente compleja. Un día lo verás.

—¿Qué tiene de complicado mentirle y aprovecharse de mi hermana? No dejaría nunca a su esposa, ¿o sí?

—Quería casarme con Olga. Te lo juro. En especial cuando… —se frota la cara.

—Se embarazó.

Parece herido, como si acabara de darle una patada en los bajos.

—Sí, eso.

La mesera llega al fin para tomar nuestra orden.

—Para mí sólo un café, gracias —dice el doctor Castillo.

—Yo quiero un sándwich de queso a la plancha y jugo de manzana, por favor. —Más vale sacar una cena de esto.

El doctor Castillo mete la mano en su bolsillo trasero y saca su cartera. Toma un papel doblado y lo acomoda sobre la mesa.

Ahí está, una silueta poco precisa: una insinuación, una posibilidad, una mancha, un montón de células. Apenas puedo distinguir la forma, pero casi puedo sentir su pequeño latido en mis manos.

—¿Cuántas semanas?

—Doce.

—¿Qué hago con esto? —digo en voz alta para mí—. ¿Cómo lo entierro también?

—¿A qué te refieres?

—¿Cómo mantendré esto en secreto? ¿Por qué tengo que ser yo quien viva con esta mierda?

—No les digas a tus padres, por favor. Olga jamás quiso herirlos.

—¿Por qué no les diría? ¿Y por qué debería hacerle caso a usted?

—A veces no decir la verdad es lo mejor.

—Obviamente ese es su consejo. Les mintió a mi hermana y a su esposa; estaba jugando con las dos como si fueran unas putas marionetas.

—Nunca le mentí a Olga —niega con la cabeza.

—¿Qué decía su último mensaje? Sé que le estaba escribiendo a usted —le doy una mordida a mi sándwich.

—Me dijo que si era niño lo llamaría Rafael, como tu padre.

Ni siquiera sé qué decir ante eso. Hay algo en ello que me hace sentir como si me arrancaran los órganos.

—Y nunca iba a dejar a su esposa, ¿verdad?

—Sí, iba a hacerlo —asiente.

—Sí, claro. Mire, leí todos los correos, todos y cada uno. No soy estúpida ni inocente, sin importar que todos quieran creerlo.

El doctor Castillo suspira de nuevo y no dice nada.

—Sólo le seguía el juego y ella seguía esperando y esperando, sin hacer nada con su vida.

—Cuando me contó del bebé, todo cambió. —El doctor Castillo mira por la ventana. Sus ojos están húmedos. No creo que nunca antes haya visto a un hombre adulto llorar, ni siquiera a apá—. Amaba a tu hermana. Tienes que creerme eso. Su muerte me destrozó. Me destruyó como no puedes imaginarte —recarga la cabeza en sus manos.

—De hecho, me lo *puedo* imaginar. A mí también me destrozó.

—Ya me divorcié. No pude seguir con eso. —Se limpia los ojos con un pañuelo de seda.

—Vaya, pues muy tarde para mi hermana, ¿no? —Arrugo mi servilleta y le doy un trago a mi jugo. La mesera recoge mi plato y limpia la mesa. El trapo huele horrible. No queda nada más por decir, así que me levanto y me cuelgo la mochila. Puedo sentir cómo me observa mientras voy hacia la puerta.

VEINTISIETE

Aún no sé cómo hablar con mi padre. No quiero que sepa que sé. Hay tantas cosas que quiero decir, pero no puedo. A veces los secretos se sienten como hiedras que te estrangulan. ¿Se considera mentir cuando escondes algo dentro de ti? ¿Qué pasa si la información sólo les causará dolor a los demás? ¿Quién se beneficiaría de saber sobre el amorío y el embarazo de Olga? ¿Es egoísta que guarde todo esto para mí? ¿Sería una maldad si lo dijera sólo para no tener que vivir con eso yo sola? Es agotador. Hay momentos en que casi se me sale, como una parvada que revolotea en mi garganta. Pero ¿qué clase de persona sería si les dijera a mis padres? ¿No han sufrido ya suficiente? ¿No es por eso que amá nunca nos contó lo que le pasó en la frontera? Sé que se hubiera muerto con esa historia dentro, en parte por vergüenza, pero sobre todo para protegernos. ¿Y por qué Olga tendría que saber eso sobre sí misma? Apá era su padre, sin importar nada más.

Apá toma café en la mesa de la cocina mientras amá se baña.

Me sirvo una taza y me siento frente a él. La luz del sol se cuela por las persianas.

—Buenos días —dice sin levantar la mirada.

—Buenos días. —Me acomodo en mi silla, pensando en cómo hablarle—. Apá —digo al fin.

Apá levanta la mirada, pero no responde.

—¿Por qué no me contaste que dibujabas, que eras un artista? —Me pregunto por qué me pone tan nerviosa hablar con mi propio padre.

Apá se rasca bajo el bigote.

—¿Quién te dijo eso?

—Mamá Jacinta. Me mostró el dibujo que hiciste de amá. Es muy bueno. ¿Por qué dejaste de hacerlo? —Retuerzo mi servilleta en la mano.

—Porque no tenía caso. ¿Qué iba a hacer? ¿Vender mis dibujos? Era una pérdida de tiempo. —Apá observa los rayos de sol sobre la mesa.

—No lo es. Para nada. ¿Cómo puedes decir eso? Es arte. Es hermoso e importante. —Mi voz sube de tono aunque no quiero.

—Julia, a veces no puedes hacer lo que quieres en la vida. A veces tienes que aceptar lo que se te da, callarte y seguir trabajando. Eso es todo. —Apá se levanta y pone su taza en el fregadero.

Siempre me emociona ver a la doctora Cooke, aunque por lo general salgo de su oficina sintiendo como si alguien me hubiera desgarrado el pecho.

Nunca en mi vida pensé que me gustaría hacer ejercicio, pero la doctora Cooke insistió en que me ayudaría a sentirme mejor por algo de las endorfinas y soltar el estrés. Nado casi todos los días en la YMCA. Solía odiar la natación, pero ahora me parece relajante. La vida es muy curiosa. Dejé de preocuparme por todas las bacterias y secreciones en el agua, y aprendí a disfrutarlo. Hay algo en esta actividad que me hace sentir libre. No he perdido nada de peso, lo cual está bien por mí, porque mi cuerpo está más fuerte y saludable, y me gusta cómo se ve. Además, tengo más energía. Incluso en los días en que tengo flojera y no quiero ir, me obligo a hacerlo porque nunca me arrepiento cuando termino.

Hoy la doctora Cooke quiere hablar sobre la relación con mi mamá. Ese es probablemente nuestro tema número uno.

—¿Cómo se han llevado tú y tu mamá esta semana? —Da un sorbo a su agua. Lleva unos pantalones de lino rojo brillante, sandalias negras y una blusa cruzada blanca. Su cabello está recogido en una apretada coleta. Lo que me gusta de la doctora Cooke es que nunca parece que me esté juzgando. Aun cuando reconozco algo que me parece vergonzoso o lamentable, no me regaña ni me mira como si tuviera lepra. Desearía que toda la gente pudiera ser así. No entiendo por qué las personas no pueden simplemente dejar que los demás sean como son.

—En general, bien. Fuimos de compras y no nos peleamos, lo cual nunca antes había pasado. Creo que noto que tiene miedo y no quiere que me vaya, pero ya no lo dice directamente. Es como si intentara con todas sus fuerzas apoyarme, pero también me vuelve loca que no diga lo que piensa. Siento que sé de inmediato lo que está en su mente: está aterrada de que me vaya a la universidad. La conozco, puedo sentirlo.

—¿Y por qué crees que se está conteniendo ahora?

—Porque no quiere alejarme más. Creo que tiene miedo, ¿sabe? Creo que al fin ha comenzado a entender que nunca cambiaré, y está aprendiendo a aceptarlo de alguna manera. Supongo que estoy feliz, de cierta forma, de que lo intente con tantas ganas. Yo también estoy esforzándome.

—A veces es difícil para las personas ajustarse a nuevas ideas, en especial si vienen de una cultura muy diferente. Me imagino que quizá tu madre no quiere ser tan represiva; que para ella es una forma de protegerte.

—Supongo que sí, es probable.

—En particular después del trauma que vivió al cruzar la frontera. ¿Has considerado hablar con ella sobre lo que le pasó? —La doctora Cooke escribe algo en su libreta.

—No, no puedo. Le prometí a mi tía que nunca se lo diría. Además, ¿qué puedo decirle que la ayude? No estoy segura de cuál sería el punto.

—Quizá sea una forma de acercarte más a ella, dejarle saber que entiendes una parte muy importante de su ser, mostrarle tu empatía.

—No sé. O sea, aunque no es su culpa, creo que le da vergüenza. Por eso es un secreto. ¿Quién soy yo para sacar el tema y lastimarla de nuevo? —Cuando pienso en lo que le pasó a amá, me enojo tanto que no sé qué hacer. ¿Cómo la gente puede hacer cosas tan terribles? ¿Qué pasa en la vida de alguien que le hace creer que violar el cuerpo de otra persona está bien?

—Es algo en lo que hay que pensar. Quizá no ahora, pero sí en el futuro. Y lo mismo con Olga y su embarazo. Quizá algún día podrás hablar de eso. Cuando estés lista, claro. Podría ayudarlas a sanar a ambas.

—No creo en mantener estas cosas escondidas y enterradas, porque a veces se sienten como veneno en mis venas, pero al mismo tiempo, me pregunto si algún día estaré lista para hablarlo. No lo sé. —Me tiembla el labio.

La doctora Cooke me pasa una caja de pañuelos.

—Tienes que buscar en tu interior y decidir lo que es mejor para ti. Yo sólo estoy aquí para darte opciones y las herramientas para que tomes las decisiones correctas. Eres una jovencita muy inteligente; creo que sabes que puedes superar cualquier cosa. Aunque te cueste trabajo a veces, te he visto cambiar en poco tiempo —sonríe—. Eso es algo que debe enorgullecerte.

Aún no estoy segura de qué significa enorgullecerme de mí misma, pero intento aprender.

El día se siente interminable mientras espero y espero las cartas de aceptación (o rechazo) de las universidades. Eso es en lo único que puedo pensar en estos días, pero no llega ninguna.

Entonces, justo cuando empiezo a pensar que mis solicitudes fueron tan malas que las universidades ni siquiera se molestaron en responder, encuentro un sobre de la Universidad de Boston esperándome en la mesa de la cocina.

Estimada señorita Julia Reyes,
Lamentamos informarle…

Y las cartas siguen llegando y llegando.

De Barnard College:

Estimada señorita Julia Reyes,
Lamentablemente le escribo para…

De la Universidad de Columbia:

Estimada señorita Julia Reyes,
Con gran pena debo decirle…

De Boston College:

Estimada señorita Reyes,
Lamentamos enormemente…

Lorena y Juanga me llevan al zoológico de Lincoln Park una cálida y brillante tarde de domingo para animarme, aunque les digo que prefiero quedarme en casa a agonizar. No puedo creer que creí que entraría a esas escuelas. ¿Por qué tuve que apuntar tan alto? ¿Qué me hizo pensar que era tan especial?

—No estés triste, Julia. Todos sabemos que eres tan fuerte como esas hermosas señoritas de allá —dice Juanga, mirando a las leonas.

La más grande me mira fijamente, como si estuviera en trance.

—Puedes venir a vivir con nosotros, ¿sabes? —dice Lorena acomodándose su ligero vestido rosa—. Si las cosas no salen como lo planeaste.

—Lo sé, lo sé. Es sólo que en serio quiero ir a Nueva York. Necesito un cambio. Un nuevo comienzo, bla, bla, bla.

—Sí, lo entiendo. —Lorena casi suena molesta.

—Ugh, ya deja de ponerte triste y vamos a ver a los osos —dice Juanga, empujándonos hacia el edificio.

Uno de los osos polares acaba de tener gemelos, así que hay un grupo de gente esperando a verlos más de cerca. Nos abrimos paso hasta el frente y vemos a uno de los oseznos alimentándose de su madre.

—Ay —dice Juanga, rodeándonos con sus brazos—. Miren su carita.

Descanso mi cabeza en su hombro.

—¿Cómo está tu nuevo novio? —Juanga lleva como un mes saliendo con un chico guapo de Hyde Park. Se conocieron en la línea roja del metro y se enamoraron desde ese momento. Últimamente ha estado feliz, pese a que sus padres son unos completos imbéciles. Parece que lo corren de la casa cada semana. No pueden superar que sea gay, y Juanga se niega a fingir que no lo es. Aunque tratara, simplemente se le saldría por todas partes. Está orgulloso de ser quien es.

A veces se queda con su primo y otras con Lorena. Yo también le ofrecería nuestro sofá, pero amá nunca lo aceptaría. Todo la escandaliza.

—Increíble. Dios mío, ese hombre es hermoso —dice Juanga, abanicándose como si aún no pudiera creerlo—. Sólo necesito largarme de mi casa para que al fin podamos ser una pareja de verdad. ¿Te imaginas presentárselo a mi padre? ¿Gay y negro? Ni Dios lo mande. Probablemente nos quemaría en leña verde. —Se persigna y se ríe. Lo dice en broma, pero hay algo de verdad.

Al día siguiente, justo cuando comienzo a considerar una carrera como música callejera o recogiendo basura, dos sobres gruesos llegan en el correo: uno de la Universidad Estatal de Nueva York, NYU, y otro de la Universidad DePaul.

Comienzo a gritar cuando los abro en la sala, y amá y apá salen corriendo como locos de la cocina.

—¿Qué pasó? —amá se ve asustada—. ¿Está todo bien?

—¡Entré! ¡Entré! ¡Entré! Iré a Nueva York. ¡Me voy a la universidad! ¡Y entré a DePaul! ¡Ave María purísima! —No puedo dejar de gritar y saltar. Ambas escuelas me ofrecen todo. NYU me aceptó con beca, con la condición de que participe en un estudio especial y un programa piloto para estudiantes universitarios de primera generación.

—Qué bueno, mija —dice amá, aunque se le nota que tiene el corazón roto—. Me alegro mucho por ti.

Apá me abraza y me da un beso en la frente.

—¿Entonces irás a la de Nueva York? ¿Y qué tal la de Chicago, mija? Esa también es buena, ¿qué no?

—Sí, pero quiero ir a la de Nueva York. Es lo que he querido desde hace mucho. No hay ningún lugar mejor para ser escritora. Lo siento, apá —digo, y le aprieto la mano.

Apá asiente pero no dice nada, sólo traga saliva y desvía la mirada. Por un segundo me pregunto si llorará, pero no lo hace.

Amá suspira y rodea mis hombros con su brazo.

—Ay, cómo nos haces sufrir. No sé si maldecirte o rezar por ti.

—Sabes que no es eso lo que quiero, ¿verdad? No lo hago para lastimarlos. Quiero que lo sepan.

—Sí, lo sé, pero un día sabrás cómo duele ser madre.

—No quiero tener hijos, así que no, no lo sabré —digo, intentando no sonar molesta. Amá cree que es gracioso cuando digo que no quiero tener hijos. Nunca me cree. Es como si pensara que una mujer sin bebés no tiene sentido.

—Eso dices. Sólo espera y verás —responde y se va a la cocina, arreglándose las trenzas.

Conforme se acerca el fin de ciclo escolar, me pongo más y más inquieta. Es difícil poner atención en clase cuando ya tengo un pie en la puerta. Lo único que quiero es estar afuera comiendo helado, mirando el cielo y escuchando los sonidos del verano que se acerca.

Veo a Connor casi todos los fines de semana. Hoy nos encontramos en un festival callejero en Old Town. No me gusta mucho el barrio, demasiado *yuppie* y blanco para mí, pero el festival es gratis y al aire libre.

En cuanto comienza el calor, es como si la ciudad se volviera loca. Todos están emocionados de nuevo con la vida y quieren salir a la calle. Desafortunadamente, el verano también implica que la gente se tirotea más seguido. Bueno, depende de en qué barrio estés.

Connor y yo caminamos por ahí, vemos las artesanías, que por lo general son terribles. No sé por qué alguien querría comprar una acuarela del horizonte, por ejemplo, o una escultura de madera tallada del logo de los Cubs, pero supongo que debe haber un mercado para esas cosas.

El día está soleado y casi hace demasiado calor para ser mayo. Mi nuevo vestido azul me queda un poco apretado en las axilas, pero me gusta cómo me veo. Nunca antes había usado algo con flores. Me sorprendió no odiarlo cuando me lo probé. Amá insistió en que se me veía bien, y por una vez estuve de acuerdo con ella. Me alegra haberlo hecho, porque Connor fingió que se desmayaba cuando me vio en la estación del tren.

Compartimos un enorme plato de papas fritas llenas de grasa en una mesa de picnic junto al escenario. No sé cómo alguien puede resistirse a la comida frita, porque yo me pierdo nada más con olerla. De pronto, la banda de *covers* de Depeche Mode comienza a tocar «Enjoy the silence», una de mis canciones favoritas en el mundo.

—Mierda —le digo a Connor, apretándole el brazo—. Esta canción. No puedo. Es demasiado buena.

—Es endemoniadamente genial —comenta con una enorme sonrisa.

El momento es perfecto: el atardecer, las papas, la música. Miro a Connor y una oleada de tristeza me llena. Lo extraño, aunque está sentado frente a mí. Es difícil de explicar, pero me recuerda un haikú que leí alguna vez: «Aun en Kioto / escuchando el canto del cuco / extraño Kioto». Muchas veces me siento así. Me da nostalgia antes de que sea el momento.

Sé que Connor dijo que no debíamos darle demasiadas vueltas a nuestra relación, y en mi mente lo entiendo por completo; después de todo, iremos a la universidad. Al final, eso haría que doliera más. Además, intento razonar conmigo misma: debería emocionarme explorar Nueva York sola. Esta es mi oportunidad de ser completamente independiente por una vez en la vida.

Connor se levanta de su lugar y se sienta junto a mí.

—Te extrañaré —digo mientras me rodea con un brazo.

—Yo también te extrañaré, pero volveremos a vernos. Además, tenemos todo el verano. Y sigo aquí —sonríe.

—Lo sé, pero ¿qué pasará *después* del verano? —Miro hacia otro lado. El cielo ha comenzado a oscurecerse.

—Te visitaré en Nueva York, ya te lo dije. —Connor me voltea la cara hacia él.

Odio esta sensación, no saber. Estos espacios intermedios son aterradores, pero claro, entiendo que nunca nada es completamente seguro.

Comienzo a llorar. No es sólo por él, sino por todo. Mi vida está cambiando tan rápido, y aunque es lo que quiero, estoy aterrada.

—Eres hermosa, ¿sabías? —dice, y me da un beso en la mejilla.

Me sorprende darme cuenta de que le creo.

DESPUÉS DE LAS VACACIONES DE VERANO

VEINTIOCHO

Mi depresión y mi ansiedad disminuyeron con los medicamentos. Mi estado de ánimo aún se cae de vez en vez, pero hay ocasiones en que realmente soy feliz y no sólo estoy tolerando la vida. El verano es mi estación favorita, así que eso también ayuda. El otro día me acerqué a una desconocida y le pregunté si podía abrazar a su perro. Se rio y dijo que sí, y el golden retriever me llenó de besos.

Una parte es gracias a mi medicina, creo. La doctora Cooke también me enseñó algunas técnicas para enfrentar mi ansiedad. Debo escribir en un diario lo que ella llama mis «distorsiones mentales» y luego enfrentarlas con pensamientos más razonables. Por ejemplo, el otro día empezó a preocuparme que no me iría bien en la universidad porque sólo soy una mexicana pobre de un barrio de mierda en Chicago; me convencí que todos los chicos serían más inteligentes que yo porque fueron a mejores escuelas. Me atoré en ese horrible círculo. Me preocupé muchísimo hasta que me enfoqué en mi respiración y en mi entorno, y me obligué a escribir una lista de las razones por las que eso no era cierto: *1)* La escuela no me hubiera aceptado si no creyeran que puedo tener éxito. *2)* He leído como un millón de libros. *3)* Voy a trabajar muy duro. *4)* El maestro Ingman dice que soy la mejor estudiante que ha tenido. 5) La mayoría de la gente no es realmente tan lista.

Se necesita mucha práctica, porque mi mente está muy acostumbrada a sacar conclusiones horribles. Hay días en que aún siento que el mundo es un lugar espantoso y aterrador. Pese a eso, quiero salir y vivir todo lo que pueda. No estoy segura de si eso tiene algún sentido.

La doctora Cooke dice que he avanzado mucho y me recuerda lo importante que es tomar el medicamento a la misma hora cada día. He hablado mucho con ella sobre mi escritura, así que le pregunto si puedo leerle un poema que escribí anoche, cuando no podía dormir.

—Me encantaría escucharlo —dice.

Me aclaro la garganta y rezo por no echarme a llorar, porque eso es lo que hago en cada sesión.

—Bueno, aquí va —anuncio—. Aún no está terminado, no sé si lo acabaré algún día. Lo he estado trabajando todo el día. Se siente bien poder explicar los dos últimos años de mi vida. Se llama «Pandora».

Abrió el baúl, la caja en la que se guardaba a sí misma: viejas películas de su vida, su verdad. Plumas rotas, espejos rotos reflejando un brillo falso. Lo saca todo, cada momento, cada mentira, cada engaño. Todo se detiene: destellos de serenidad, de belleza y de paz salen a la superficie. Cosas que debe buscar en las profundidades de su incertidumbre, de su oscuridad, aunque sigue ahí, en la humedad de su boca, en el olor de su cabello. Busca y busca en esa caja escarlata en el día de su revelación, el día en que se desarma. Se llena de su verdad y recorre el mundo como una nómada, robándose la belleza de los cielos violetas, pescando perlas, bellos arabescos, cisnes de papel, se los lleva a la cara y los guarda entre sus palmas. Para siempre.

La doctora Cooke sonríe.

—Fue hermoso —dice—. Gracias por compartírmela.

—Me alegra que le haya gustado. —La abrazo y eso la sorprende, pero me devuelve el gesto.

Cuando salgo, la doctora Cooke me dice que cree que me irá muy bien en la universidad, y yo decido creerle.

Después de la cena, amá me pide que me quede en la mesa y hable con ella mientras tomamos té. Al principio me preocupa, pero luego me doy cuenta de que es poco probable que algo pueda ser peor que lo que ya ha pasado.

—Hija, quiero hablar contigo sobre los muchachos —dice mientras pone la tetera en la estufa.

—Ay, Dios, amá. Por favor, no. —Me cubro las orejas. No puedo creer que al fin vaya a hablar de sexo con mi mamá.

—Sé que irás a la universidad, y eso es muy bueno. Tu padre y yo, aunque no entendemos por qué tienes que irte, estamos muy orgullosos de ti porque eres muy inteligente. Sólo queremos que te cuides y te protejas. Los muchachos sólo buscan una cosa, ¿sabes? Y cuando ya les diste la leche…

—¿Leche? Qué horror, amá, por favor ya basta. Sé lo que estoy haciendo.

—Crees que la vida es muy fácil, ¿verdad? Crees que nunca te pasará nada malo. Sólo te digo que no puedes andar por ahí confiando en toda la gente. —Amá niega con la cabeza mientras toma las tazas.

—*No* confío en toda la gente. —Sé por qué me dice todo esto, pero aun así me frustra. No es que sea una boba que no sabe nada sobre la vida. Además, ya me han pasado cosas terribles. Sabe que no soy ajena a los traumas. He visto de lo que el mundo es capaz.

—¿Sabes? Vi en las noticias que hay una droga que ponen algunos hombres en las bebidas de las mujeres.

Hago mi mejor esfuerzo por ser paciente.

—Sí, conozco las *rufis*.

—¿*Rufis*? ¿Qué es eso?

—Olvídalo. Como sea, sé qué es. No soy tonta, te lo juro.

—Nunca dije que fueras tonta. Acabo de decir que eres inteligente, ¿no? ¿Por qué siempre te tomas las cosas de la peor manera?

—Bueno, bueno. Estaré atenta a mis bebidas. Me cuidaré de los muchachos, lo prometo. Cargaré gas pimienta, si eso quieres.

—Sabes que te puedes embarazar, o podría darte sida. ¿Qué harías en esos casos? ¿Cómo podrías terminar la universidad? —Amá se pone las manos en las caderas.

Hablemos sobre el síndrome del peor escenario. Ahora sé de dónde lo saqué.

—¡Por Dios, amá! No me dará sida ni me embarazaré. Sé de salud. He leído muchos libros. —No le digo que los condones son noventa y nueve por ciento efectivos ni que de ninguna manera tendré un bebé, aunque me embarazara.

—Sólo te digo que te cuides. —Vierte el agua caliente en nuestras tazas.

—Lo sé. Gracias. Sé que sólo quieres ayudar, pero ¿podemos dejar de hablar de sexo ya? ¿No prefieres mejor enseñarme a cocinar? En serio quiero aprender a hacer tortillas —bromeo.

Amá no puede evitar reírse de eso.

VEINTINUEVE

La mañana antes de mi vuelo, llamo a mis primos Freddy y Alicia para contarles que iré a NYU. Dicen que están orgullosos de mí. Me pregunto exactamente por qué, si apenas los conozco, pero prometo llamarlos cuando vuelva en las vacaciones de invierno. Mientras cuelgo, Lorena entra a mi cuarto y se sienta en mi cama. Entró a una escuela de Enfermería y trabaja como mesera en un restaurante mexicano del centro. Dice que tiene que usar esos ridículos vestidos bordados y con vuelos, pero el dinero es bueno. Ella y Juanga, que ahora trabaja en el departamento de maquillaje en Macy's, planean conseguir un departamento para los dos en Logan Square en cuanto hayan ahorrado suficiente para el depósito. Supongo que los tres estamos desesperados por seguir adelante con nuestras vidas.

—¿Te ayudo a empacar? —pregunta Lorena mirando mi cuarto desordenado. Trae unos diminutos shorts negros y un *tank top* gris con un signo de dólares plateado. Voy a extrañar mucho su sentido de la moda. Al fin se volvió a pintar el cabello castaño, como le he estado diciendo durante años. Nunca la había visto más bonita.

—No, está bien. Ya casi todo está listo. Sólo tengo que limpiar —digo—. Sé que sonaré como una anciana al decir esto, pero estoy muy orgullosa de ti. Serás una enfermera increíble. Siempre has sabido cómo cuidarme.

—Ay, por Dios, cállate. Basta. Harás que arruine mi maquillaje.

—Es en serio. Te quiero, y no sé qué haré sin ti. Probablemente te llamaré como diez veces al día.

—Vas a estar muy ocupada con tu nueva y fabulosa vida. Ni siquiera te acordarás de mí. —Lorena esconde la cara en su blusa. Sólo la he visto llorar tres veces antes, cuando se cayó y se abrió la cabeza en cuarto grado, el día en que me contó lo de su papá, y cuando salí del hospital.

—Mentiras. Puras mentiras. Ya verás. —Yo también comienzo a llorar, pero una pequeña parte de mí se pregunta si es verdad lo que dice.

—Ya debo irme. Tengo turno en dos horas —dice—. Si llego un minuto tarde, mi jefe podría despedirme. Es un imbécil.

—Te quiero —repito, con la mirada fija en mi piso sucio. Una cucaracha se mete bajo mi cama, pero ya ni me molesto en matarla.

—Yo también te quiero —dice—. Intenta no olvidarme.

La abrazo una última vez en la puerta y luego la veo alejarse hacia el brillante sol de la tarde. No puedo evitar reírme de sus piernas de fideo con sus shorts ridículamente cortos. Lorena jamás se ha avergonzado de su cuerpo. Y ahora que lo pienso, creo que nunca se ha avergonzado de nada, que es una de las razones por las que la adoro.

Apá trae la misma camisa azul desteñida que vestía el día que me encontró. Amá debió haber hallado la manera de quitarle las manchas, porque odia tirar cosas. Durante meses he intentado olvidar lo que pasó, pero vuelve como imágenes y flashazos sin importar cuánto intente borrarlo. Apá no lo ha mencionado nunca, pero lo veo en sus ojos. Hay tantas cosas que desearía que los dos pudiéramos borrar.

Amá estaba trabajando esa noche, y la casa estaba en silencio salvo por mis lloriqueos y la canción que tenía en repetición: «Todo cambia», de Mercedes Sosa. Me obsesioné desde la primera vez que la oí. Todo lo que dice es verdad: todo cambia, para bien o para mal, nos guste o no. A veces es hermoso y a veces nos llena de terror. A veces ambos.

Cambia el más fino brillante
de mano en mano su brillo,
cambia el nido el pajarillo,
cambia el sentir un amante,
cambia el rumbo el caminante
aunque esto le cause daño,
y así como todo cambia,
que yo cambie no es extraño

Escuché a apá en mi puerta cuando me hice el primer corte.

—Mija —dijo en voz baja—. Mija, ¿estás bien? —Se suponía que estaría ayudando al tío Bigotes con su auto, pero supongo que terminó temprano. Debió presentir que algo andaba mal, porque a diferencia de amá, nunca me molesta cuando estoy sola en mi cuarto. Intenté callarme hundiendo la cara en la almohada, pero no pude: el sonido salió contra mi voluntad. Mi cuerpo no me permitía silenciarlo.

—¡Mija, abre la puerta! ¿Qué estás haciendo? Por favor, abre la puerta. Ábrele a tu padre, por favor. —Intentó abrirla, pero había puesto mi cama contra ella. Escuché el pánico en su voz y me sentí terrible por lastimarlo, pero no logré levantarme. Nunca lo había amado tanto como en ese momento.

Mi vida no pasó frente a mis ojos. Lo único que vi fue una fotografía de Olga y de mí frente a la casa de mamá Jacinta con su brazo rodeando mi cuello. Incluso podía escuchar las aves cantando.

El aeropuerto O'Hare está lleno de gente cansada y con prisa. Intentamos no estorbar el avance de la multitud, pero no hay hacia dónde moverse.

—Pronto tendré que abordar —le digo a mis padres. Las filas de seguridad parecen infinitas.

Apá me pone una mano en la espalda y amá comienza a llorar. ¿Cómo puedo dejarlos así? ¿Cómo puedo vivir mi vida y dejarlos atrás? ¿Qué clase de persona hace eso? ¿Algún día me lo perdonaré?

—Te amamos, Julia. Te amamos mucho —dice amá, y pone algo de dinero en mi mano—. Por si se te antoja algo —dice, o sea, cuando llegue a Nueva York—. Recuerda que puedes regresar cuando quieras.

Mis ojos ahora son cascadas, pero no importa. Si hay un lugar en la tierra donde la gente debería tener permitido llorar mientras ven cómo sus vidas se transforman ante sus ojos, es el aeropuerto. En cierta manera es una especie de purgatorio, ¿no? Un lugar intermedio.

—Tengo algo para ustedes. —Me agacho para buscar en mi mochila; amá y apá parecen confundidos.

—Tengan —le doy a apá el dibujo de amá con su vestido largo frente a la fuente—. Es hermoso, y debes tenerlo —le digo—. Quisiera que volvieras a dibujar, apá. ¿Quizá podrías alguna vez dibujarme a mí? —sonrío y me limpio la cara con el dorso de la mano.

Apá cierra los ojos y asiente.

Me despierto para ver el horizonte de Nueva York. Pensaba que Chicago era grande, pero Nueva York es vasta, enorme, abrumadora. Me pregunto cómo será mi vida ahí, en quién me

convertiré. Connor dice que nos volveremos a ver. Lo extrañaré, pero ninguno de los dos sabe cómo será el próximo año.

Mirando todas las ciudades y los pueblos allá abajo, pienso
en fronteras, lo cual me recuerda a Esteban y sus perfectos
dientes blancos. Una parte de mí se pregunta si algún día vendrá para acá. Su sueño es vivir en Estados Unidos, pero casi
desearía que no lo hiciera. Aunque llegue vivo, este lugar no
es la tierra prometida para todos.

Sé que yo he llegado muy lejos, y aunque es difícil, intento
darme crédito. Si lo pienso, hace sólo unos meses estaba lista
para morir, y ahora estoy aquí, en un avión hacia Nueva York
completamente sola. Para ser honesta no sé cómo pude recuperarme, y a veces no estoy segura de cuánto durará. Espero
que sea para siempre, pero ¿cómo puedo estar segura? Nunca
nada está garantizado. ¿Y si el cerebro me falla otra vez? Supongo que lo único que puedo hacer es seguir adelante.

Aún tengo pesadillas con Olga. A veces es una sirena de
nuevo, otras trae a su bebé, que por lo general ni es un bebé.
Suele ser una piedra, un pez o incluso un costal de trapos. Aunque ha disminuido, mi culpa sigue creciendo como ramas. Me
pregunto cuándo se detendrá y dejaré de sentirme mal por algo
que no es mi responsabilidad. ¿Quién sabe? Quizá nunca.

En cierta manera creo que parte de lo que intento lograr, lo
entienda amá o no, es vivir por ella, por apá y por Olga. No es
exactamente que esté viviendo *en su lugar*, pero tengo tantas
opciones que ellos nunca tuvieron, y siento que puedo hacer
muchísimo con lo que se me ha dado. Qué desperdicio de sus
esfuerzos sería que yo me conformara con una vida aburrida
y mediocre. Quizá un día se darán cuenta.

Cuando le conté al maestro Ingman sobre la responsabilidad que sentía hacia Olga y hacia mi familia, me dijo que debía escribir al respecto. De hecho, casi me obligó a hacerlo en
ese momento. Ese día me quedé en su salón casi dos horas, llorando sobre mi cuaderno y chorreando la tinta sobre las pági-

nas. Él no dijo ni una palabra en todo ese tiempo. Sólo me tocó el hombro y luego se sentó en su escritorio hasta que terminé. Aunque la mayor parte salió a chorros, es lo más difícil que he escrito. Al final tenía ocho páginas escritas a mano, tan torpemente que sólo yo podría leerlas. Eso se convirtió en mi ensayo para la universidad.

Saco la foto del ultrasonido de Olga de mi diario antes de aterrizar; a veces parece un huevo, a veces un ojo. El otro día estaba segura de haberlo visto latir. ¿Cómo podría darles esto a mis padres, otra cosa muerta para amar? Los últimos dos años hurgué en la vida de mi hermana muerta para entenderla mejor, lo cual significó aprender cosas de mí tanto hermosas como horribles, y ¿no es increíble que ahora tenga una parte de ella aquí, entre las manos?

RECURSOS DE APOYO
PARA LA SALUD MENTAL

La JED Foundation es una organización nacional sin fines de lucro dedicada a proteger la salud emocional de nuestros adolescentes y jóvenes adultos, y a prevenir que recurran al suicidio. Puede encontrar más información en jedfoundation.org.

El programa Life is PreciousTM (LIP), parte de la organización sin fines de lucro Comunilife, ofrecen ayuda adaptada cultural y lingüísticamente, terapia de artes creativas y actividades diversas para adolescentes latinas de doce a diecisiete años que han considerado seriamente, o incluso han intentado, quitarse la vida. Puede encontrar más información en comunilife.org/life-is-precious.

El National Suicide Prevention Lifeline ofrece apoyo gratuito y confidencial, todos los días y a toda hora, para personas en crisis. Entre sus servicios también se encuentra la disponibilidad de recursos sobre la prevención del suicidio para usted o para sus seres queridos, y también ofrecen guías para profesionales. Puede encontrar más información en suicidepreventionlifeline.org. Si necesita ayuda urgente, puede enviar un mensaje de texto con la palabra "START" al 741-741 o llamar al 1-800-273-TALK (8255).

AGRADECIMIENTOS

Muchas gracias a mi maravillosa agente, Michelle Brower, que creyó en este libro desde el principio y se arriesgó conmigo. No podría haber pedido una mejor vocera para mi trabajo.

Debo agradecer a mi querida amiga Rachel Kahan, que ha sido una mentora fantástica desde hace años, dándome una retroalimentación invaluable y ofreciéndome su casa. ¡Y pensar que nos conocimos en internet hace seis años! Por Dios.

Mis editores han sido absolutamente increíbles. Gracias a Michelle Frey y Marisa DiNovis por sus incomparables comentarios, por su generosidad y su apoyo. Su guía me permitió escribir la mejor versión posible de este libro. De hecho, todo el equipo de Knopf Books for Young Readers ha sido un absoluto sueño.

A mi aquelarre de mujeres fantásticas, estoy tan agradecida por su amor. Esto incluye a Adriana Díaz, Pooja Naik, Sara Inés Calderón, Ydalmi Noriega, Safiya Sinclair, Sarah Perkins, Sara Stanciu, Elizabeth Schmuhl, L'Oréal Patrice Jackson, Christa Desir, Mikki Kendall, Jen Fitzgerald, Andrea Peterson y tantas más.

Eduardo C. Corral y Rigoberto González, gracias por su guía constante, su camaradería y por la risa.

Saludos a Michael Harrington por leer un primer borrador y darme el aliento que tanto necesitaba.

Por siempre estaré agradecida con mi familia por su apoyo incansable, aun cuando las elecciones de mi vida los confundían infinitamente. Gus, Cata, Omar, Nora, Mario, Matteo y Sofia: éste libro es para ustedes.

También quiero reconocer a todos los inmigrantes que han arriesgado sus vidas para venir a este país, y a los hijos de esos inmigrantes. *Ustedes* son lo que hace grande a Estados Unidos.